MYSTERY LEAGUE

鶴屋南北の殺人

芦辺拓

Ashibe Taku

原書房

鶴屋南北の殺人

目次

主要登場人物

小佐川歌名十郎（おさがわ・かなじゅうろう）……洛陽創芸大学《虚実座》芸術監督
秋水里矢（あきみず・りや）……国劇協会調査研究センター学芸フェロー
小佐川璃升（おさがわ・りしょう）……歌名十郎の弟子
山村筥蔵（やまむら・はこぞう）……老歌舞伎俳優
粂原奎太（くめはら・けいた）……《虚実座》美術監督
西坊城猛（にしぼうじょう・たける）……メディアプロデューサー
上念紘三郎（じょうねん・こうざぶろう）……洛陽創芸大学理事長
志筑望夢（しづき・のぞむ）……演出家志望の学生。シノ
忽滑谷一馨（ぬかりや・かずたか）……演元教部省首席事務官

森江春策（もりえ・しゅんさく）……弁護士
新島ともか（にいじま・ともか）……森江の助手兼秘書
菊園綾子（きくぞの・あやこ）……地検刑事部検事
来崎四郎（きざき・しろう）……仮名文字新聞記者

鶴屋南北（つるや・なんぼく）……四代目。江戸時代の歌舞伎作者
花笠文京（はながさ・ぶんきょう）……江戸時代の戯作者。花笠魯助

一番目

銘高忠臣現妖鏡《なもたかきちゅうしんうつしえ》

序開き

英京龍動《ロンドン》・ドルリー小路《レーン》の場

天竺徳兵衛「モシ、お聞なされませ、私は北国行の荷物をつみまして出かけた所が、吹流され唐天竺、イヤモウ恐ろしい嶋〳〵をめぐりました。誠に命から〴〵。まず長崎から、凡《およそ》千里程走りまするとトロンカ嶋、と申まする所がござりまする。ここは則達磨大師の誕生の古跡、この嶋より又千里も走りまするとまかだ国のリウサ川、長崎より凡三千八百里程の道法ㇼ、この川上を四五十里のぼりまするとウカイソ、ト申て……」

森江《もりえ》はふいに立ち止まった。先を急ぎ、気がはやるあまり、かえって道を取り違えたのではないかとの疑いにかられたからだった。

急いでいた理由は、芝居の開幕に間に合わなくてはならないから。だが、劇場に行きそこなっては何にもならない。

しかも、単にそこの木戸口をくぐればいいのではなく、森江にはその劇場へ持っていかなければならない品物があった。託された役目があったのだった。

ずしりと重いカバンをやっこらしょと持ち直しながら、簡単な地図を手に周囲を見渡した。ほどなく、どうやらこの道で正しいとわかり、ホッと安堵の息をついた。

――ここはロンドン、ウェストエンドでも屈指の大通り、ストランド街。東は中世以来の金融街シティ、西に進めばトラファルガー広場に達する。

その二つをつなぐ石とレンガの街並みのただ中に、森江はしばしたたずんでいた。地図をポケットにしまい、再び歩きだそうとしたそのとき、

(よくもはるばる、こんなところまでやってきたものだ――文字通り、地球の反対側まで)

彼は今さらな感慨とともに、ため息をつかずにはいられなかった。

何もかも日本とは違い、何一つ自分とつながるもののない場所。そこにポツンと当たり前のようにいる自分が、ひどく不思議な存在に思えた。石だたみではなくフワフワした雲を踏んでいるかのようで、何とも落ち着かなかった。

だが、それはむしろ彼以外の人々にこそ、言えることだった。

……ふと気づくと、通りすがりのロンドンっ子たちが、奇異の目で森江を見ている。何気ないようすを装い、再び歩き始めた。

シティをはさんで反対側のイーストエンドが庶民的なのに対し、西側のこちらは古くから富裕な階級が住まいを構えたことから、どこかお高いふんいきが漂う。加えて、ウェストエンドをユニークなものにしている存在があった。

それは――劇場であった。そして森江は今、その一つに向かいつつあるのだった。

テムズ南岸に円形の外壁をそびやかし、シェークスピアの新作を次々上演したグローブ座の繁盛は昔話としても、今はその対岸に次々と誕生した劇場群が多彩に、華やかに人々をひきつけ、年月を重ねていた。

たとえば、「正劇《レジテメイト・ドラマ》」の上演が許された数少ない勅許劇場の一つで、後のロイヤル・オペラハウスこと《コヴェントガーデン劇場》は一七三二年の開場だし、経営者が片足と引き換えに勅許状をもぎとった《ヘイマーケット劇場》は、一七二〇年に一介の芝居小屋《マイナー》として産声をあげた。

さかのぼって一七〇五年、ときのアン女王にちなんで命名された女王劇場《クイーンズ》は、ジョージ一世への代替わりに合わせて《国王劇場《キングズ》》となり、その後も改名をくり返してゆく――などということはともかく。

いま森江が急いでいるストランド街で、まず挙げられるのが《アデルファイ劇場》だ。その名も無頼座《サン・パレイユ》として誕生したのが一八〇六年だから、まだ新顔といっていい。そこから東に進んだウェリントン・ストリートとの角にあるのが《ライシアム劇場》で、一七六五年の創建だから中堅といったところか。

もっともこの二軒とも、鋭い風刺に手を焼いたウォルポール首相が発した劇場検閲令《ステージ・ライセンシング・アクト》のため「正劇」を上演することができず、歌謡劇《バーレッタ》やサーカスの興行でお茶を濁すほかなかった。たとえば後者では、有名なマダム・タッソーの蠟人形の興行が開かれたことがあった。その事実にも心ひかれるものがあったが、森江がめざす場所はそこではなかった。それが証拠に、彼はライシアム劇場のさらに東にある角をついと北に曲がった。

その通りに入ったとたん、街の空気がガラリと変わったようだった。森江は荷物をグッとつかむと、よりせわしなく、それでいて細心に歩を進めた。

ちなみに、この通りは、古くからこんなわらべ唄に歌いこまれていた。

マフィン売り《マン》を知ってるかい？
マフィン売りを、あのマフィン売りをさ
マフィン売りを知ってるかい？
ドルリー・レーンに住んでるあいつだよ

もともとこの小路《レーン》は、エリザベス一世時代のガーター騎士団員、サー・ウィリアム・ドルリーの屋敷があった由緒正しいところ。だが、いつしかロンドン屈指のスラム街となり、十八、九世紀の間ごろにはジン酒場と売春宿が軒を連ねるに至った。

だが、時代がどんなに移ろうと、周囲のたたずまいがどんなに変わろうと、「ドルリー・レーン」

の名が真っ先に連想させるものは、いつの世も同じだった。

……ほどなく森江の行く手に見えてきた白亜の殿堂こそが、それだった。

《ドルリー・レーン劇場》——一六六三年開場というからロンドン最古にして最大、何よりシアター・ロイヤルとして最高の権威を誇る。もっとも、すでに三度の喪失を経て、今の建物は一八一二年に新装成った四代目に当たっていた。

一八一二年といえば、日本では文化九年。松平定信《まつだいらさだのぶ》が白河藩主を辞し、江戸での隠居生活に入った。寛政の改革の失敗で老中の座を追われて十九年後のことだ。

当地の人々には縁もゆかりもない異国の、しかも過去の出来事。日本人である森江にしても、その点は大して変わりなかったし、今はそれどころではなかった。

彼には仕事があったし、グスグズしていて何かに引っかかってもつまらない。彼は歩調を速めた。

そのまま《ドルリー・レーン劇場》の玄関前をにぎわす紳士淑女の間をすり抜けると、とある入り口から劇場内部にヒョイッと足を踏み入れた。

——観客三千をのみこむ豪奢《ごうしゃ》きわまりない場内では、シェークスピア最初期の作品である『タイタス・アンドロニカス』が、今しもかけられようとするところだった。

それから、しばしの時が過ぎたあとで、

（ふう、どうやら間に合った……それに満足しても、もらえたようだし、よかったな）

森江は軽く汗をぬぐったあと、ふとさっきと同じ感慨にふけらずにはいられなかった。よくもはるばる、こんなところまでやってきたものだ……と。

そして、あらためて思い起こさないわけにはいかなかった——自分をここにいざなった、いかにも物語めき、芝居じみた成り行きについて。

そう、あれは……。

二立目

東都神田・森江法律事務所の場

その依頼人《クライアント》ほど、森江春策《しゅんさく》に強い印象を残した客はめったとあるものではなかった。とりわけ女性では、トップ疑いなしだった。

——東京・神田の一角に建つ通称〝レトロ・ビル〟のそのまた一隅、そこでの昼下がりの一幕。《森江法律事務所》の鏡文字が読み取れるドアが開かれたとき、森江も助手兼秘書の新島《にいじま》ともも、思わず目をみはった。ゴールデン・レトリーバーの《金獅子》までもが常より大きな反応を見せ、大きな垂れ耳をピクリともたげたほどだった。

看板役者、花道に登場といったところで、古びたドアは揚幕、開けたてしたときの軋《きし》みはシャリン！　という鈴の音に聞こえなくもなかった。

それは、実は後付けの印象だったかもしれない。そのときは、そこまで芝居がかりとは感じなかったのかもしれない。だが、あながち突飛な連想ともいえなかった。

それほど依頼人の出現は印象的だったし、何よりいでたちが珍しかった。

和服ということ自体、昨今はレアなのだが、ファッションに関しては雇い主《ボス》よりはるかにくわしい新島ともかですら、初めて見るような斬新さだった。

レトロモダンとかモダンアンティークとでもいうのだろうか、鮮やかな紫紺をベースに黄色、赤など目に刺さるような原色を合わせ、帯の下から裾にかけてはパズルか錯視図形めいた模様を散らしている。耳には、薄桃色した真珠のピアス。

年齢は三十前後だろうか。つややかな黒髪を完璧に切りそろえたオカッパにし、それを一糸乱れず揺らめかせながら、お辞儀すると、

「九鬼麟一《くきりんいち》先生のご紹介でまいりました、秋水里矢《あきみずりや》と申します」

と、その女性は名乗った。

九鬼麟一とは森江の旧知で、異国の魔法使いめいた風貌の老弁護士だ。話せば長くなるから略するが、在阪新聞のパッとしない記者だった森江が今の仕事に転身したきっかけとなった人物で、その後もときどき仕事を回してくれていた。

東京に移転してのこの事務所も、九鬼弁護士の世話によるものだ。しかも彼が回してくれる仕事は民事がらみのお金になるものが多いとあれば、刑事弁護専門の森江にとっては大歓迎だった。にもかかわらず、

「……あ、はい。うかがっております」

思い出したように返事をするまで、間の抜けたタイムラグがあったのは、やはり彼女に圧倒されたせいだろうか。そのあと、もそもそと名刺を交換したが、印刷屋さんの見本帳にありそうな森江の名刺に対し、先方のそれはサイズもデザインも定形外でオリジナルなものだった。

趣向を凝らしすぎて、やや読みにくい文字列を見ると、彼女は「国劇協会調査研究センター」の「学芸フェロー」であるらしい。

「あ、新島君。これをお願いします」

言われて森江から名刺を預かったともかは（すぐこうしないと、彼はよくなくしてしまうのだ）、まず「国劇」という言葉、次いで彼女の肩書に首をひねったが、

（あっ、国劇会館という有名な劇場があって、よく歌舞伎や文楽をかけているから、それ関係の団体で、この人はそこの研究員というところなのかな）

と見当をつけた。

それにしては服装がユニークな気もしたが、古典的な演劇を現代によみがえらせるという意味では、まちがっていないのかもしれなかった。ともかは、そのあと秋水フェロー（と呼べばいいのか）を応接コーナーに案内し、森江の横についてノートパソコンで記録を取り始めた。

それと並行して、日ごろ鍛えた検索のテクニックを駆使し、秋水里矢という人について調べてみたところ、彼女が派手な外見には似合わず、堅実な演劇研究を積み重ね、いくつも論文をものしていることがわかった。

しかも、少しばかり昔の写真がヒットしたのを見ると、以前はこんな意表を突くスタイルでは

なく、どちらかというと野暮な、元文学少女といった風情だった。あまりにも印象が違うので別人かと疑ったが、確かに本人らしい。

ほかに、一件だけ匿名掲示板の記事が引っかかった。「古典芸能業界のやさぐれ&モテ野郎を語ろう」というタイトルで、ということは彼女はそこに書かれた誰かと関係があるのかと思われたが、あいにく要約《サマリー》のみで本文は読めなくなっていた。

そのことに、ともかがかえって安心したときだった。森江がいくぶんとまどい気味に、こんなことを言いだしたのだ。

「九鬼先生のご紹介とのことですが、あの方とはどのようなお知り合いで?」

「いえ、特に」

秋水里矢はきっぱりと言い、そのあと照れ隠しのように付け加えた。

「あ、いえ、知人が九鬼先生にお世話になったことがあり、その方から森江さんのお名前も聞いたので、それでご紹介願ったのです」

——先に森江春策から聞いたところでは、九鬼弁護士は彼女のことをよく知らず、人を介して森江の紹介を頼まれたという。では最初から森江を名指ししたことになるが、その理由がよくわからなかった。

「はぁ、それで、どうしてまた僕を——?」

「強いて言えば、お名前ですか」

「な、名前ですか」

秋水里矢の答えに、森江は目をしばたたいたが、はたで聞いているともかはガッツポーズを取りたい気分だった。

（ほらやっぱり、森江さんの〈探偵〉としての才能と実績を買ってのことに決まってるじゃないですか。ん、ということは早くも事件の予感？）

秋水里矢はしかし、ともかの期待を軽く流す形で、

「はい。それで、森江さん――」

「はい、何でしょうか」

「九鬼先生から、すでにお話はうかがっておられるかもしれませんが……」

秋水里矢は口調こそ穏やかながら、睫毛《まつげ》の濃い目を鋭く向けると言った。

「はぁ、といっても『ある人物からあるものを取り返してほしい』――というだけで、雲をつかむような話なのですが」

森江が探るように訊くと、里矢はこっくりとうなずいた。心持ち身を乗り出すと、

「わたしが取り返してほしいものとは……鶴屋南北なのです」

きっぱりと言い切った。

（つ、つるやなんぼく⁉）

聞いたことはあったが、こんな場でいきなり飛び出そうとは思いもよらない名前。それでも、ともかの指は半ば無意識に検索窓にその文字列を打ちこみ、エンターキーを押していた。

そのとたん、何やら恐ろしい画像がポンと目の前に現われたから、びっくりしてしまった。

（こ、これって、夏によくやるあの怪談の？　ほら、あの怖いけどかわいそうなヒロインが出てくる……？）

あやうく声をあげそうになりながら、心の中でつぶやいた。

森江春策は、彼女の異変を察してか、ちらっとディスプレイを見ると苦笑を浮かべた。だが、すぐにまじめな顔で依頼人に向き直ると、

「鶴屋南北……あの『東海道四谷怪談』を書いた歌舞伎作者の、ですか」

秋水里矢に問いかけるというよりは、ともかに聞かせるかのように言った。

「もちろんです」里矢はうなずいた。「『四谷怪談』だけでなく『盟《かみかけて》三五《さんご》大切《たいせつ》』に『桜姫《さくらひめ》東文章《あずまぶんしょう》』、『謎帯《なぞのおび》一寸《ちょっと》徳兵衛《とくべえ》』……数えどし五十のとき『天竺《てんじく》徳兵衛《とくべえ》韓噺《いこくばなし》』でブレイクするまで下積みに苦しみ、そのあと七十五歳で亡くなるまで、いま挙げたような数々の名作を残した大《おお》南北こと四世鶴屋南北……」

表情はあくまで平静、目つきもむしろ冷たく感じられるほど。なのに口調だけは狂熱を帯びていた。

「もちろん存じていますとも」

森江春策は、にっこりとうなずいたが、ともかには何だかよくわからなかった。里矢の口から飛び出す固有名詞は、とても検索が追っつかず、キーボードの上で指を浮かせていた。

それでも鶴屋南北が、初代から三代目までは道外方《どうけがた》役者の名跡《みょうせき》で、たまたまその家に入夫した彼が継いだことから、作者の名として有名になったことぐらいはわかった。

ふと《金獅子》はどうしているかと見てみれば、妙に堅苦しい待機の姿勢を取っている。むやみと人なつっこく、ときに無遠慮なこのゴールデン・レトリーバーも、この客には緊張するのかとおかしかった。

一方、森江春策は、ともかたちよりは知識で太刀打ちできるところを披露しながら、

「僕もたまには、歌舞伎座や国劇会館に足を運びますからね。南北作で印象深かったのは『大和《やまと》名所千本桜《めいしょせんぼんざくら》』の復活上演、あの女湯の場には啞然とさせられましたねぇ。女形役者を大勢使い、肉襦袢を着せてヌードを表現するなんて……ああいや、女性の前で話すにはふさわしくないシーンかもしれませんね」

途中からまずいと思ったのか（実際ともかくも、よくわからないながらそう感じた）、おずおずとした口調になったが、相手の反応はめざましいものがあった。

「森江さん」

「は、はい？」

「国劇会館での上演で、あの失われたシーンを補綴《ほてい》したのは、わたしなんですよ！　女でない女、裸でない裸で、エロティックにならないはずのエロティシズムを表現する。お上の風紀取り締まりに逆ねじを食らわせた南北ならではの一幕を、森江さんが見ていてくださったなんて！」

感激の面持ちで握手を求められ、森江は「あ、いや、どうも」と、どぎまぎした。

新島ともかは、何だよくわからないまま、鶴屋南北という人が相当にとんでもない作家であることだけはわかった。

何にせよこの会話で、森江は一気に依頼人の信頼をかちえることができたらしく、秋水里矢はようやくこんな風に話し始めたのである。

「ことの発端は……などというと、いかにも芝居じみますけれど、ちょうど三年前になりますか。ロンドンは聖《セント》ジェームズ・ストリートの骨董兼古書店に、さる旧家からの出物が並べられました。

ちなみにこの一帯は、いきなり中世にタイムスリップしたかのような風景に出くわしたり、アメリカのテキサスがまだ独立国だったころの大使館跡があったり、昔ながらの街並みが残るロンドンでも独特なふんいきが漂っています。

ましてそこの骨董店ともなれば、ほとんど時代を超越したような空間で、何がいきなり飛び出してきても不思議ではありません。ですが、そのとき見つかったものというのは、この町内における珍品のレベルさえ軽く飛び越えていました。

もっとも、そうだと知れたのは、当時、演劇研究のためロンドンに留学していたわたしが知人の紹介で、その店に見分に訪れたのがきっかけでした。陶器や漆器、細かな細工品など、明らかに日本趣味なコレクションの中に金蒔絵を施した櫃《チエスト》があり、その中から思いがけないものが見つかったのです。

それは油紙で厳重に梱包された一冊の古ぼけた冊子——手書きの稿本で、変体仮名の崩し字がびっしりと記されたその内容を判読できる人間に窮して、わたしが呼ばれたのです。

細かく墨書した和紙を綴じただけのそれは、最初はどうということのない品物に見えました。

でもただの帳簿や手紙だって、歴史を解き明かす手がかりになるからと目を通してみてびっくりしました。

補強のためか表紙につけられた厚紙には、何も書いていませんでしたが、それをめくると、あの独特のみっちりとした芝居文字――勘亭流で『銘高忠臣現妖鏡《なもたかきちふしんうつしゑ》』と記されていました。

さらにめくってみると、そこには人名があり、その下にセリフらしきものが記され、合間合間にはト書きがはさまれ、場割りまで記されている。

表題とその字体、さらには本文のそうした書きようから、これは芝居の台帳――今でいう脚本らしいとわかり、それならわたしの専門だと興味をひかれたのです。

芝居の台帳というのは、まず印刷されることはなく、幕内で回されるだけで、役者たちには『書抜《かきぬき》』と呼ばれる各人のセリフの抜粋が渡されるだけですから、原則的にほぼ一点きり。用済みになれば小屋の一隅にある作者部屋に積み上げられ、火事にでもなればおしまいです。

でも、後進の作者や役者、それに好事家が写本をつくったり、それらが貸本として流通したものがまた書き写されたりして、相当数の台帳が伝存してはいます。これもそうしたうちの一冊で、どういうわけかはるばるイギリスまで渡ってきたのか――そんな感慨にふととらわれたりもしたものでした。

ですが、それはすぐに驚愕にとってかわられました。何気なくひっくり返してみた裏表紙に、こんな文字が記されていたからです。ほら、そのとき撮影したのがこれです。携帯端末なので、ちょっと見にくいかもしれませんが……。

文政八年乙酉《きのととり》九月吉日
千穐万歳大々叶《せんしゅうばんざいだいだいかのう》
作者　鶴や南北

もうおわかりだと思いますが、ロンドンで見つかった稿本というのは、あの鶴屋南北著すところの歌舞伎台帳だったのです。しかも、これまで存在さえ知られたことのない全く幻の……」

秋水里矢の言葉には、そのときの感動を、人生でめったとない瞬間を反芻《はんすう》するようなところがあった。ともかくにも、よくわからないながら理解できるような気がした。

「文政八年というと……確か一八二五年でしたか」

森江がそう言いながら目配せしたので、ともかはパソコンの位置を少しずらし、彼に画面を示した。そこには、ネット上のフリー百科事典の略年表が出ていた。

「ちょうど南北が『東海道四谷怪談』で古今未曾有の大当たりをとった、まさにその直後やないですか。あれっ、するとこれも評価の高い『盟三五大切』とほぼ時期が重なることに……?」

森江が、さも諳《そら》んじていたかのように知識を披露すると、

「そう、そうなんです。そこまでご存じだなんて、さすがです」

と、ますます信頼を高めたようだった。ともかはともかで、年表のあちこちに視線を走らせながら、

（へえ、文政八年は十一代将軍家斉の時代で、ちょうどその年に異国船打払令が出たり、そろそろいろいろヤバくなってきた時代なのね。ふーん、前の年に今の茨城県の大津浜にイギリス人が上陸してただなんて、全然知らなかった……）

ふと気づくと、森江春策が苦笑まじりに、ちょっと注意するように彼女を見ていた。ともかはあわてて本来の仕事にもどり、依頼人と彼の会話に耳を傾けた。

「今おっしゃった『盟三五大切』は『四谷怪談』の大ヒットを受け、その後日談として上演されたんですけど、そのときはなぜか不入りで、十五年後の天保十一年（一八四〇）に再演されてからは百三十六年も途絶えていて、でも今では南北の代表作としてくり返し演じられています」

「すると、これはその、現代でいうところのナマ原稿……？」

「それが違うんです」

秋水里矢は、森江の言葉を押し返した。

「今ここで説明している暇はありませんが、内容は全然異なっています。作品そのものが幻というか、わたしたちが知っている『三五』とは違うし、こんな作品が上演されたとは聞いたこともない。にもかかわらず、鶴屋南北の作品であることはまちがいないのです。誰かの偽作、戯作のたぐいではありえないのです」

「というと？」

「筆跡です」里矢は言下に答えた。「鶴屋南北の自筆台帳は、早稲田大学演劇博物館が所蔵する『水滸伝曾我風流《すいこでんそがのふうりゅう》』ほかと、大阪府立中之島図書館蔵の『菊宴月白浪《きくのえんつきのしらなみ》』があるのですが、それらと一字一句付き合わせた結果、完全にといっても過言ではないほど一致したのです。たとえば南北の名字は、当時は『靍屋』と書くことが多かったのですが、当人は『鶴』と書き『屋』は『や』ですませることが多かった。まさにさっきの画像のようにね。

あと、『抱へ』『捕らへ』と書くべきところを『抱得』『取ら得』とするとか、ひらがなの〝な〟はふだん『な』、〝き〟は『き』と書くのに、『かたな』のときは必ず『な』、『ちいさき』『肩さき』などのときは『さ』とするなどの文字遣いの癖までもが、全く同じだったのです……」

熱っぽく語ったあとで、彼女は少し専門的すぎたのを恥じるように口をつぐんだ。

そのようすは、森江の友人の探偵小説家がごひいきのアニメについて熱弁をふるったあとに似ていて、ともかにはおかしかった。

「なるほど、それは確かに大発見ですね」

森江春策は社交辞令ではなく言い、「それで」とさりげなく言い添えた。

長年の経験から、それが本題に入るサインだと察知したともかは、キーボードの上で指を構えた。どうやらそれほど事件らしい事件でないのは残念だったが……。

「……それで、あなたはご自身が発見した、その『鶴屋南北の幻の自筆台帳』が、ある人物に奪われるか、盗まれるかしたのを取り返したい——そうおっしゃるのですね。そのために九鬼先生の紹介でやってこられた、と？」

「いいえ」

秋水里矢は、まるで大ナタでも振るうみたいに森江の言葉を否定した。ともかも「は？」となって、彼と顔を見合わせる。

「台帳そのものは、今もわたしの——というか国劇会館の調査研究センターに保管されています。ただ、その中身だけがごっそりと盗まれたのです」

「中身だけが、ですか……ふぅむ」

森江春策はぼんやりと言い、困ったように腕を組んだ。

何とも奇妙な空気がその場を支配した。コミュニケーションが成り立っているようで、実は成り立っていないような、何とももどかしい感じ。

それに耐えきれなくなった新島ともかは、ついこんなことを口にしてしまった。

「その、古い歌舞伎脚本の中身だけを盗み取った『ある人物』というのは、怪盗か何かなんでしょうか。それとも天才的ハッカーとか……?」

「に、新島君!」

あわてて言いかけた森江を、秋水里矢は手でさえぎると、

「怪盗、ハッカー……確かにそれに類するような人間かもしれません。そこに山師、アジテーター、ハッタリ屋その他をぶちこめば、たしかにその男になることでしょう」

「その男というのは?」

「小佐川歌名十郎《おさがわかなじゅうろう》——それが、その男の名前です。もっとも本名は別にありますが、とにかく森江さんには彼との交渉をお願いしたいのです」

「名前からすると、ひょっとしてその方は歌舞伎俳優か何かですか」

森江が訊くと、秋水里矢はふっと憫笑《びんしょう》をもらして、

「さあ……はたしてその名に値するかどうか。とにかくお会いになればわかりますよ、歌名十郎がどんな男だか！」

高らかに柝《き》でも打ち鳴らすように、言い切った。確かに、その言葉にまちがいはなかった。

序幕

京都・洛陽創芸大学《虚実座》の場

チョーン！　高らかな柝の響きとともに浅葱幕《あさぎまく》が切って落とされた。

その少し前から、すでに物語の中の人生を生き始めていた役者たちが、いっそう生き生きと動き、語りだす。

それだけでは、どんな芝居かはわからない。だが演じる側だって、迷い迷いの手探りだ。何しろこれは誰も見たことのない、ひょっとしたら演じられたかどうかすら定かではない幻の歌舞伎なのだから。

だからこそ、ここには一種異様な緊張感があった。作り手と受け手が、見知らぬ芝居を組み立ててゆくスリルが充満していた。あいにくまだ、ここには観客といえる人間が、たった一人を除いて存在してはいなかったのだが……。

「待った待った！　はい、そこまで、みんなそのまま動くんじゃない！」

広々とした空間の隅々まで鳴り響いた叫びに、誰もがいっせいに動きを止めた。次いで、申し合わせたように視線をめぐらし、今の声がした方を注目した。

――そこにいたのは、年のころ四十前後、色浅黒く苦み走った風貌といい、引き締まった体軀といい、どこから見てもいい男だった。

ただし黙ってさえいればの話で、それは続いての饒舌《じょうぜつ》によってただちに実証された。

「おいおい、その芝居は何だよ。それじゃあ、まるで化けもんだ。いや、もとよりこりゃあ化け物づくしの芝居だが、化け損《そく》なった化け物にゃあ用はない。これほど不細工なものはないんだからね。はい、はなっからやり直し。いやまあ、それ以上できないというなら。そのまんまでいいんだぜ。ただし、もうとっくに附立《つけたて》だってことを忘れずにな。……おい、そっちはそっちで何してる！　さっき言ったことが、もう耳の穴から抜けて出たってんじゃあるまいな？」

そのようすをながめていた森江春策は、あらためて依頼人・秋水里矢の言葉を思い出していた
――確かに会えば、どんな男かすぐわかった。それも、うんざりするぐらいに！

ここは、京都市の御所西、洛陽創芸大学が誇る劇場《虚実座》の舞台。そこに辛辣きわまりない早口を朗々と響かせているのは、歌舞伎界の異端児とも呼ばれる小佐川歌名十郎であった。

今も「本舞台三間の間」と言いならわされているが、実際にはその数十倍はあろう板の間を飛び回る姿は、役者というよりダンサーのようだった。

ちなみに、彼がさっき口にした「附立」とは、もともとは「総ざらい」と呼ばれる最終リハー

サルに備え、必要な衣裳・道具・鳴物などを帳面に書きつけることで、転じて音楽を入れての稽古をさす。「本読《ほんよみ》」に始まり「立稽古」を経てここまでくると、芝居がいよいよ立体的に立ち上がってくる。

もっとも衣装はつけていなくて、浴衣や袷《あわせ》の着流し姿。むろん男優ばかりだから、一種独特なふんいきが漂う。その中にひときわ若く美しく、まだ少年といってよさそうな若者がいて、さっきから歌名十郎のターゲットになっているのは彼だった。

若者は歌名十郎が声をかけるたび、たおやかな体をビクッと硬直させ、だが一礼するとすぐになめらかな、あでやかといってもいい身のこなしを見せた。

ついつい見とれる森江だったが、次の瞬間、歌名十郎の大喝一声にわれに返らされた。

「違う違う、璃升《りしょう》！　そうじゃないんだ。ほら、ちょっとおれについて動いてみな。そうそう、何だわかってるんなら、なぜ最初からそうやらない……はい、こっちはよくなったが、そっちは待った！」

誰かれなしに指をさし、声を張りあげていたかと思うと、次の瞬間にはまるで別の場所にいて、いつのまに観察していたのかと言いたくなる細かいダメ出しを飛ばしている。

その対象は、役者はもとより狂言方と呼ばれる演出部も道具係も選ぶことなく、それ以外に振り向ける余裕は、まるでないかのようだった。だが、そんなことでは困るので、

「あの、小佐川さん……」

森江春策は、背後からおずおずと声をかけた。歌舞伎役者の場合、名字で呼びかけるのは変か

なと思ったが、しかたがなかった。

ちょうど彼は、小麦色の肌をして髪は短めながらカールした青年と話をしていた。細身だが引き締まった体を黒い作務衣か甚平のような軽快な衣服に包み、黒足袋をはいている。

森江は、彼とその青年の話の切れ目を狙ったつもりだったのだが、

「うん、だからなシノ……そこはそうじゃないんだ。だが、おれの口からで伝わるかなぁ」

「じゃあ僕の方から伝えときましょうか、彼らには」

「ああ、そうしてくれると助かる」

歌名十郎と〝シノ〟と呼ばれた青年は、森江の呼びかけが聞こえなかったのか無視しているのか、何の反応もないまま会話を続けるばかり。

これには森江もいらだって、〝シノ〟青年が「わかりました」と立ち去ったのをしおに、

「あの……だから……ちょっと聞いてくださいよ小佐川さん！」

声を荒らげながら、相手の肩を背後からたたこうとした。

森江の手は、しかしむなしく空を切った。気づいたときには、小佐川歌名十郎はもう数メートル先にいて、折しも音合わせ中の大太鼓に締太鼓、鼓に笛、それに三味線といった下座さんたちに矢継ぎ早の指示を飛ばしていた。

「あの、小佐川さん。だからですね……」

森江は半ば呆れ、半ばは憤然として、相手の後を追った。だが、そのとたん、

「こら、そこのあんた！　袖のあたりまでならまだ勘弁できたが、こんな舞台の真んまん中で土

足は一番の御法度だよ!」

鋭い視線を足元に投げられ、朗々と響く声で叱りつけられて、立ちすくんでしまった。

確かに相手の言うのも道理だった。舞台のあちこちから飛び来った視線の矢を感じながら、森江は靴下だけになった。ちなみに役者たちは、浴衣姿でも必ず足袋ははいていた。

脱いだ靴を手に提げ、ふとめぐらした視線が舞台の真正面をとらえた。

ほの暗い中に広がるのは、一階と二階に分かれて何百となく連なる座席——わずかな関係者を除いて一人の客もいなかったが、何ともいえない重圧が感じられた。

自分がいま追いかけている相手には、ここを観客でいっぱいにするという重責があるのだ。そうなったらなったで、彼らの期待にこたえなければならないのだ。

改めて、ここが芝居小屋という異空間なのだと思い知らされた。自分にとっての法廷にも似た、触れれば血の噴き出るような戦いの場……。

(ありゃっ、今度はどこへ行ったんだ?)

森江春策は、きょろきょろとあたりを見回した。三色の幕と無数の提灯に彩られた《虚実座》のどこにも、小佐川歌名十郎の姿は見当たらなくなっていた。

(はるばる京都までやってきて、扱いがこれとはエエあんまりな!)

歌舞伎もどきに嘆いてみようとして、あいにく自分には知識も下地もないのに気づき、あきらめることにした——そのときだった。

森江春策は、自分に微笑みかける一人の老人をけげんな思いで見返した。

それは役者の一人らしく、ほっそりとした体を着流しに包んだ老人で、純白の細糸のような髪を卵形の頭部になでつけていた。

年齢は七十、いや八十を超えていようか。まるで浮世絵の中の人物のように、しなやかで優美な立ち姿のまま、顔は森江に、手は舞台の下手端を指し示していた。まるで、

——お捜しのものは、あちらですよ。

とでも伝えたいかのように。

ありがとうございます、と目礼し、示された方向に行きかけてハッとした。

(今のは、ひょっとして……?)

あわててふりかえったが、老人の姿はすでにそこにはなかった。


——三世小佐川歌名十郎、屋号は上方風に綿家《わたや》。梨園のそれなりの名門に連なりながら、一時期この世界から離れていたために、実質廃絶とされた家に彼は生まれた。

そのことを惜しみ、素質に注目した贔屓筋の勧めで、彼は忘れられた名跡を継いで板の上に立った。だが、何の手蔓《てづる》も後ろ盾もない彼は、まるでそこにいないように扱われた。

それは、門閥《もんばつ》や血縁に無縁でありながら、この世界に魅せられ、夢と意欲を抱いて飛びこんできた若者たちが、必ず追いやられるのと同じ運命だった。

そのことにかえって奮起した彼は、同様なくすぶり組や、外部から共感してくれた人々を集め、実験的で野心的な歌舞伎興行を何度も試みた。それは果敢で孤独な闘いだった。

何しろ、結局は何も変わらない、変えられない日本社会において、最も格式ある業界だ。歌名十郎ごときの奮闘に心を動かされるわけもなく、これまでの幾多の挑戦者と同様、伝統という名のブラックホールにペロリとのみこまれてしまう運命にあった。

だが、そんな歌名十郎に、思わぬところから救いの手が差しのべられた。京都の洛陽創芸大学である。

新設の一私大に過ぎなかった洛創大では、かねてから大学冬の時代への生き残りのため、さまざまに大胆な事業に乗り出していた。その目玉の一つが、演劇活動だった。

その中核施設として学内に建設されたのが《虚実座》で、その異風な外観は、古式ゆかしくはためく芝居幟《のぼり》とともに、外の街路からもよく見ることができた。

江戸時代の芝居小屋を忠実に再現したこの劇場は、現代では不可能となった種々の趣向を実践できるのが売りだった。そればかりか、純日本的な外観にもかかわらず、東西の古典から前衛劇までのあらゆる演出に対応できる柔軟性をも備えていた。

すでに劇界の異端児と呼ばれ、早い話がその名のもとに敬遠されていた歌名十郎は、ある日、洛陽創芸大学に招かれた。そして世間以上に当人を驚かせたことに、この劇場の芸術監督に任じられたのである。

そこでみごとに期待にこたえ、才能を開花させた……というより過去の鬱屈を爆発させた彼は、たちまちいくつかの公演で成果をあげ、注目を集めた。

それは、この大学のマスコミ対応やメディア展開のうまさによるところが大きかった。何でも理事長が相当なやり手というか、話題作りの名人で、とてつもない大風呂敷も広げれば、ちょっとしたネタを食指ののびそうなパッケージにする手腕でもツボを心得ていた。

《虚実座》の設置、小佐川歌名十郎の芸術監督への抜擢もその一つだが、ここで企画制作および演出家をつとめ、しばしば主演者をも兼ねた彼の活躍があってこそなのはもちろんだった。だが、そこには見えない壁があった。

異端といい前衛といっても、とうに使い古されたプラカードに過ぎない。にもかかわらず、彼は常に新奇であることを求められた。それが、スポンサーやジャーナリズムの望むところであれば、少なくとも新奇に見える何かを探し求めなくてはならなかった。

その果てに彼がたどり着いたのが——鶴屋南北の芝居だった。

大江戸版グラン・ギニョールともいうべき血みどろの南北劇は、歌舞伎の歴史の中でも特異な位置を占めている。そのまま現代に通じることでは一番だろう。大南北は今も昔も異端で、猛烈な毒素をふくんでもいる。

一見、歌名十郎との相性は抜群に見える。だが、周囲の反応は冷ややかだった。

というのも、南北の再評価は以前から行なわれており、とりわけアングラ系や小劇場にとっては一つの旗印となっていた。決して珍しい試みではなかったのだ。

にもかかわらず、歌名十郎には成算があった。とんでもない爆弾を彼は抱えていた。

それこそ秋水里矢がロンドンの骨董店で発見した、鶴屋南北の幻の脚本なのだった。

彼女の言い分によれば、彼はその内容を盗み取り、勝手に自分の劇場にかけようとしている。

徹頭徹尾、自分の作品として、あたかも自分が発見し復活させたと言わんばかりに。

こうして、小佐川歌名十郎はまた大きな賭けに挑もうとし——そのせいで、森江春策が巻きこまれることにもなった。天才肌で大胆で細心で、多分に身勝手で衝動的でもあり、何よりトラブルメーカーなこの男のペースに、である。


「つまりですね小佐川さん。あなたが今回の公演に際して、企画者としてご自分の名だけを記すのは問題だと、僕の依頼人は主張しているわけなんですよ。先方の主張では、今回の上演作品は自分が発掘したものであり、その成果は自分が所属する国劇協会に帰属し、当然ポスターやマスコミ向けの広報資料においてクレジットされるべきだ、と……」

森江春策は、やっとこさ捕まえた歌名十郎に来意を告げた。幸い彼は、あちこちを飛び回るのも小休止なのか、そのまま黙って耳を傾けていてくれたが、

「ふむ、するとあの人は、四捨五入すると死後二百年になろうかという鶴屋南北氏にまだ著作権が存在し、自分はその代理人だとでも言いたいんですかね。古ぼけた土蔵の長持か葛籠《つづら》の中から古証文や反古《ほご》紙をつかみ出しただけの自分が、そこからお宝を掘り出したこの僕と同等に扱われるべきだと？」

よくわからないたとえとともに、一笑に付してしまった。森江はなおも食い下がって、

「いや、僕の依頼人の功績はそこまで低いものとは思いませんよ。そのたとえで言うなら、お宝を掘り出したのはほかならぬ彼女ということになりますし、実際その価値を十二分にわかってお

られた。そのうえで、あなたにも幻の脚本の存在を明かしたのですからね」

　相手のペースに巻きこまれないよう、あくまで冷静さを保ちながら言った。

「そうですか、それは見解の相違ですな。あれがお宝になったのは、僕が命を吹きこんだからで、でなければ、ちょっとばかり珍しい紙屑というにとどまったでしょう。学者先生たちならいざ知らず、ね。第一、僕があの台帳の内容を彼女から勝手に盗み取ったという証拠がどこにあるんです？」

　小佐川歌名十郎の答えは、しかしにべもないものだった。

　実際、そこが困った点で、秋水里矢は、どのようにして南北の幻の脚本が流出し、歌名十郎の手に渡ったかについては、推測すら語ろうとしなかった。

　ひょっとして、自分たちの側で誰かが責任を問われるのを恐れているのかもしれなかった。かといって引き下がるわけにもいかず、

「いやいや、盗んだとまでは言っていませんよ。言ってはいませんが、そのおっしゃりようはいかに何でも……」

　森江がなおも突っこもうとしたときだった。歌名十郎は、いきなり別方向に向き直ると、びっくりするような大声をあげた。

「違う違う！　透視画《パース》と浮絵《うきえ》は全然別ものなんだよ。で、今度の舞台にどちらが必要かはむろんわかってるんだろうね？」

　後半の、笑いをふくみながらも妥協も容赦もない言葉つきに、あたりに緊張が走った。

　ちなみにここは、大道具の製作現場。あちらでは大工が板から切り出した大道具に木枠をつ

け、経師《きょうじ》がそれに紙を貼っていた。

今そこの床に広げられているのは、いっぱいに綿布を張った巨大な板で、そこに糊を引いた上から、「絵描き」と呼ばれる職人たちが泥絵具の筆を走らせていた。

チョークを先につけた〝アタリ棒〟でざっと描いただけの下絵が、たちまちあでやかな背景画に変じてゆく。森江にはどこが悪いかわかるはずもないが、歌名十郎には何かが断じて許せないらしかった。

「そんなこたぁわかっていますよ、綿家の旦那。そちらこそ見るとこが違ってやしませんか。こっちもお客の目の位置をちゃんと考えてのことなんだ」

絵描きの方も負けてはおらず、主になって筆をふるっていた、顔も体もひょろ長くて髭《ひげ》むじゃの男が、ビシビシと反論してゆく。どうやら美術全般の責任者らしかった。

「おお、そこまで言うのなら、訊かせてもらうが」

「何だというんだ、綿家の旦那さんよ」

売り言葉に買い言葉で、歌名十郎が声を高める。森江がハラハラしだしたところで、稲妻のように割って入った人影があった。

「まあまあ監督も、条原《くめはら》さんも落ち着いてくださいよ」

さっき歌名十郎と話していた短髪巻き毛、小麦色の肌の青年〝シノ〟だった。衣服の前からはみ出した、同じ色の布をグイッとねじこむと、両者をなだめ始めた。

むろんそれぐらいで収まる芸術監督と美術責任者ではなかったが、その語気はしだいにおとなしいものになっていった。

(どうやら心配することはなかったらしいな)

そう安心したものの、森江はまたしても置いてけぼりだった。

いつのまにか口論は議論になり、〝シノ〟青年は役目がすんだと悟ったのか、どこかに立ち去った。その後もしばらく話は続いたが、そのさなかにも歌名十郎は、職人たちの作業の全てを鋭い目で見守っていた。

ふと、その口元に会心の笑みが浮かんだ。条原という美術責任者が持ち場にもどったあと、さきほどよりは柔らかな表情で森江をふりかえると、

「で……彼女はいったい、僕にどうしろというんです、森江さん?」

ふいに話を振られて、森江はちょっとあわてたが、

「つまりですね、秋水さんとしては、ご自分の名誉だとか利益だとかはどうでもいい。これまでその資料を伝えてきた人たちや、その存在を彼女に教えてくれた人の功績が無にされるのが耐えられないというんですよ」

そう言った森江春策に、小佐川歌名十郎は、みじんも動じた様子を見せずに、

「ああ、結局その件ですか。だとしたら答えはさっきと同じです。例の台帳が価値を持ちえたのは、僕がそれを解読し、あまつさえ舞台にかけることになったからです。それと同じに扱えというのは、やっぱり納得できませんな」

「し、しかし……」

言いかけた森江を、歌名十郎は「まぁまぁ」と軽く手で制して、

「もし里矢の言ったとおりだとして、その人たちにどう報いろと言うんです？　さっきも言った通り、作者の権利さえ消滅した今となって、どういう権利を主張するつもりですか。それこそ筋違いってもんじゃありませんか」

「今『里矢』とおっしゃいましたが、秋水さんとあなたとは、以前ご関係があったそうですね。それで……」

森江はすかさず突っこんだが、相手はまるで動じることなく、

「ああ、その件ですか。確かにご関係はありましたがね。今は無関係ですし、そもそも無関心です。それとも何ですか、里矢……でいけなければ、秋水さんこそ、何としても看板に僕と並んで書かれたいとでも言うんですか？」

「いや、だからそんなことは、先方さんは主張してはおられません。ただ、あくまでこちらで作品を上演する際に通してほしい筋というものを、ですね……」

なおも食い下がりながら、森江はどうしようもない徒労感を覚えていた。理屈の通らない相手に理屈を通すのはこの職業の宿命みたいなものだが、今回は相手が悪かった。

役者という人種、それも彼のような自意識の塊には、正論は歯が立たない場合もあることを思い知らされた。

（やれやれ、こういったご仁は客席から遠目に見てるに限るな）

ため息まじりに、つぶやきたくなったほどだった。そんな心中を見透かしたかのように、

「そんなことより森江さん、この台帳がどれほど貴重で重要なものか、あなたはおわかりなんですか。ご存じない？　おやおや、それで里矢の代理人だの、こちらと争うなんぞと言われても困りますな。ここはじっくりと語らせていただきましょう。わが《虚実座》が、これより世間に披露する芝居の曰く因縁故事来歴を、その内容とともにね！」

「え……？」

小佐川歌名十郎は、とまどう森江にズイッと歩み寄ると、

「森江さん。いやさ、お立ち会いの方々よ。まぁ想像してごろうじろ。ここは現代の京都は洛創大のキャンパス内、《虚実座》にはあらずして、はるか昔も大昔、花のお江戸のただ中と。何のわけあってか群集雑踏なす、ちょん髷《まげ》結った人々に、まさにもまれているのだと……」

口上役よろしく、うやうやしく一礼してみせた。

その刹那《せつな》、彼が下げた頭の向こうに、書き割りとも実景ともつかない江戸八百八町のにぎわいが見えた気がした。

たぶん、それは歌名十郎のセリフの魔術が見せたものだったろう。だが、芝居町のようにも見えた幻景《ミラージュ》は、彼がサッと顔を上げると同時にかき消された。

「幕末明治の激動を乗り越え、開化の新風俗を描いて最後の戯作者と呼ばれ、かと思えば新政府《おかみ》の手先となって神道信仰と天皇崇拝を説いて回った仮名垣魯文《かながきろぶん》という男をご存じですかな」

「あの『安愚楽鍋《あぐらなべ》』や『西洋道中膝栗毛』を書いた？」

「そうそう、そうです。その魯文の師匠というのが、弟子とは正反対に世渡りの異様に下手な男

でしてね。もとは北陸のさる藩に仕えた家柄でありながら、作者の道を志して、師匠として選んだのが、かの四世鶴屋南北――にはまだならずに、勝俵蔵《かつひょうぞう》と名乗っていた市村座の立作者。そこで花笠魯助《はながさろすけ》の名をもらい、そこそこのところまで行ったんですが、やがて江戸を離れてしまう。大坂の角の芝居で作者をつとめ、やがて江戸へはもどったものの、芝居の世界を去って名も文京と改め、戯作者というよりは売文でたつきの道を――と、なかなかに有為転変な人生を送った人なんですが、彼が遺した懺悔録《ざんげろく》ともいうべき『続々渡世肝要記』に、南北の幻の台帳についての記述がありましてね。

それによれば『四谷怪談』のあとに忠臣蔵をあつかった芝居を書き、魯助改め文京もかかわったというのだが、断片的に記された内容は、今日伝わるいかなる作品とも一致していない。しょせんは二流三流のまま終わった作者の、晩年のたわごとと片づけられていたんだが、私にはどうにもそうは思えなかった。

というのも、その懺悔録というのが、わが綿家――小佐川の代々に伝わっていたものでしてね。しかも、先般ロンドンで発見されたという南北自筆の台帳の中身が逐一、文京の書き残したものと符合しているとあっちゃあ、どうでもこの歌名十郎が舞台にかけないわけにはいきません。ササどうです。これでも私の手からくだんの芝居を奪い取り、あの女なりその背後にいるものに献納しようという、アおつもりですかい森江さん？」

小佐川歌名十郎は、そう言うと、森江春策の前で大見得を切ってみせた。

森江はすっかり彼に気圧《けお》された形で、しばらくは返す言葉もなかった。だが、かろうじて気を

取り直すと、

「そして、その幻の台帳というのが――？」

「そう、今回上演される狂言です。題して『銘高《なもたかき》 忠臣《ちゅうしん》現妖鏡《うつしえ》』というね！」

歌名十郎は、高らかに宣言するのだった。

同じく学生食堂の場・並びに《虚実座》ホワイエの場

かつて〝学食〟の名が連想させた、薄暗く小汚いイメージとは無縁な空間だった。

洛陽創芸大学のカフェ・レストラン――。明るく清潔で、メニュー豊富なそこは、歴史の新しさの表われであり、今どきの学生を引きつける方策でもあったろうが、ここが学外から客を迎える劇場そばというのが大きいようだった。

しかも芸術系の大学だけに、学食内の掲示板に所狭しと貼られたポスターも多種多彩。さまざまなサークルのメンバー募集やイベント告知、求人広告のほか、大学側のものとしては在校生による公募やコンペの入選実績、面白いところでは漫画家やイラストレーターとしてのデビュー報告もふくまれていた。

――森江春策は、その一隅で一休みしながら紙コップのコーヒーをすすり、焼き菓子を食べていた。

あのあと、舞台稽古はいったん撤収となり、部外者の森江はいやおうなく外に追い出された。

結局、小佐川歌名十郎にほんの少しでも依頼人の意思を伝えることができたのかというと、どうにも心もとなかった。

京都へは朝の新幹線でやってきたのだが、この分だと帰りは遅くなりそうだ。そう腹を決め、あらためて周囲を見回す。今では当たり前のバリアフリーが、この大学では早くから貫かれているそうで、それもここの快適な印象につながっているに違いなかった。

何だかんだ世知がらくなりつつも、大学という空間以外では味わえないふんいきを楽しみながら、森江は妙に落ち着かなかった。

そこが小じゃれすぎており、寄り集まった若者たちがまぶしく感じられたせいもあったかもしれない。久しく感じることのなかったキャンパス生活へのノスタルジーをかきたてられたせいかもしれなかった。

だが、一番の原因はほかにあった。それも、一メートルと離れていない真正面に……。

「ははは、森江さんも、さっそくオヤジのあれに当てられましたか。よく毒気を抜かれるとか言いますが、オヤジときたら、好んで毒を振りまいているところがありますからね。まぁ勘弁してやってくださいな」

さっき稽古で見かけたその青年は、あらためて間近で見ても、やはり少年という方がふさわしかった。

歌名十郎との最初のコンタクトで、何だかひどく疲れてしまった森江のもとへ、ふらりと現われたかと思うと、

「さっき、うちのオヤジと話しておられた方ですよね」

いきなり、そう話しかけてきた。稽古用の着流しを、周囲の学生たちと変わらないファッションに着替えていたが、その美貌は見まちがえようがなかった。

森江は、なぜだかどぎまぎしてしまいながら、

「えっ、はぁ、それは、あのう……」

と、まるで要領を得ない返事をした。

青年の総身から馥郁《ふくいく》として発散される若さが、甘いフレグランスのように感じられたからかもしれない。あるいは、抜けるように白くきめ細かな肌が、その性別をあいまいに見せていたせいかもしれなかった。

彼は自分のそんな特性を知ってか知らずか、どこまでも無邪気に、

「やっぱりそうでしたか。じゃあ、たぶんびっくりされたことでしょう。僕、ようすを横目にしながら、またやってるなとハラハラしてたんですよ。オヤジは誰彼なしに、いつもああいう調子でして、悪気はこれっぽっちもないので許してやってください」

そこまで聞いて、やっと〝うちのオヤジ〟が小佐川歌名十郎のことだとわかったのは、われながら鈍いと思わざるを得なかった。だが、それだけ困惑していたということでもあろう。

「あの」森江はようやく言った。「それで、あなたは――?」

そのとたん、青年は白粉《おしろい》を刷《は》いたような顔をほんのわずか紅潮させた。

「あ、すみません。申し遅れました。僕、歌名十郎の門下で、小佐川璃升と申します」

「お弟子さん、ですか」

森江が言うと、青年は輝くような笑顔を花開かせた。

「はい、部屋子に入って十年になります」

部屋子とは、歌舞伎独特の制度で、役者の家柄ではないが、特に見込みのある子役を自分の楽屋付きにし、身近に置いて芸や作法を教えるものだ。

いわば選ばれた存在だが、この若さで十年ということは、小学生のときすでにこの世界に入っていたということで、森江などには想像もつかない人生設計だった。

彼の話によると、璃升――むろん芸名だろう――はごく平凡な自営業の家庭に生まれ、まず不自由なく育つことができた。ありがちな話だが、引っ込み思案な性格に加え、近所に同年輩の子供がいなかったことから、児童劇団に入った。

たまたまそこが、歌舞伎興行でも有名な梅松《ばいしょう》系だったところから、わけのわからないまま舞台にも立つようになり、たちまちこの独特の世界が好きになった。

「初舞台は『天満宮《てんまんぐう》菜種《なたねの》御供《ごくう》』、時平《しへい》の七笑で、菅原道真公が大宰府に流されることになり、手習の童たちが梅の折れ枝やら若松、手本や草紙を持って泣きながら見送る、そのうちの一人でした。そのあと『世話《よは》情《なさけ》浮名《うきなの》横櫛《よこぐし》』の丁稚三太とか、セリフはないけど大事な役をやらせてもらううちに、どんどん面白くなってきましてね。

でも、そうなると学校の方がだんだんおろそかになって、勉強についていけなくなってきて……そんなとき、今のオヤジから『部屋子にならないか』とお話がありまして、どうしようかと家で話し合ったんです。そのとき、僕は今思い出しても不思議なぐらいきっぱりと答えたんですよ、『お芝居をやりたい』とね。それで親たちも腹を決めてくれて、本格的にこの世界に足を踏み入れることになったんです」

璃升のよどみない語りに、森江はつい引きこまれて、

「なるほど、そういう選択肢もあるんですね。ふつうの入門とはまた違うのでしょう？」

「はい、僕たちのように、いわゆる門閥に属していない一般家庭の出身者は、国劇の歌舞伎養成所で学んだあと、それぞれ師匠を選んで入門することになります。それだと、どうしても歌舞伎の家に生まれたものに比べてスタートが遅れますから、まだ子供のときにオヤジに声をかけられたのは幸いだったと思います」

「それで、歌名十郎さんがこれまでの枠を飛び出し、この大学に招かれたのについてきたと……」

その選択ははたして幸運であったか、森江は少し案じながら訊いた。だが、相手の答えはしごくはっきりとしたものだった。

「当然です。オヤジとは親子も同然ですから。養子の話もあって――もっとも、これは芝居入りを許してくれた両親に申し訳なくて断わりましたけれど」

「はぁ、そういうことがあったんですか……」

森江は感心しながら、この小佐川璃升という美しい若者に危ういものを感じずにはいられなかった。こんなに率直に、あけすけに自分の身の上を、会ったばかりの自分などに打ち明けていいものだろうか、と。

「虚実座《こちら》の公演では」森江は話題を転じた。「やはり本職の歌舞伎俳優さんが主になるんですか、それとも……」

「ケース・バイ・ケースですね。特に最初のころは役者にせよ裏方さんにせよ、オヤジの懇意な人たちを呼んできてたんですが、最近ではこちらの大学の演劇科の人たちに入ってもらってます。特に演出スタッフは、今はかなり洛創大《こっち》の人たちで占められてますね。何となく自分も大学生になった気分になれるのが面白いです」

（あの〝シノ〟と呼ばれ、歌名十郎に頼りにされているようすの若者も、そうなのかな）

森江春策はふとそんなことを考え、あの精悍《せいかん》で如才なさそうな青年を思い浮かべた。その風貌を、目の前の璃升と重ねた瞬間、またしても危うさを感じた。

あまりに無垢、あまりに外の世界に無防備なのではないか——だが、小佐川璃升は、そんな彼だからこそ持ちうる説得力で、森江に迫ってきた。

「とにかく、オヤジが芸一筋、ただもう芝居が好きなだけの善人なのはまちがいないんです。あの女が何を言ってるかは知りませんが、どうかオヤジを信じて味方になってやってください……お願いします！」

テーブルにおでこを激突させせんばかりに、頭を垂れた。

その一途な思いはわからないでもないが、森江としては立場上、うなずくわけにもいかなかった。ただ、璃升が口にした「あの女」——むろん秋水里矢のことだろう——の語気の強さが、心に引っかかったのも事実だった。

「いやまぁ、璃升さん……とにかく頭を上げてください」

森江がそう言っても、がんこに「いえいえ」と下げたままの頭を左右に振るばかり。まわりの席の女子学生たちがその異変に気づいて、

「ちょっと、ほら、璃升君が……」

「ほんとだ、何であんなオッサンに頭下げてるの？」

オッサンって……そりゃまぁ、そうに違いないが、どうもこの若者をいじめていると誤解されているらしい。こういう場合、若くて美しいものに比べ、そうでないものは圧倒的に不利である。

森江は、何とか相手の卓上土下座をやめさせようとしたが、小佐川璃升は聞く耳を持たない。ますます注目は集まり、非難がましいヒソヒソ声も広がって、大いに焦らないわけにはいかなかった。

ここは何とか話をそらし、彼に何かしら答えさせようと考えたとき、頭にひらめいたものがあった。

「あの、璃升さん。ひょっとして、あなた方の一座に山村筥蔵《やまむらはこぞう》さんという方はいらっしゃいませんか？」

その効果は、予想以上に覿面《てきめん》だった。

璃升は「え」と顔を上げると、きょとんとした顔で森江の目を見つめた。それはそれで対応に困るものがあったが、とりあえずテーブルに突っ伏すのをやめてくれたのはありがたかった。

「筥蔵先生――ですか？　森江さん、先生をご存じなんですか？」

見開かれた目に驚きととまどいと、畏敬の念が浮かぶのを、森江は見逃さなかった。

見開かれた目に喜びとおかしみと、懐旧の念が浮かぶのを、森江は感じ取っていた。

「そうでっか、やっと思い出してくれはりましたか。というても、わても何や知らん、見たようなお人が、歌名十郎はんのあとをついて歩いてはるなぁと思たまでで……ほんまのとこ、あの人にとって具合《ぐっ》の悪い方やったら行き先を教えるのもどないかいなぁと思いましたんやが、あんまり振り回されて気の毒に見えたもんでっさかいな。そのときフッと思い出したんだす。アッ、これはひょっとしてわてが引退したときに取材に来てくれはった新聞記者はんやなかったかと……確か仮名文字新聞さんやおまへんでしたか？」

《虚実座》のホワイエの長椅子に森江と並んで腰かけたその老人は、顔を笑みでくしゃくしゃにしながら話し始めた。

周囲に人影はなく、ガランとしている。もっとも舞台の方では、まだ何か作業中らしかった。

「そ、そ、そうです。もっとも今はブンヤの足は洗いまして、こんなことを……」

森江が差し出した名刺を受け取ると、その老人はホホウという顔になって、

「何と弁護士さんにならはりましたんかいな。しかも今は東京にいてはりますのやな。えらい出世……てなこと言うたら、元が悪いようなけどなぁ」

「い、いや」と森江は汗をふきふき、「今も大したことはありませんが、記者としてもまるきりアカンタレでしたから」

「いやいや、事前にちゃんと勉強したことがわかる、ていねいなインタビューでしたで。けど久しぶりの今日は取材やのぅて、弁護士としてはるばる来やはったということは……歌名十郎はん、また何ぞやらかしましたな？」

ニヤリと笑いをもらしたのに、森江は「いや、まぁ」と言葉を濁したが、おそらく先方にはとうにお見通しに違いなかった。

――この老人は山村筥蔵といって、大舞台にも何度となく立ったベテラン俳優だ。

清らかに痩せ、上品で物柔らかな紳士。洋服を着ている姿が想像できないほどだが、こう見えて、梨園の門閥主義とは歌名十郎以上に闘ってきた硬骨の人だった。

敗戦後、一度は消滅の危機にさらされた歌舞伎。幸い生きのびることはできたものの、上方歌舞伎の衰亡はより深刻だった。

大阪という都市が、経済的にも文化的にも凋落《ちょうらく》したこと、加えて人材不足が致命的だった。皮肉にも、商家でさえ息子が無能なら継がせない大阪式の実力主義が、俳優層を空洞化させた。系統や芸風への強いこだわりが、多数の名跡を宙に浮かせる結果を生んでいた。

このとき、起死回生の奇手として行なわれたのが、「学士俳優」の採用だった。

大学で演劇を専攻した学生たちが、歌舞伎の魅力に取りつかれ、さらに学び、語るうち、演じる喜びに目覚めるのは時間の問題だった。

彼らの自主公演は好劇家たちをもうならせ、その才能と実力にほれこんだ劇界トップの強い意向で、筆記と面接、大劇場での試演を経て十人足らずが採用された。

当然反発もあり、「学士俳優とは共演しない」と言い放った大物もいたが、彼らの清新さ、学識、下積みを経験していないゆえの物怖じしなさは、好意的に受け止められた。

だが、彼らがデビューしたころ、関西では歌舞伎の上演が減る一方で、歌手芝居など不本意な舞台に出ることも多くなった。

せっかく入った劇界を去るものも出る中で、とどまるものは選択を迫られた――独立した役者としての立場を捨て、誰かを師匠とし、弟子として仕えるところからやり直すか、どうか。

それは、これまで与えられてきた大役・難役との訣別を、昔ながらの門閥制度の中に組みこまれることを意味していた。こうして学士俳優たちは、ちょっとしたトピックスというか特異現象として、演劇史の中に溶け消えていったのだった……。

「まあ、今にして思えば、わたいら当時の大学生の中で、ほんまに飛び抜けた才能の持ち主やったのは一人か二人。ただ、その人らだけを入れたんでは埋もれてしまうし、ポツンとどこかの部屋に入ってもつぶされてしまいかねん。それで、にぎやかしに採用された中に、わてもおったということでっしゃろ。幸いわては主役よりは、道外方《どうけがた》とか半道敵《はんどうがたき》（おかしみのある悪役）に興味があったので、ちょうどそちら志望の若手を探してた師匠の下に入るのは、何の違和感もおませんでした。

そのときもろたのが笘蔵の名前で、以降それなりにやってきたつもりですが、六十を過ぎて、役者としての自分もここまでかいな、と。同年輩の友達は定年を迎えてるし、これ以上後進の場所ふさぎをすることもないやろと引退を決めて――そのときインタビューに来てくれはったのが、森江はんだしたな」

老優・山村笆蔵はにこやかに、懐かしげに語るのだった。

彼のいるホワイエに森江を連れてきてくれた小佐川璃升は、やや離れて二人を見守っていたが、気を利かせたのか用があるのか、どこかに立ち去った。

「そうでした、そうでした。あれは京都の南座の楽屋でしたね」

森江も懐かしさを抑えきれず、何度もうなずきながら言った。

「歌舞伎についてはろくすっぽ知らず、学士俳優さんたちのこともそのとき初めて知ったありさまでしたが、とにかくいろいろ面白いお話を聞けて楽しかったです。確かあのときうかがったお話では、引退後は歌舞伎教室のようなものを開いて、長年たくわえた演技経験を広く伝えたい――ということでしたが」

「はい、その通りで……よう覚えたはりますな」

山村笆蔵は、にこやかな表情をいっそうほころばせながら言った。

「おかげさまで、あちこちで歌舞伎の鑑賞教室やワークショップを開いたり、そのうちある町の伝統芸能である『こども歌舞伎』の指導者に呼ばれたりして、ことにこれは楽しおましたな。この催しはずいぶん続いて、その地に骨を埋めてもええなとまで思たんですが、あるとき代がわりした市長が、金もうけと企業誘致しか眼中にない輩《やから》で、図書館も博物館もみなつぶされて、伝承芸能なんかどうでもええと解散させられてしもたんです」

「おう、それは……」

「それで、今度こそ役者廃業、歌舞伎とも縁切れかと腹を決めたとこへ、声をかけてくれたんが歌名十郎はんで……前から彼の奮闘ぶりには共感しとりましたし、弟子の璃升君にも稽古をつけたことがおましたからな。渡りに船ということで一座に加えてもろたようなわけです」

「その歌名十郎さんというのは」森江は訊いた。「率直に言って、どんな人ですか。ごらんになってたと思いますが、振り回されっぱなしのはぐらかされ通しで、もう取りつく島がないというか、何というか……」

するとと老優はフッと笑いをもらし、あっさりとこう答えた。

「まあ、一言でいえばムチャな男でんな。ムチャ扁に大ボラと書く——とでも表現したらええのか、だいたい今度の芝居みたいなもんをやろ、いうのは、およそほかの人間では思いもよらんことに違いおません」

「今おっしゃった『今度の芝居』についてなんですが……実際のところどういうもんなんですか。内容については依頼人も、ほとんど語ってくれませんでしたし、いくら調べても中身が出てこなくて……」

「まあ、それが幻の台帳たるゆえんだっさかいな」

「何でも忠臣蔵をモチーフにしたものだそうで……でも、『東海道四谷怪談』がまずそうですし、その次に後日談として上演された『盟三五大切』にも塩冶《えんや》浪人が登場して、仇討ちに参加するための金をめぐって惨劇が起きる。『菊宴月白浪』は、これはずいぶん昔にテレビで見たのですが、忠臣蔵本編で卑怯者の悪人とされた斧九太夫《おのくだゆう》と息子・定九郎《さだくろう》が実は誰よりも忠義で、由良之助らの討ち入りが失敗したときの後詰として待機したまま、本懐を遂げられず汚名を着せられた——

という奇想天外なものでしたね。よほど何かこだわりがあったんでしょうか。駆け出し作者のとき、まだ暗いうちに上演して誰も見るもののないような『序開き』に忠臣蔵十一段の趣向を全て盛りこんだともいいますし――」

一生懸命の勉強の成果をてんこ盛りにして森江が言うと、笆蔵は目を細めて、

「おやおや、ますますあのときの森江記者さんと話してるようですな。まぁ、南北先生いうお人にとっては、厳としてそびえる権威であり、きれいごとの忠義と死がちりばめられた忠臣蔵は、突き崩さないかん強敵やったのでしょう」

「強敵、ですか……」

「さいな。しかも芝居に限った話やおませんねん。大南北の師匠は、片手間に草双紙も書いてはったんですが、その中に『女扇《おんなおうぎ》忠臣要《ちゅうぎのかなめ》』と『いろは演義』いうのがあります。

これらは四谷怪談の翌年と翌々年の作品ですが、何と大星由良之助らが本懐を遂げて切腹したあと、義士の妻や娘、恋人たちが高師直《こうのもろなお》の未亡人らと戦うという、何とも奇っ怪で不条理な筋立てです。これは、もともとは芝居に仕組むつもりだったものが中止になってしもたため、小説仕立てにして発表したものやそうで」

「えっ」

森江は思わず声をあげていた。知らず知らず身を乗り出しながら、

「すると、今度の芝居というのは、その女性版忠臣蔵の上演されるはずだった台本――？」

「おお、さすがは森江はん、そこに目をつけはりましたか。なるほどそれなら特ダネで、部長賞

ぐらいはもらえるかもしれまへんが――あいにく、ロンドンに眠っていた台帳の内容というのは、それでもなかった。まるで未知の芝居だしたのや」

「といいますと――？」

「さあ、それ以上のことは、わての口からは言えまへん。芝居の内容については、ギリギリまで、あまり大っぴらにせんようにと緘口令《かんこうれい》が出てますよってな。そのかわり、昔のよしみで、その舞台の一端だけでもごらんに入れまひょ。まぁ、口で言うより、その目で見てほしいんだす。ささ、こっちへ――」

先に立った笘蔵に手招きされるまま、森江は客席内に通じる扉の一つの前に歩を進めた。ずしりとした扉が老優の手で開かれ、その向こうにかいま見えたものは――さっきとは様相を一変させた舞台の上に組み上げられた巨大な御殿だった。

同じく舞台「鎌倉師直館」の場

巨大な御殿は、森江に一瞬その威容をかいま見せたかと思うと、すぐに閉じかかった扉の向こうに姿を消してしまった。その寸前、

「ちょっとの間、待っとくれやっしゃ」

と山村笘蔵の声がしたので、そのまま三十秒ほど待っていたところ、

「さあ、おいなはれ。今のうちやったら大丈夫みたいでっせ」

いったん閉じた扉のあわいから、筥蔵がいたずらっぽい笑顔とともに、半身を乗り出させた。手招きされるまま、彼のあとに続いて場内に入った森江は、

「こ、これは……」

そうつぶやくなり、その場に立ちつくしてしまった。

さっきまで役者や裏方が右往左往し、何より歌名十郎がバレエダンサーよろしく八面六臂《はちめんろっぴ》と跳び回っていたのとは一変して、そこには浮世絵か読本の挿絵から抜け出たような建物がそびえたっていた。

勾配のきつい大屋根、それを支える幾本もの柱――。

さしずめ『南総里見八犬伝』で犬塚信乃と犬飼現八の決闘が行なわれた芳流閣、あるいは『青砥《あおと》稿花紅彩画《ぞうしはなのにしきえ》』の極楽寺、はたまた南北自身の『天竺徳兵衛韓噺』の吉岡宗観邸《よしおかそうかんやしき》といったところか。

だが、そのどれでもない証拠に、山村筥蔵が森江にささやきかけたことには、

「鎌倉師直館――実説の吉良上野介に当たる高師直の居城ですよ」

「えっ？　ああ、なるほど……『仮名手本忠臣蔵』は時代も人物も『太平記』の世界に仮託してるから、江戸は鎌倉に読み替えられるんでしたね」

森江の言葉に、筥蔵は満足げにうなずくと、

「そう、そやさかい赤穂浪士ならぬ塩冶浪人たちは、船で稲村ヶ崎に漕ぎつけ、そこから討ち入りに向かいますねん。もしそこまで忠実に描くなら、彼処《あこ》の花道がそのときは海になり、浪布《なみぬの》を敷き詰めた上を作りものの船が進んでゆかんならんわけでんな」

「さすがにそうなったのは、見たことないですね」森江は首をかしげて、「それは別にしても、いつもの討ち入りの場とはずいぶん違うような……ちょっとドラマなどとゴッチャになってるかもしれませんが、高い塀があって門があって、そこに義士たちが集結するんですよね。『山・川』。いや『天・河』だったかの合言葉を決めて、いよいよ突入となるんでしたっけ」

「『高家《こうけ》表門の場』ですな。これに続いて同じく広間の場、奥庭泉水の場、柴部屋本懐の場――となるのが通例ですが、今度の芝居はそのあたりがちょっと違《ちご》うとりましてな。そして、この『鎌倉師直館の場』こそが見せ場中の見せ場というても大げさやおまへんのだす」

「と、いいますと――?」

思わず身を乗り出した森江を、筥蔵は手で制して、

「まぁま、待ちなはれ。それより一応は部外者立ち入り禁止やから、目に立たんようにしてもらわんと。そや、とりあえずそこの席へでも座りなはれ」

指さしたのは、最後列に近い座席で、森江は言われるままそこに腰かけた。

薄闇にだんだん目が慣れてくると、場内にはほかにも人がいるのが見えてきた。

ちょうど真ん中あたりに、長めの金髪――というより黄髪の後ろ頭をのぞかせた人物がいて、妙に目立っていた。

(女性ではないらしいな、それにあまり若くもないのかもしれない)

森江がそう見当をつけたとき、筥蔵は森江の隣席に腰を下ろした。

「これからいったい何が……?」

とたずねるより先に、笘蔵は舞台を指さして、

「さ、いよいよ見ものでっせ。ほんまは最前列《かぶりつき》で見せてあげたいのやけど、何しろこれがほぼ最初のテストだけに、万一《まんいつ》ということがおますよってな」

「え、テストといいますと……？」

「しっ」

芝居がかったしぐさで唇に指を当てたそのとき、場内に鋭いブザーの音が鳴り響いた。

何ごとかと身構えた森江の耳に次に聞こえたのは、

――あー、これより崩しのテスト始めます。舞台からはすみやかに離れてください。各員点呼のこと。これより崩しのテスト始めます……。

妙に間延びした、どこかで聞いたような声だった。続けて、

――あー、崩しはこれより三分後、各自退避の確認願います。はい、あと二分三十秒……二分……一分三十秒……はい、あと一分切りました。五十秒……四十秒……。

そして三十秒を切ったころ、いきなり森江たちの背後でバン！　と扉が開いて、あわただしく駆け出してきた人影があった。

それは、あの小佐川歌名十郎だった。

歌名十郎はしかし、森江には気づくことのないまま最前列まで出ると、舞台を真正面にした席にドッカと腰を下ろした。

山村笘蔵は、その後ろ姿を見やりながら、森江の耳元に口を寄せると、

「今回の目玉と言うべき大仕掛けとあって、歌名はん、間近で見分するつもりと見えまんな。だいたい、こういうのは『半丸』いうて、お客から見える前の方だけちゃんと作ることが多いんでっけど、今度のは……」

親切に説明してくれ、森江がうなずくうちに、カウントダウンはずっと先まで進行していた。

――十、九、八……四、三、二、一……。

〝ゼロ〟と読み上げるかわりに、一秒分の空白があった。そのさなか、歌名十郎はいきなり立ち上がると、のども裂けよと絶叫した。

「行っけえぇぇーっ!!」

その刹那だった。舞台上にそびえ立つ師直館の大屋根が、グラリと大きくかしいだかと思うと、それを支える柱やら壁やらがメキメキバキバキと音をたてながらつぶれ始めた。

壮麗な建物は、たちまち踏みつぶされた箱のようにゆがみ、立体から平面に折りたたまれるように形を失っていった。飛び散る破片、舞い上がるホコリ。

(なるほど、〝崩し〟というのは屋体崩しのことだったか……!)

ようやくそのことに気づいた森江は、その崩壊のスペクタクルのみごとさ、滅びの美学とでもいいたいような悲愴さに胸打たれ、舌を巻かずにはいられなかった。場内に見えるシルエットも、明らかに驚きを見せて揺れ動いた。

――屋体崩しとは、歌舞伎の演出の中でも最も大がかりなもので、天変地異や妖術の結果として、観客の目前で建物の大道具丸ごとを壊してしまうものを呼ぶ。

森江春策もテレビを通じてなら見たことはあるが、これほどリアルで、無惨なまでの破壊ぶりを見せつける屋体崩しは初めてだった。

だが、驚嘆にも増して疑問に思わずにはいられないことがあった。

（これも鶴屋南北の〝幻の台帳〟に書いてあったのだろうか。これでいいのか？ だとしたら、いったいどんな芝居なんだろう……）

少なくとも歌名十郎にとっては、それでよかったらしく、このテストそのものも大成功だったようだ。それが証拠に、

「やった、やったぞ、大成功だ！」

そう叫びながら、ぴょんぴょんと小躍りする姿は、まるで子供のようだった。

そんなようすに、森江はこの歌舞伎界の異端児のたぎるような情熱と、微笑ましくなるような人間味を見た気がした。

だが、歌名十郎の歓喜は長くは続かなかった。

ふいにその後ろ姿がビクンと痙攣《けいれん》し、そのあと一瞬静止した。

「おい、どういうことだ！ いま中に人がいたぞ！」

言うなり歌名十郎は、ひとっ飛びで舞台に上がった。崩壊したばかりの師直館のただ中に駆け寄ると、あたりに四散した壁や柱——その多くは原形を保っていた——を引っかき回し始めた。

何ごとかと、ほかの人々が舞台に向かう。森江と筥蔵も顔を見合わせ、あとに続いた。

やがて彼らが見たものは、黒い衣服に包まれた人体とおぼしいものを抱き起こし、必死に呼び

かける歌名十郎の姿だった。

「シノ！　シノ！　どういうことなんだ、何でお前がこんなことになったんだ……！」

その叫びに、森江はつい先刻、複数回にわたって見かけた青年の風貌を思い起こした。

あの、璃升とはみごとなまでに正反対に、色浅黒く精悍で、不敵にすら見えた若者〝シノ〟

――それが今、物言わぬ骸《むくろ》となって舞台に投げ出されていた。

「シノ！」

歌名十郎の叫びが、長く残響をともなって《虚実座》いっぱいに鳴り響いた。

気がつくと、森江春策は舞台めがけて駆け出していた。高齢とは思えない敏捷《びんしょう》さで、山村筥蔵があとに続く。

その途中、さっき見かけた金髪の男のいる列を通り過ぎた。男は立ち上がっていたものの、そのまま動こうともしなかった。

横顔だけしか見えなかったが、黒ずくめのマオカラー（立襟《たてえり》）スーツに、肥大した巨体を包んだその男を、森江はどこかで見たような気がした。

とはいえ、そんなことにこだわっている場合ではなかった。

「シノ！　シノ！」

小佐川歌名十郎は、なおも叫び、若者の体を揺すぶったり、顔をたたいたりしていたが、それが無駄であることは、彼が一番知っていたのかもしれない。知っていて、やめることができないのかもしれなかった。

脇に置かれた段梯子《だんばしご》を駆け上がる。上演時に合わせてだろう、あかあかとしたライトに照らされた舞台の上は、一面の瓦礫《がれき》の山だった。本番ならば、幕とともに、裏方総出ですぐ片づけられるはずのものだ。

その下手に近い一山が崩され、歌名十郎はそこにひざまずき、若者を抱き上げていた。

「何とか答えろよ、シノ。後生だから、目を開けてくれよ！」

森江は、歌名十郎のそばに寄ると、なおも叫ぶことをやめない彼を手で制し、青年の脈を見、瞳孔をのぞいた。――状況はかんばしいとはいえなかった。

ふと見ると、山村筥蔵が、さっきまでのにこやかな笑顔の灯を消したかのような表情で、森江を見ていた。

――どないです？

微笑の消えた口元が、声には出さず、問いかけていた。

森江は、あいまいにうなずいた。同様に声には出さずに、

――かなり危ないみたいです……。

それを読み取ってか、老優が目を伏せる。だが、そのそばから歌名十郎がすごい目つきでにらみつけてきた。

これには、黙って引き下がるほかなかった。と、そのときだった。

「ノゾム君！」

舞台の上手袖で声がしたかと思うと、飛び出してきたのは小佐川璃升だった。

その声がなければ、いや、あったとしても璃升に会ったことがなければ、短髪の若い女性だと思ったかもしれない。

それほどその身のこなしはしなやかで、女形の所作事の一部のようだった――演技ではと一抹の疑いを抱かせるほどに。

璃升の表情からは、疑う余地もなく悲しみと驚きがあふれ出ていた。

なのに、ふとそんなことを考えてしまったのは、彼の呼びかけに違和感を覚えたせいかもしれなかった。

（ノゾム君……？　シノじゃないのか）

心の中でつぶやく森江をよそに、璃升はなおも、物言わぬ青年と、師匠であり父親代わりでもある歌名十郎にこもごも問いかけた。

「ノゾム君、何でこんなことに……オヤジさん、何でこんなことになったんですか。何で彼はあんなところにいたんですか」

絞り出すような言葉の中に、森江にはふと引っかかるものがあった。だが、歌名十郎は部屋子に答えるどころか、

「うるさいっ。お前には関係ないことだ！」

邪険にも、さしのべられた手を払いのけてしまった。

そうされたことが信じられなかったのか、茫然と歌名十郎を見返す璃升。そこへ笘蔵が、

「今は気が立ってはるから、しゃあない。そやさかい行こ……な！」

若者の肩を抱くようにして、その場から離れさせた。

一方、歌名十郎はますます荒れ狂って、

「いったいどういうことなんだ条原！　隠れてないで、今すぐ出てこいっ。これは貴様の責任じゃないのか！」

がたりたてる大声に耐えかねて、森江が顔をそむけると、彼らの背後に、いつのまにかひょろりとした人影が立っていた。

「お、おれなら……ここにいるよ」

髭むじゃで顔も体もひょろ長いその人物は、背景製作現場で見た美術責任者だった。条原と呼ばれたその男は、ヘチマに似た顔を蒼白にし、歯を食いしばりながら、

「知らん……おれは知らんぞ。ちゃんと確認はしたし、何も問題はない、はずだった……」

絞り出すように言った。だが、歌名十郎はその言葉の終わりを待たずに、

「確認ったって、今度のこの屋体は、人の手じゃなく遠隔操作で柱を倒したんだろうが、人がいないかちゃんと確認しなかったんだろう。でなけりゃ……」

「いや、違う」条原は、長顔を左右に振った。「おれだって、脇で見ていた。その上でゴーサインを出したんだ。だから……こんなことには決してなるはずが、ないんだ」

「何だと？　だが現にこうして……」

その弁明に、歌名十郎がさらに激昂しかけたときだった。思いがけない方向から声が飛んだ。

「お取りこみのところ、たいへん申し訳ないが」

森江たちは、いっせいに声のした方をふりかえった。

それは客席の真ん中あたりで、そこには、さっきちらりと見た金髪の男が、やたらと幅広で箱のような体軀を立ち上がらせていた。

（おや……）

森江は小首をかしげた。何かしら、記憶の琴線に触れるものがあった。

なかなかの二枚目、甘いマスクと言えなくはないが、かなり肥満気味のせいで子供っぽく見えるご面相。それが何とも言えないしかめっ面になっているのが、ひどく滑稽だった。

根元がだいぶ黒くなった髪は、あと何センチかで肩にかかりそう。首は太くてマオカラーから肉がはみ出しそう。

だのに、当人は自分をダンディな二枚目と考えているらしく、それは鼻にかかったような声と、歯の浮くような口調からも明らかだった。

「もう引き取らせてもらっていいかな。立場上、あまり変なことにはかかわりたくないし、それは君たちも望むところじゃないのかな。とりあえず、今日のことは見なかった聞かなかったことにするから、そこはお互いWin-Win《ウィン・ウィン》ということでさ」

「何をっ、おい待て西坊城《にしぼうじょう》！」

歌名十郎が怒気をはらんで、口にした苗字が、森江をハッとさせた。どうも、この男の顔と風体を何かで見た気がしていたが、そのわけがやっとわかった。

「西坊城猛《たける》……」

一つの人名が、森江の口からこぼれ落ちた。

それは学者であり評論家であり、ときにはタレントとしても知られた人物の名だった。メディアプロデューサーであり紙と電波とネットの寵児《ちょうじ》。その言い方が大ざっぱすぎるなら、メディアプロデューサーでありサブカルチャーの理解者であり、現代アートの後援者でもある——ということにでもしておこうか。

もっとも、それは当人と信者たちに限った話で、心ある人々からは蛇蝎《だかつ》のように嫌われていた。だが、新聞社の学芸記者や企業の宣伝担当に忠実な手下がいるおかげで、数では圧倒的な後者からの批判にはハナも引っかけずにすんでいた。

そんな男だから、面倒そうな場所からさっさと退散するのは、むしろ当然といえたが、それで納得する歌名十郎ではなかった。

「おい、待てよ！　シノをほっぽって、自分だけ逃げるつもりか」

「そうだよ、せめてもうちょっといるぐらい、できないの？」

彼はなおも叫び、璃升までもが怒りをあらわにした。とりわけ後者の憤怒の表情は、何やら鬼女めいた凄みがあった。

だが、金髪男は格別ひるんだようでもなかった。傍若無人というか馬耳東風というか、

「そいじゃ」

と言い置いて舞台に背を向けた。軽く片手など挙げて場内から立ち去ろうとした——そのとき

だった。

「しばらく……しばらく！」

ややかすれてはいるが、異様なまでの気迫に満ちた声が頭上から降ってきた。

（？………）

人々の視線が、いっせいに二階席の方に向けられる。すると、いつのまにか奥の扉の一つが開け放たれ、そこから一人の老人がしずしずと登場するようすが見えた。

とうに八十歳は超えていそうな老人だった。ひどく低い姿勢だと思ったら、電動式らしき車椅子に腰かけたまま、ゆっくりとスロープ状になった通路を前に進みつつあった。

さしずめ可動式の玉座といったところか。そう言いたくなるほど、威厳に満ちた姿だった。

ほどなく、老人の風貌がはっきりと見えてくるにつれ、その印象はいっそう強くなった。ある種人間ばなれした存在への畏怖さえ、感じられたほどだった。

その顔はといえば、むき出しの髑髏《どくろ》のようで、しかしそうでない証拠に、赤黒く斑《まだら》になった皮膚に覆われていた。年の割には豊かな頭髪と髭は、びっしりと銀の針を植えたよう。

「しばらく……今少し、ここに居残っていただこうか。あなたも、立派にこの件の関係者《かかわりあい》であるからにはな」

朗々とよく響く、だがノイズまじりのどこか非人間的な声だった。

それが老人の胸元あたりの小型スピーカーから出ていることに気づけば、それも納得だった。たぶんその先は声帯の運動を拾う特殊マイクのようなものとつながっているのだろう。

さらに見れば、ひじ掛けにどっしりと置かれた老人の手は大きくたくましかった。高級らしいスーツに包まれた体には、端座する古武士のように、少しの揺らぎも歪みもない。

何よりの特徴は、目だった。炯々《けいけい》とした光を宿した両眼は、この場の全員を射すくめるかのようで、まさに睥睨《へいげい》という言葉がふさわしかった。

——とりわけ、とある一人に対しては、絶大な効果をもたらした。

老人の眼光に魔力でもあったかのように、西坊城猛は立ち去ろうとして立ち去れなかった。ブランドものらしい奇妙にとんがった靴を、釘付けにされたかのようだった。

根負けしたように、ヒョイと肩をすくめると、皮肉な笑みとともに舞台をふりかえった。その実、老人の視線を避けたくて背を向けたのかもしれなかった。

「ま、理事長がそうまでおっしゃるなら、居残るのもやぶさかじゃありませんがね」

(理事長だって?)

森江が心中つぶやいたそのとき、《虚実座》の外から、けたたましい、だがどこか哀調を帯びた音が聞こえてきた。それはもう、無駄であることがはっきりしてしまった救急車のサイレンだった……。

洛陽創芸大学理事長・上念紘三郎《じょうねんこうざぶろう》——。

それが、森江春策にとっては、この異貌の人物との最初の出会いだった。

二幕目

《虚実座》階上・理事長室の場

──そこは、《虚実座》の二階フロアと直接つながった部屋だった。

一見、周囲の壁にまぎれそうな扉を開くと、そこに豪壮な空間が広がっていた。

江戸時代さながらの劇場内とは真逆、かといって無機質で無個性なフロアとも大違いなその部屋は、さしずめ英国王室顧問弁護士《クイーンズ・カウンセル》の書斎といったところ。

天井まで届いた本棚には革装幀の書物がぎっしり並び、棚のない壁には、ヨーロッパ近世の都市図を描いたタペストリーや、羽根飾りつきの鍔広《つばひろ》帽をかぶった西洋剣士の油絵、はたまた剣と盾をあしらった紋章入りの装飾が掛けられている。

あと目立つのは大小さまざまな額縁で、「洛陽創芸大学理事長」宛ての賞状や、一部は早くも褪色し始めた記念写真が収められていた。

天井から吊り下がっているのは、ホームシアター用のプロジェクターだろうか。するとあちらはスピーカー、天井のあのあたりからロールスクリーンを下ろす仕掛けだろう。

加えて、一隅を占めるホームバーには珍しい形の洋酒の小壜《こびん》がぎっしり並べられている。髑髏や靴、凝ったものではバイオリンの形をした瓶があり、中には少女像を模した赤ワインらしきボトルもあった。

床にはブラックウォルナットを敷き詰め、いかにも格調高い。森江が履き古しの通勤靴では申し訳ないなと恐縮しながら歩いていたら、一メートル四方ほどわずかに段差がある個所があって、よろめきかけて冷や汗をかいた。

床の中央には、畳一畳分はあろうマホガニーの机が鎮座しており、この部屋の主——上念紘三郎は、その向こう側に据えた車椅子に傲然と腰かけていた。自走機能はもちろん、角度調整や昇降操作も可能な優れものだった。そればかりか遠隔操作で呼び寄せることさえできるという。

近くで見て一段と凄みを増すその異貌は、もっぱら加齢とそれまでの人生の積み重ねによるものらしかった。

ひょっとしたら、顔に傷を負うような過去もあったのかもしれないが、それさえも年月がもたらした変化に埋もれてしまっていた。

蔵書も文具も調度も、煙草や酒のような嗜好品さえととのったこの部屋は、しかし多数の客が押しかけることは想定されていなかったらしい。そのせいで、森江たちは彼の机と向かい合って置かれた応接セットに押しこめられていた。

(せ、狭い……というか気まずいな)

思わずそうつぶやいた森江だったが、小佐川歌名十郎は〝シノ〟ないし〝ノゾム君〟と呼ばれる青年について救急車で病院に向かったので、顔ぶれは次のようなものだった。

まず、車椅子に寄り添うように立っているのが、老歌舞伎俳優の山村筥蔵、次に髭むじゃでひょろりとした美術責任者の粂原(名刺を交換したところではファーストネームは奎太《けいた》だった)、そして金髪男の西坊城猛だった。

とりわけ彼のせいで、そこはずいぶん狭苦しくて暑苦しい空間になっていた。あらゆるイベント、プロジェクト、ときにはスキャンダルにも首を突っこむ男とはいえ、こんなところにまで巨体を割りこませなくてもいいだろう。

かつては確かに標準的な体形で、そこそこ二枚目でもあったのが、今はすっかり肥大化している。そのためネットでは若いころの写真をアイコンに用い、メディアに出るときは極力その体形をわかりにくくしているが、その努力も今は無駄というものだった。

加えて状況が状況だけに、場の空気は重苦しくも息苦しいものにならざるを得なかった。

「歌名十郎さんは……今ごろ病院ですかね」

森江が耐えかねて、そう言ったが、みな押し黙るばかり。ややあって筥蔵が何か言いかけようとしたが、西坊城猛が額の髪をかき上げ、生え際の地黒をあからさまにしてしまいながら、

「それでどうするんですか、今度の公演は。稽古中のアクシデントですませるようなことじゃありませんよ。よしんばあの何とかいう学生が……」

「志筑望夢《しづきのぞむ》です。歌名十郎はんは〝シノ〟と呼んだはりましたが……」

山村笘蔵が、彼の荒々しい物言いをたしなめるように口を添えた。

(なるほど、それで、璃升青年は「ノゾム君」と呼んでたんだな。一方、歌名十郎は苗字と下の名前の頭文字をくっつけたのを愛称にしていたということだろうか)

森江の思いをよそに、西坊城はなおも嵩《かさ》にかかった調子で、

「そのシヅキ何とかが助かったところで、問題は消えてなくなりはしませんよ。すぐにでも今後の方針を決めておくに越したことはない。あんなことが起きたことの原因究明と責任追及もふくめてね」

「あんなこと……?」

美術責任者の条原奎太が、青白い顔を上げた。さっき見たときより十歳は老け、十日は風呂に入っていなさそうな見苦しいありさまだ。髭と同様にモジャモジャした蓬髪をワシづかみにして小刻みに震えながら、

「すると、あんたはおれに責任があると言いたいんですか……いや、そんなはずはない……だって、あのとき屋体崩しの仕掛けの周辺は何度も安全を確認したんだから。そ、そりゃ、柱を引き倒したのは遠隔操作の無人装置だから、間近で見ていたわけじゃないが、それだって安全をおもんぱかってのことなんだ。だから……」

「だから、責任はないというつもりか、ああ?」

条原のうわ言のような弁明を、西坊城はピシャリとはねつけた。条原はなおもモゴモゴと、

「だって、あそこには誰もいなかったんだし、責任の取りようってもんが、ですな……」

「誰もいなかった？　でも現に学生が一人巻きこまれてるじゃないか。それに、おれは確かに見たんだぜ。誰だっけ、ほら、シン何とかいう学生が……」

「志筑君でっせ。志筑望夢」

筥蔵がものやわらかに、だが断固として訂正した。すると西坊城はうるさそうに、

「その志筑何とかが場内にいるのを、おれは見たんだよ。たぶん歌名十郎から何か用事でも言いつかったのか、チョコマカと走り回っているのをな」

「ほんとですか」

思わず口をはさんだ森江を、西坊城はけげんそうに見やると、

「ああ、まちがいない。もっとも、一、二度見かけただけだがね。あのガラクタの下から見つかったときと、同じ格好をしてたよ。あんな服を着たやつは、そう何人もいないだろうし」

「彼が舞台に上がるところは見ましたか」

森江はなおも訊いた。

「いや……こちらは屋体崩しのお手並み拝見と、そっちばかり見てたからね。だが、舞台はともかく場内は暗かったし、ササッと脇の方から上がりこむ分には簡単だったんじゃないか」

「そうですか。では……」

続けて問おうとした森江の口を、西坊城は肉厚の手でふさぐようにして、

「待った待った、あんた何の資格で、そんなことを根掘り葉掘り訊いてくるんだね。そもそも、

あんたこの件にどういうかかわりあいがあるというんだ。これは、うちの大学の問題なんだよ。でしょう理事長？　さあ、あんた、とっとと出た出た！」

言いながら、首根っ子をつかみかねない勢いで追い出そうとしたとき――ふいにドアにノックの音がした。

一瞬、動きを止めた人々が戸口を注視する。ややあって開いたドアの向こうから姿を現わしたのは、小佐川璃升の美しいが、今はすっかり憂いに閉ざされた顔だった。

「失礼します……あの、今、オヤジ――歌名十郎が病院から連絡してきたんですが……そのぅ、ノゾム君が……」

言いかけて絶句したあと、その端整な顔立ちが耐えきれなくなったようにゆがんだ。

「……やっぱり、助からなかったそうです！」

言うなりドアを閉め、パタパタと足音を遠ざからせていった。

その刹那、美術責任者の条原奎太が、長くて節くれだった両の手指でおのが頭をつかみ、泣くとも喚《わめ》くともつかない表情になった。

「ああ……これで、おれはもうおしまいだぁ……」

うめくように言うのを、西坊城は汚いものでも見るように顔をしかめていたが、再び森江に向き直ると、

「さっき言ったことをもう忘れたのかね。早いとこ出てってくれんかな。わが大学について大事な話があるんだ。さあさあ、早く！」

ここまで言われては、あえて逆らう理由もなかった。森江は無言で席を立った。ドアに向かって歩きながら、ふいに西坊城の言葉が引っかかった。

わが大学？　さっきは「うちの大学」と言ったが……すると、この男、洛創大で教授職にでもありついたというのか。

「……それで上念理事長、率直にうかがいますが、今度の鶴屋南北復活公演、このまま強行するつもりじゃないでしょうね。え、まさか──？」

理事長室を出た森江の耳に、西坊城猛がまくしたてる声が聞こえてきた。だが、それもすぐに閉じかかるドアにさえぎられてしまった。

あたりを見回したが、璃升の姿は二階フロアにはなかった。理事長には必須だろうエレベーターはあったが、考えごとがしたくてトボトボと階段を下りた。

その結果、彼は決心した、もう一度あの舞台を見てみようと。

──まさか、そのせいで、とんだ隠れんぼをするはめになるとは思いもせずに。

同じく一階・師直館跡の場

その女性は、車から降り立つと、混乱するキャンパスを突っ切るように歩いた。かっちりしたチャコールグレイのスーツが、色とりどりな学生たちの間では逆に目立った。

《虚実座》の内外に詰めていた制服姿の男たちは、当然ながら彼女を見とがめたが、

「地検刑事部の菊園《きくぞの》です」

という名乗りを聞くと、すぐ引き下がった。どちらかというと肩書より、その容貌と気迫に押された形だった。そのあとに、

「え、何で……？」

ちょっとした混乱と議論が起きたのをしりめに、彼女――菊園綾子《あやこ》検事はホワイエに足を踏み入れた。

やはり彼女に気圧されたか、立ち番していた若い巡査が、ドアマンよろしく防音扉を開けてくれた。

菊園検事はかすかに顔をあからめながら、大股で通路を進んだ。ちらほらと座席に散在する人々の、とまどい気味の視線に送られて、最前列のそのまた前まで達すると、

「あ……」

という制止の声を無視して、段梯子から、ひょいと板の上にあがりこんだ。

そこには柱や壁、屋根瓦などが折り重なって、さながらいまわしい天災のあとのよう。

だが、それにしては奇妙なところがあって、同じ建物の一部と見えても、風で飛ばされるほど軽かったり、見た目通りにちゃんと重たかったりした。

それらに触れたり、ちょっと持ち上げてみたりして、さすが切れ者と評判の菊園検事も、思案投げ首といったていだった。――と、その背後から、

「こういう大道具は半丸といって、お客から見える面だけ造ることも多いらしいんですが、今回

は丸物、つまり立体的にちゃんと作ってあったそうです。ただし、それは上の部分だけで、下の方はうろ抜きというのになってるんだそうで」

「簡単に壊れるようにスカスカの空洞状になってるということかしら。なるほどね」

彼女は、いやに親切に教えてくれた声に納得したあと、

「うん……今のは？」

と、けげんな顔で、後ろをふりかえった。

だが、そこには、所轄署から洛創大に駆けつけ、現場指揮に当たっていた巡査部長がいたのみで、誰が言ったのかはわからなかった。

菊園綾子はやがて、舞台の下手袖寄りの、そこだけ瓦礫が片づけられた一角に目をとめた。じっとそこの板の間を見つめたまま、だれに言うともなく、

「――問題の人物は、ここに倒れていたんですね」

「そうです」

そう答えたのは、さきほどの巡査部長だった。

「それで、その人は――けがですんだんですか」

「いえ、ここで下敷きになってるところを見つかったときには、もう……」

巡査部長は、かぶりを振った。さっきのとは、まるで別人の声だった。

「そうですか」

菊園綾子は、ことさらそっけなく言った。ちょっとだけふりかえりざま、

「それで、亡くなった人の名と身元は？」

「志筑望夢、ここの学生です。非常に勉強熱心で、しかも演出家志望ということで、最近はこの劇場の責任者の助手みたいなことをやっておったようです。ですが、検事さん……」

警官は何か問いかけようとしたが、それより早く、綾子はその場を離れていた。答えを拒むかのように背を向け、身をかがめて現場の検分に取りかかった。

そのとたん、パンプスの靴底でベキッという音がした、見ると、ごく薄い木の破片を踏みつぶしていて、あちこちに同じようなものがばらまかれていた。まるで、ウエハースを食べ散らかしたかのようだ。

何気なくその一つを取り上げてみて、ウエハースとはもちろん材質も硬さも違うが、でもやっぱり食べ物に縁があることに気づいた。

折箱なんかに使われる、木を薄く削った板だ。さて、何という名前だったか……。

「〝へぎ〟ですよ。引き倒す柱に貼りつけて、リアルな崩壊音をたてさせるためのもので、実際すごい迫力でした」

またしても背後からの声に、綾子はキッとふりかえった。一度ならず内心を見透かされた驚きとともに、何かしら気に障るものを感じたからだった。

視線をめぐらしてみたが、板の上にはもちろん、背後の客席にも、それらしい発言者は見当たらない。

――ただ、背景の立ち木の後ろにサササッと隠れた人影があったことを見逃す彼女ではなかった。

「さて、それでは」

菊園綾子は、眼鏡に軽く手をやると言った。

「このアクシデントに遭遇した方のお話をうかがいましょうか——まずは、そこに今、隠れたばかりの人からね」

最後の部分に、ことさら皮肉がこめられていた。彼女は続けて、

「特にその方には、ぜひともうかがわなければならないことがあるわね。どうしてまた、あなたがこんなところにいるのかしら、森江さん?」

ややあって、立ち木の陰からひょっこりと顔を出した男があった。

「これはどうも、菊園さん」

男——森江春策は、旧知の敏腕女性検事に向かって、頭をかきかき一礼してみせた。

「はあ、奇遇というか、ちょうど僕も同じ質問をしようとしていたところでして……何で菊園さんは、まだ事件とも事故ともわからない段階で、ここまで来られたんですか?」

それは、現場保存に当たっていた警察官たちが、等しく抱いた疑問でもあった。

菊園検事は、しかし眼鏡の奥で鋭く目をきらめかせると、

「それをどうして、明かさなくてはならないのかしら? あなたのような食えない男より先にペラペラと」

「あ、それは、そうでした」

森江春策は頭をかいた。

そのあと自分がここに来たいきさつ――秋水里矢の来訪と、彼女がロンドンで発見した鶴屋南北の幻の歌舞伎台帳をめぐる小佐川歌名十郎とのトラブルとその調停依頼、さらにはここ洛陽創芸大と《虚実座》やそれをめぐる人々、ついでに師直館の屋体崩しについてまで一気に語り終えてしまった。

「な、なるほどね……」

菊園検事は、やや圧倒され気味に、半ば閉口した顔でうなずいた。これだけあけすけにカードを明かされてしまったものだから、

――で、菊園さんの方は、どういう事情で？

と訊かれるのを恐れているかのようだった。一方、森江はいきなりポンと手のひらと拳を打ち合わせて、

「あ、もしかしたら、菊園さんがここへ来たのは――」

と言いかけた――そのときだった。

「……あ、あの！」

背後から甲高いが澄んだ声がして、森江と菊園はあわててふりかえった。とたんに森江はにっこりして、

「何や、璃升君。そんなとこにいたんですか。さっきは、大事な役目をつとめてくれてありがとう」

「いえ、そんな」

小佐川璃升は、色白の細面をかすかに紅潮させた。一方、菊園綾子は突然の美青年――いや、

美少年の登場にあっけにとられ、どぎまぎしてもいるようだった。

「若手の歌舞伎俳優で、小佐川璃升君。ここの芸術監督である小佐川歌名十郎丈のお弟子です」

森江に紹介されても、菊園検事は「は、はあ……」と生返事をするばかり。璃升はというと、この女性検事が自分に見とれていることなど、まるで気づかないようすで、

「こちらは、警察の方ですか。私服だから、刑事さんとか……?」

と、意を決したようすで問いかけた。

森江がかたわらから「違います。この人は――」と訂正しかけたが、菊園は手を振ってこれをさえぎり、璃升にこう聞き返した。

「まあ、そういったところだけど、私が刑事だとしたら、どうしたというの?」

とたんに、璃升の顔がパッと輝いた。再び意を決したように、軽く深呼吸すると、

「だったら、聞いてほしいことがあるんです。実は僕、舞台脇で、この屋体崩しを見てたんですけど……あの、オヤジにいくら言っても相手にしてくれなかったぐらいだから、あなた方に信じていただけなくても、しょうがないんですけど……」

何かよほど躊躇《ちゅうちょ》するものがあるかのように、口ごもった。

「どうしたんです?」

森江春策と菊園綾子が、絶妙のタイミングで同時に言った。さらに、信じないということはないから安心して、などと言い添えると、ようやく安心したかのように口を開いた。

「僕、ハゾム君が師直館の上にいいいいいいるのを見たんいです。あの大屋根のてっぺんに、まるで大蝦蟇《おおがま》を

召喚しそこねた天竺徳兵衛みたいに立っているのを！　でも、アッと思ったときには屋体崩しが始まって、ノゾムくんの姿はかき消すように見えなくなり……でもあとになって、あんな姿で発見されたんです。

ねえ、刑事さんたち、これはいったいどういうことなんでしょう？」

若く美しい役者に詰め寄られて、森江春策と菊園綾子は答えようもなく、その場に立ちつくした。自分たちが刑事ではないことさえ、説明しそびれた。

璃升の話そのものも奇妙不可思議だったが、それが彼の口から発せられたことが、いっそう現実離れしたフワフワした感じを与えた。彼はさらに続けて、

「だいたい彼は、あの屋体崩しのテストのとき、場内《あそこ》にいる理由はなかったんです。それまで全然見かけなかったし、そりゃオヤジが呼べば別でしょうけど……」

そこまで言いかけて、ハッとしたように口を押えた。そのあと言いつくろうように、

「と、とにかく、ノゾム君はどうしてあんなところにいて、しかも、どうやってとっさに師直館の大屋根に登ることができたんでしょう。お願いだから、教えてください！」

「そ、それは……」

思わず口ごもった森江だったが、菊園検事の内心の惑乱はそれ以上であったらしく、

「森江さん、何か答えてあげなさいよ。あなた〈探偵〉なんでしょ」

「そんなムチャな」

あまりの理不尽さに、森江は目をむいた。だが、菊園検事は、おろおろと見守る璃升のかたわ

らで、なおも言い放つのだった。

「そもそも、これって、いったいどういうお芝居なのよ。『仮名手本忠臣蔵』の師直館っていったら、実説の吉良邸でしょう。それが何でこんな風に崩れ落ちたりするのよ。これまでどんな芝居だって映画だって、そんな演出見たことがないわ。しかもそのせいで、人ひとりの命が失われたんでしょう。ちゃんと説明しなさいよ、森江さん！」

森江春策は、グッと言葉に詰まった。菊園検事の詰問がムチャというより、それこそが彼自身が抱いた疑問だったからだ。

これはいったいどういう芝居で、何でまた高師直の屋敷が崩壊しなくてはならないのか——菊園検事の形相は返答を要求していたが、あいにく森江にはその持ち合わせがなかった。

「あのぅ、そのことでしたら、オヤジがこんなことを言っていました」

小佐川璃升がかわって、口をはさんだ。

「『今度の芝居を、鶴屋南北という作者が、どういうつもりで書いたのか、それは自分にはさっぱりわからないし、大南北の弟子で、この芝居に何らかの形でかかわったらしい戯作者の花笠文京も、それについては何一つ書き残していない。だが、自分には確信がある。この芝居を実際に舞台にかければ、きっと南北がそこに込めた意味がわかる。わからせてくれるような何かが起きる……』と」

「わからせてくれるような何かが……ですか」

森江春策が、ぼんやりとつぶやいたあとに、

「確かに起こるには起こったわね、それもさっそくに。それが作者南北の意図ならば、全く迷惑な話だわ！」

菊園検事が腕を重ね、吐き棄てるように言った。

志筑家通夜の場

早や寝静まりかけた街の一角に、そのビルだけは煌々と、ほぼ全館に灯りをともしていた。大きくかかげられた、カタカナまじりの名称からは、そこが何の建物であるかはすぐにはわからない。一見すると、コンサートホールか劇場のようにも見えなくもないが、そうではないらしい。だが、そこに出入りする人々が、さながらカラスの集団のように真っ黒なのを見れば、おおかた見当はついた。まして自動ドアの内側に一歩足を踏み入れれば、あちこちから荘厳な音楽や読経が、かすかに聞こえてくるし、

——志筑家　通夜式
こんなプレートが目につくのだから、まちがえる気づかいはなかった。

その表示のある部屋の片隅で、森江春策はしきりと背広の袖を気にしていた。腕の喪章が、ともすればズリ落ちてくるせいだった。

（安全ピンでもあればよかったな。こんなものをつけるのも久しぶりや）

そういえば、最近はあまり見かけない。葬儀はもちろん、通夜でもみんな黒い礼服を着てくる

からだ。

彼にしても使ったのは記者時代で、紙面と関係の深い文化人が亡くなると、

「森江君、これつけて行き」

と、デスクが引き出しの中から、部に常備している喪章を貸してくれたものだ。

一方、今日の弔問客は芸術系の、それも学生が多いのだから、さぞ常識にはとらわれない格好で来ると思いきや、多くがごく一般的な喪服に身を包んでいた。

もっとも友人の死を悼む心までは型にはめられなかったらしく、あちこちで人目もはばからず、泣いたり悲しんだりする姿が見られた。

その一方で、焼香を待つ列の間から、こんな冷静な声が聞こえてきたりした。

「どうなるんだろう、今度の公演……」

「えっ、そりゃ意地でもやるでしょ。上念理事長のメンツにもかかわることだし——違うの？」

「わかってないなぁ。何のために西坊城さんが、洛創大《うち》に来たと思うの。そういえば、あの事故現場にも居合わせたらしいけど」

「そうなの。でも理事長の腹の中もわからないからな。それに上念体制もいつまで続くか……」

「ちょっ、ちょっと……それって、どういうことなの」

二人から三人四人と、ひそひそ話の輪が広がりかけたとき、思いがけず投げかけられた言葉があった。穏やかにへりくだった、だが断固とした調子で、

「……あのぅ、もうそろそろご順番ですので、ご用意願います」

そう言って、客たちのおしゃべりを制したのは、小佐川璃升だった。

この場で最年少と言ってもいい彼が、コマネズミのように走り回り、一切合切を差配しなければ、こんな別れの席を設けることはできなかっただろう。

志筑望夢は親子二人暮らしだったらしく、喪主である母親は突然のことに、茫然とし、今ようやく事実と向き合っているところ。幸い、友人や親戚には恵まれていると見え、周囲のサポートを受けて平静を保っていた。

璃升は、彼女に声をかけることも忘れなかったが、そんな彼が何となく浮いて感じられ、居場所がないように感じたのも事実だった。

森江はのろのろした行列の後ろの方に連なった。小佐川歌名十郎もむろん来ていたが、ずっと前の方にいて、表情などは読み取れない。

老優・山村筥蔵とは、あいさつこそ交わしたが、何となくそれ以上話すふんいきではなかった。

ざっとあたりを見渡した限りでは、美術の粂原奎太、そしてたった今、噂になっていた西坊城猛の姿も見当たらなかった。

そんな雑念まみれであることを、ひそかに恥じながら、森江は屈託ない笑顔の遺影に別れを告げた。

やがて、通夜の会場を出てホッとしたのもつかの間、

「あ……」

森江は思わず声をもらさずにはいられなかった。

――目の前に、菊園綾子検事が立っていた。

彼女は、いつのまに調達したのか、ぴったり身に合ったブラックフォーマルのスーツを着こなしていた。森江はますます、ふつうのスーツ姿の自分が申し訳ない気がした。

菊園検事は、そんな森江の思いなど知ったことではないらしく、森江を見やると、

「来てたのね」

と言った。森江は苦笑いで、

「そりゃ来ますよ。このまま帰るわけにもいきませんし。――それよりも」

「何よ」

「菊園さんこそ、来はったんですね」

「見ての通りにね。それが、どうかしたの」

「そりゃどうかしますよ」森江はあきれ顔で、「京都地検の捜査検事さんが、わざわざ赤の他人のお通夜にまで足を運ぶなんて……志筑君の死はまだ事件性があると決まったわけではないんでしょう？」

「あ、そのことなら」

菊園検事は、意味ありげな笑みを浮かべると答えた。あたりに気を使ってか、妙に他人行儀な口調で、

「……ここじゃ何だから、ちょっと出ましょうか」

誘われるまま、森江は通夜会場を出た。人気《ひとけ》のない廊下の端まで来ると、

「どうも、これはただの事故ではなく、亡くなった青年もただのスタッフではなかったようね。小佐川歌名十郎という《虚実座》の責任者の事情聴取に立ち会ったけど、『あなたは志筑望夢さんが、あの屋体崩しの仕掛けの中に巻きこまれるのを、確かに見たというんですね？』

という質問に、彼は相当に動揺し——白く痕がつくほど額を強くつかんでいたのが印象的だったな——こんな風に答えた。

『そ、そうです。シノ——志筑君は、私がこちらの大学で持っているゼミナールの学生で、非常に勉強熱心で、将来的には演出を手がけたいということで、最近は私の助手みたいなことをやってもらっていました。若さのおかげもあるのでしょうが、一日中、舞台の内と外を走り回って疲れも見せず……だけど、まさかこんなことになるなんて！』

とね。いわゆる先生のお気に入り《ティーチャーズ・ペット》だったのかしら？」

「どういうニュアンスだったかは知りませんが、かなり信頼されて、いろいろと任されてはいたようですね」

森江が答えると、菊園検事は「やはりね」と意味深な笑みをもらして、

「これも友人のよしみで、取り急ぎの検視結果を教えてあげるけど、亡くなった志筑望夢君の致命傷は、頭部に受けた打撲。ただし大道具ではなく、屋体崩しに巻きこまれて転倒する際に床で強打したものと思われる。ただ、それ以外の傷もあって、どうもこれが何に由来するかが不審なの。だから事件性が全くないとは言えないわけで、したがって私が出張る理由も十分あるわけよ」

菊園検事は、強引に結論づけた。森江はそれでは納得できずに、

「十分かどうかは疑問ですが……でも、それは、あとになっての話でしょう？　菊園さんはそうだと判明する前に、《虚実座》に来たわけで、その点が解せないんですよ」

「解せないなら、もっとよく考えてみたら？」

菊園検事は、突き放すように言った。

「そうですね」

森江はあごに手を当てて、しばし考えてから答えた。

「たとえば——西坊城猛の存在とか？」

菊園検事は「え」と一瞬目をみはり、すぐに平静を装うと、

「どうして、そう思うの」

「とかく話題の人物ですからね、西坊城という男は。他人のイラストや漫画作品を、たとえコピーとはいえ、勝手に切り刻んで貼り混ぜにし、来会者に踏みつけにさせたパニックギャラリー事件、暗闇に乗じた痴漢や暴行、スリなどの相次いだダークチェンバー事件……」

「くわしいわね。助手の彼女にでも調べてもらった？」

菊園検事は皮肉っぽく言った。森江は頭をかきかき、

「まあ、そんなとこです。京都での宿の手配といっしょにね。ざっと検索してもらったところでは、イベント会場に出張風俗嬢をそれとは知らせずに呼んで、みんなで笑いものにしたかと思えば、大きなプロジェクトに自分から割りこんでいきながら、ヒットしそうにないと見るや逃亡し

て現場を崩壊させたり――なんてことをしばしばやらかして、なぜか必ず許されているんですね」

「とかく、この国はそうしたものよ。あの五輪エンブレム事件のとき、デザイナーという人種が、いかに一般国民を見下しているかバレちゃったのでもわかるでしょ」

吐き棄てた菊園に、森江は「そう、あれはねぇ……」とうなずき、付け加えた。

「そして忘れてはならないのが、あのジャパン・アートパレード事件――」

「そう」

うなずく菊園検事の口元からは、いつのまにか皮肉な笑みが消えていた。

「あの名前と触れこみだけはご大層な、ただのガラクタからくりのために人の命が失われたこと……どうしたって忘れるわけがないわ」

ジャパン・アートパレードというのは、一昨年まで行なわれていた見本市的イベントで、アーティスト、デザイナー、建築家、およびそれらをめざす学生たちが発想と造形を競い合い、各分野の交流と若手の育成を目標としていた。

結果的に最終回となったアートパレードで、とりわけ人気を集めたのが、「万物生命機械《セフィロティック・マシン》」という屋外展示物だった。

ある大学の学生たちが制作したそれは、無数の機械部品を組み合わせ、ウジャウジャと面白くも不気味に蠢《うごめ》くだけの代物だった。それ自体は昔からよくある、ありふれた発想の産物だったが、そんなこととは知らない見物客からは意外な人気を集めた。

その秘訣は、観客に自由に触らせたことで、一応は自己責任が建前。にもかかわらず、不規則に回転したり伸縮したり、いきなり思いがけない形に変じたりするのを、うまくよけたり下をかいくぐったりするのに、多くの人々が夢中になった。

　そして、悲劇はイベントも終盤の日暮れどきに起きた。

「確か、小学生の男の子でしたね。両親とはぐれたその子が、たまたまマシンに近づいて、珍しさにながめていたところ、あやまって可動部分にはさまれてしまった。だが、そのとき周辺に管理担当者はおらず、居合わせた見物客や駆けつけた親たちが何とか助けようとしたものの、どうすることもできず、ついに……何とも不幸な事故だったとしか言いようがないですね」

「事故？　とんでもない。あれはれっきとした犯罪よ」

　菊園検事は、にわかに気色ばんだ。

「あれを展示した連中に、これ見よがしなハッタリと嫌らしい魂胆——女性客が機械の腕みたいな部分にからめ取られると、わざと手間取りながら外してやるようなこともあったそうよ——はあっても、観客の安全を図る気持ちはなかった。マシンの展示ブースの担当者もイベントの運営も、泣き叫ぶ子供に関心を示さなかった」

「彼らはみんな、協賛企業や役所、それに招待されていたタレントのお相手に夢中で、一般の観客など眼中になかったという話がありますね」

「そう……それどころか、何とか子供を装置から外そうとした人たちを、出展側の学生が『何をする、壊すつもりか！』と妨害したという証言もあるわ。

　そうして時間が無駄にされた果て、やっと解放されたときには、子供はもう息絶えていた。解剖の結果、その子はきわめてゆっくりと窒息させられ、長い時間をかけて死んでいったことがわかった……」

「そうして、その出展ブースの責任者であり、『万物生命機械』を制作した学生たちを指導していた教授が、西坊城猛だったと……」

森江は、ことさら声を押し殺した。

「そういうこと」

菊園検事は、冷たい笑いをかすかにふくんで言った。

「そして、そいつの刑事責任を問うことができなかった無能検事が、ここにいるというわけ」

「えっ、それでは……」

「そう、ジャパン・アートパレード事件は、私の前任地で起きた悲劇だった。あまりにも落ち度がありすぎ、態度も悪質で、どう考えても起訴に持ちこめるはずだった。そのうえで、芸術家気取りのつまらない思いつきのせいで、一人の子供の命が失われたことの償いをさせるつもりだった。だけど私は負けた――『アート無罪』を叫ぶ一部マスコミと大学人たちにね」

「アート無罪……芸術作品のためには社会常識はもちろん、法さえ踏みにじってもかまわないという考え方ですね。人の命さえ、自分たちの作品にとっては画竜点睛の一筆に過ぎないという……」

森江春策は、ややかすれた声で言った。

「そのようね。で、そんな愚劣な理屈で裁きを免れた男が、また新たなアクシデントのそばに居合わせた。しかも、そこは自分の今の管轄内とくれば——というわけね。しかも、よりによってそんな奴が、また別の大学で……」

意味ありげな菊園検事の言葉に、森江はなぜか答えを返さなかった。

当然「なるほどね」と合間にうなずくなり、今は「別の大学で？」と続きをうながすなりすべきところ、急に口をつぐんだのだから、変なところで肩すかしを食らったようなもの。

「ちょっと、あなた……」

ムッとして言いかける菊園検事に、森江は唇に指を当ててみせた。ほとんど聞こえないほど押し殺した声で、

「ちょっと、あっちへ……あの人たちに気づかれないように」

あの人たち？　と小首をかしげながら、彼女は森江について壁沿いに移動を開始した。

ちょうど柱の陰に入ったとき、その向こうから二人分の声がした。一人は男、もう一人は女で、両方とも若者でないことは確かだった。

——どうして、来たの。

かろうじて怒りをこらえているような、女の声だった。

(この声は？)

とハッとした菊園検事を、森江は手で制した。

すると今度は、男の声が言った。

——なぜって、シノはおれの生徒で、今やかけがえのない片腕だからだよ。来ないわけがない

だろう。

――そんなものにしてくれって、誰が頼んだの。片腕だというなら、それをもぎ取られたあなたは、どうして死なないの？

女の声は、冷たい怒気をはらんでいた。それに対し、男の声はどこか投げやりなもので、

――おれだって、もう生きていたくはないさ。シノがよりによっておれの舞台であんなことになって……。

――その気味の悪い呼び方はやめて。堂々とわたしがつけた名前で呼んだら？　それに、もう生きていたくはないとか言っても、「次の舞台がすむまでは、死ぬわけにはいかない」なんでしょ？

――当然だ。

開き直った言葉は、しかしひどく迫力を欠いていた。その結果もたらされたのは、侮蔑でさえなく、ただの憫笑だった。

――そう。まあ、そんなことを言って一生を過ごすことね。くれぐれも、もう一度子供をつくって、その子を死なせるような罪を重ねちゃ駄目よ。もうそんなチャンスはないか、アハハハ……。

低い笑い声が、足音とともに、もと来た方へと遠ざかってゆく。

男は一瞬そのあとを追おうとして、たたらを踏んだようだった。

「何してるの、こっちへ来るわよ！」

菊園検事に耳元でしかりつけられ、森江はさらに柱を回りこんだ奥へと隠れた。

その直後、特徴のある横顔がゆっくりと森江たちの視野を横切った。

「やっぱり小佐川歌名十郎だったわね」

「そうです」森江はうなずいた。「そして、もう一人の声の主は、このお弔いの喪主――亡くなった志筑望夢君のお母さんのものでしたね」

「た、確かに」

菊園綾子検事も、かすれた声とともに、うなずいたのだった。


そのあと二人は、通夜振る舞いの席にも居残った。

といっても、ことさら事件について話し合うこともなく、とりわけ菊園検事は食事に手もつけないまま、静かに時を過ごした。

「ねえ、さっきの話なんだけど……どういうこと？　洛創大は上念理事長が築き上げた、いわば個人的持ち物みたいなものでしょ」

「そうはいかないのが、日本という国の恐ろしさよ。どんなに苦労してつくりあげたものも、東大を出てキャリア試験に合格した連中に持って行かれる……一度狙われたら、勝ち目はない、といっていい」

交わされる会話は、さっきより一層せちがらく、真昼のキャンパスにくりひろげられた芸術家たちの気ままな別天地は、うかがえもしなかった。大学の敷地を一歩出たとたん、モラトリアムの魔法が解けてしまったかのようだった。

森江はといえば、つい食事をしそびれた空腹を抑えかね、喪家の厚意をありがたく受けていた。

片隅で、使い捨ての皿に盛った料理と取っ組んでいたとき、ふと背後に気配を感じた。

何気なくふりかえってギョッとした。そこには璃升がつぶらな目を潤ませ、何やら意を決したようすで立っていた。

「あの、何か……？」

その美貌と風情に、ついドキリとさせられながら、森江は問いかけた。すると、

「これを」

と聞こえるか聞こえないかぐらいの声で短く告げると、後ろ手に持っていたクラフト封筒を差し出した。よく書類入れに使うようなサイズのものだった。

「これを――？」

同じような小声で答えたときには、いつのまにかその封筒を手渡されていた。

森江が思わず相手を見直したときには、璃升はクルリと背を向け、小走りに通夜の客たちのただ中に入っていった。

(何だろう)

当然の疑問を胸に、中身を取り出しかけてギョッとした。そこには、こんな文字が記されていたからだ。

洛陽創芸大学《虚実座》第十七回公演
銘高《なもたか》 忠臣《ちゅうしん》現妖鏡《うつしえ》

四世鶴屋南北・作
小佐川歌名十郎・補綴／演出

――それは、まさしく今度の芝居の台本だった。菊園検事にも知らせようかと思ったが、あいにく見当たらない。

現妖鏡とは『蘭学事始』にいうトーフルランターレン、すなわち幻灯機のことだろうか。〝うつしえ〟とルビが振られていることからすると、たぶんそうだろう。

すぐにも中身を見たかったが、この人でいっぱいの中でというわけにもいかず、皿と箸を置くと廊下に出た。そこから休憩用の椅子が並んだ一角に向かい、腰を下ろすとさっそく読み始めた。

（こ、これは……）

森江の顔は、みるみる驚きに満たされていった。各幕の冒頭に記される「役人替名《やくにんかえな》」、すなわち配役表にしてからがそうだった。

忠臣蔵でおなじみの人物名が並んだ中に、こんな名前があった。

高野武蔵五郎師夏《こうのむさしごろうもろなつ》

一瞬、実説では吉良上野介義央《よしなか》に当たる「高野武蔵守師直」かと思ったが、こちらはちゃんと別にいる。ちなみに南北は師直の姓「高」を「高野」と書くのが常だった。

（高師夏って、確か師直の子供じゃなかったっけ。観応《かんのう》の擾乱《じょうらん》で父とともに非業の最期を遂げた……）

そんな不意打ちにも引きつけられてページを繰り、かなりのスピードで読み進んだ。場割を見ると、

まずは大序・鶴ヶ岡八幡宮旗改めの場、

次になぜか扇ヶ谷塩冶館の場、

さらに刃傷の場となる足利館殿中の場、

ついで、これは順当に判官切腹の場、

そして、あの鎌倉師直館の場――

と続いてゆくのだが、いざ本文に取りかかった森江は、何度となく目をしばたたかずにはいられなかった。キリのいいところに来るたび台本をひざに置き、ホッと息をついてしまった。

内容が退屈だったからではない。決して読みやすくはなかったものの、グイグイと引きつけられる展開だった。かといって、こんなところで全部読んでしまうのが、もったいない気がしたからでもない。

答えは簡単――そこに描かれた忠臣蔵があまりに異常で、遊園地のびっくり鏡《ディストーティング・ミラー》に映したように歪んでいたからだ。

何しろ発端からして塩冶判官高定が、師直の家宝である白旗をほめそやし、わが家の赤旗といっそ取り換えたいなどと言い出して、断わられる。兜改めならぬ旗改めというわけだが、これ

では判官の方から高野家にすり寄っているように見える。

加えて、原典では塩冶判官以上に短慮で、彼より先に師直に斬りつけようとした桃井若狭之助安近が、ひどく落ち着き冷酷なものさえ感じさせる描き方となっている。

次いで塩冶館に起きた怪異。足利将軍尊氏公のお覚えめでたき執事師直の罪状が、どこからか告げられたかと思えば、この世のものならぬ奇怪な使者が出現。塩冶判官にとある密旨を授ける……ここからは完全に怪談劇だ。

むろん、これまでも鶴屋南北は一筋縄ではいかない物語を書いてきたし、それは忠臣蔵をあつかう場合も変わりはなかった。

塩冶浪人は義挙のためなら徹底的に冷酷であり、身内に売春を強いるなど薄汚い手段で金を稼ぐことも厭《いと》わない。

一方、不義士にも言い分があり、ときに極悪人こそが正義を実行したりもする。果ては、踏みつけられ陰に追いやられた女たちが、復讐合戦をくりひろげたりもする――。

だが、この芝居はそれらと比べても異常だった。単なる逆転の発想やパロディ精神というのを超えて、なぜ判官や師直がこのように描かれなければならないのか、どうにも解しかねた。

その疑問と不審は、前半最大の見せ場という殿中刃傷、実説では江戸城松之大廊下での事件を描いた「三段目　殿中の場」に至って頂点に達した。何しろ、その展開というのが、次のような奇想天外なものだったときては――。

足利館殿中の場

高野武蔵守師直
高野武蔵五郎師夏
塩冶判官高定
桃井若狭之助安近

…………

本舞台三間の間、向う一面に金襖《きんぶすま》、結構に飾りつけ、衝立を置き大御簾《おおみす》を掛け、雪洞《ぼんぼり》を照らすほか、所々に桔梗を活けるなどして、全て三段目足利館松の間の体。調べにてよろしく道具納まる。……

武蔵守師直、烏帽子素襖《えぼしすおう》にて上の方より出て、倅《せがれ》武蔵五郎師夏と行き合う。折しも諸侍、茶道の者ら黙礼にて過ぐるを見送る。人尽きたるを切掛に、父子相応の礼あって去るところ、師夏意を決せし様子にて呼び止める。

師夏「アイヤ親父殿、お待ちくだされませい」

師直「何と」

ト怪訝なる師直に、師夏、装束のうちより巻物取り出し、手渡す。

師直「倅よこれは」

ト驚く。
師夏「これぞ足利の御家の万代栄、日ノ本の民草の末々までも茂り咲かする方略の」
師直「ヤ」
師夏「委細記せし扶桑富強の一巻」
師直「オオ、其方がかようなものを、しかも我に渡すとは」
師夏「この国の弊を改め、新しきを開かんとする御父上。されど因循姑息の石頭どもはいたずらに悪口雑言、おみ足を引くばかり」
師直「コレそのような。めったなことを申すでない」
ト中啓をもってたしなめる。師夏深々と一礼して、
師夏「これは面目次第もございません。なれどこれは私の最も案じるところ。ならばいっそ新天地にこそ活路をと愚考せし次第にござりまする」
師直「スリャ倅よ、その大計をば我にというか。老木やがて斃《たお》れると雖《いえど》も、あとに若木の生えて実成らば本望と思いしが、かえって若木より知恵の甘露を受くるとは。長生きはするものじゃなア」
ト感極まりし思い入れ。
師夏「エエそこまで仰言られては、かえって申し訳ござりませぬ。私はただ父上の」
師直「皆まで言うな。そんなら倅」
師夏「親父殿」

ト左右に分かれ、師直は伝授の一巻を捧げ、懐に収めて下の方に入る。師夏のみ松の間に残るところへ塩冶判官、衝立《ついたて》の陰より出て、

判官「覚えがあろう」

ト走り寄り、いきなり肩先に切り付ける。

師夏、驚きて逃れるを判官追いかけ、なおも切り掛からんとするも柱に刺さる。それを引き抜きてさらに突き掛かり、師夏これを鞘《さや》にて受け止めるも、さんざんに突き刺され、遂に床に倒れ伏す。

ようよう奥より加古川本蔵出て、判官を抱き留める。上下より大名、茶道ら内交じり出て、師夏を介抱して上手の屋体に連れて入る。

判官、なおも狂態にて無念のこなし、この見得よろしく――拍子幕。

(何なんだろう、いったいこれは……)

森江は台本から顔を上げると、半ば茫然とつぶやいた。全くそうとしか言いようがなかった。

歌舞伎でも、そのもととなった浄瑠璃でも、あるいは実説を名乗った映画やドラマでも、ここは高師直または吉良上野介が、塩冶判官または浅野内匠頭に難癖をつけ、いびっていびっていびり抜く場でなければならない。

その前提として、史実にも太平記にも登場しない桃井若狭之助の存在が重要になる。もともと師直を挑発したのは若狭之助であり、ために当初は彼がいびりのターゲットだったのだが、家老

の加古川本蔵が機転を利かせて付け届けをしたため、今度は塩冶判官に矛先が向かう——という点において、裏主人公とでもいうべき存在だ。

言わば彼のおかげで、現実には何の落ち度もなかった吉良の殿様にはとんだ災難となったわけだが、それに耐えて耐え抜いた果て、ついに堪忍袋の緒が切れて、刃傷に及ぶのでなくてはならない。それを取り押えた旗本・梶川与惣兵衛が加古川本蔵のモデルとされている。

それがどうしたことか、史実ならともかく忠臣蔵の物語にはかけらも登場しない武蔵五郎師夏なる人物が登場し、父の師直と何やら真剣な会話を交わす。

あげく師直は「扶桑富強の一巻」なる代物を息子から託されるのだが、ここは師直が判官から、彼の妻・顔世御前からの手紙を渡され、横恋慕がかなわなかったことを知るくだりのパロディだろうか。だとしても、意味がわからない。

そのあと、師直・師夏父子がいたってまじめに別れたところで、ようやく判官の登場となる。そしていきなりの刃傷となるのだが、そこには辛抱も我慢もなく、ただ狂気の爆発だけがあった。しかも何と、ここで斬りつけられるのは、師直ではなく師夏の方なのだ！

(それも額を傷つけるどころではなく、明らかに殺意をもって何度となく執拗に……いくら何でも、こんな忠臣蔵があるもんか！)

心の中にふくれあがった疑問が大きすぎて、そのときはそれ以上読み進むことができなかった。それだけでなく、ここらで少し目を休めたくもあった。森江は、そばの壁面に開かれた大きな窓を見やった。

この葬祭会館の表通りに面した窓で、ガラスの向こうには、京都の街が海底を思わせて広がっていた。つい熱くなりがちな頭を冷やすにはちょうどよかった。

だが、それにも限界があった。ぼんやり外をながめ、会館前の道路を見下ろしていたとき、ふいに現われた人影に視線を吸い寄せられたからだった。

(あれは……?)

――正面玄関前に、誰かと待ち合わせているのか、それとも入ろうか入るまいか迷っているように、きょろきょろと頭をめぐらし、漆黒のオカッパ頭をゆらめかせている女性。

夜目にも鮮やかな配色の和服を着ている。その大胆な紋様を見たとき、ハッと胸を突かれたような気がした。

(あれは……秋水里矢さん?)

どうして彼女《あのひと》がここに? と首をかしげた。彼女が京都に来るなどとは聞いていない。まして、志筑望夢の通夜に現われるなどとは。

ここまで来たのには、何か事情があるのだろうか。だとしたら、中に入るのをためらっているのには、なおさら事情があるのに違いない。

とにかく声をかけてみよう。もし入りたいのに入れないのなら、何か力になれることがあるかもしれない――そう思って、森江は階段を下りた。

だが、彼が玄関に向かって歩き始めたまさにそのとき、秋水里矢――と思われる人物は、クルリときびすを返し、足早に立ち去ってしまった。

「あ、ちょっと……」

意外な成り行きに、森江は思わず会館の外に出てしまった。

背後で自動ドアが閉まる音を聞いたとき、一瞬躊躇があった。だがすぐに迷いを振り切ると、彼女のあとを追った。

――ちょうどそのとき、和服にオカッパ頭の後ろ姿が前方の小路に吸いこまれ、その向こうの暗がりの一筆にグイッと塗りつぶされるところだった。

数分後、森江春策は、京都特有の狭い小路を小走りに進んでいた。

左右の町家《まちや》の灯りはとうに絶え、寂しげな街灯だけが頼りだ。一度は、里矢のものらしき和服の後ろ姿を何ブロックか先にとらえたと思ったが、すっかり見失ってしまった。

四つ角に立ってあたりを見回す。彼女はもちろん、ほかに人気はなかった。

(……しょうがない、もどるか)

考えてみれば、誰にも会いたくないから、ああして中に入らなかったのだろう。依頼人だからといって、いや依頼人だからこそ細かく詮索する理由もない。必要なら、あとで問いただせばすむことだ。

半ばあきらめ、半ばそんな風に自分を納得させながら、葬祭会館への道を取ろうとして、はてなと小首をかしげた。自分が来た方向は、どっちだったろうかと。

あいまいに交わり、どれも同じような小路は、森江をひどくとまどわせた。グルッと体を転回させたのが、ますますわざわいして、いつもの彼にも似ず混乱してしまった。

――そのとき、視野の隅をサッと駆け抜けた人影があった。

それが秋水里矢の姿であったかは、とっさに確信が持てなかった。だが、そんな形で現われられては、あとを追っかけないわけにはいかなかった。

森江は、また駆け出した。だが、今度の追跡は短く、迷わずにすんだ。そこは工場か何かの裏手に当たる袋小路だった。

奥はコンクリートの高塀がそびえ、左手は鉄骨の柱にスレート屋根をのっけただけの駐車場兼資材置場。このどちらにも身の隠しようはなかった。

右側には、ただの箱のような味気ない形の建物があって、錆《さび》の浮いた鉄の扉が心持ち開いて、中から裸電球らしき光が弱々しくもれていた。

(倉庫、か……?)

森江が心につぶやき、だが、さすがにその中をあらためる度胸は持てなかったときだった。

ガコン！　ふいに鳴り響いた鈍い音が、森江の耳をそばだてさせた。鉄の扉に何かが当たったような音だった。

これには森江も好奇心をかきたてられ、ゆっくりと倉庫の扉に歩み寄った。その前に立っただけで、何かしらゾッとするようなものが感じられた。

(中に誰かいるのだろうか……ひょっとして秋水さんか？)

いやまさか、彼女のどこにそんなところに隠れる理由がと思いながらも、一応は確かめないではいられなかった。

ようやく人ひとりが通れそうな、戸口のあわいに身を寄せ、森江が中をのぞきこんだ——刹那。いきなり誰かにドンと背中を突かれたかと思うと、森江はそのまま倉庫の中に転げこんでしまった。不覚にも、戸口近くの暗がりに、何者かがしゃがみこんでいたことに気づかなかったのだ。

森江はてもなく硬い床の上に倒れこみ、それでもとっさに起き直った。

だが、外に出ようと戸口に飛びついた鼻先で、鉄の扉がガラガラゴロゴロとうなり声をあげながら閉じられてしまったのだ。

「あ、えっ……ちょっとちょっと！」

あわてふためいた彼の声に、今度はゴトンという金属音が重ね合わされた。

まさか、と扉の取っ手に飛びつく。だが、そのまさかというやつで、鉄の扉はビクともしなかった。外から閂《かんぬき》を掛けられたのだ。

閉じこめられた！　その当たり前の事実に気づくまで、ほんのわずかながら時間がかかった。一方、ここがただの倉庫でないことは、すぐに理解された。そしてもう一つ、さっきの音は鉄の扉を内側からではなく、外からたたいたものではなかったかということに。

何のためにそんなことを？　言うまでもなく彼を中に誘いこむためだ。

そう思い当たったとたん、総身にゾッと走った悪寒——。それは心理的なものである以上に、物理的なものであった。

この倉庫に入るなり、いや、入る直前から、異様に寒いのには気づいていた。それにはれっきとした理由というか原因があることも。そう、ここは……。

「冷蔵倉庫だ！」

森江春策は、思わず声に出して叫んでいた。だが、それは氷室の厚い壁と、京の都の小路に吸い取られて、どこにも届かなかった。

「……森江さん？」

何とはなし憂鬱な気分で、物思いにふけっていた菊園検事がふと顔を上げたのは、それからしばらく後のことだった。

彼女は椅子から立ち上がると、とまどいの表情であたりを見回した。

「森江さん、どこか行ったの？」

三幕目

寒中夢の場

ともすれば遠ざかろうとする意識を、森江は必死になって取りもどした。と、その報いであるかのように、恐ろしい寒気が総身を押し包んだ。

必死に体を揺すぶり、そこらじゅうを押しもんでも、防ぎきれるものではない。むしろそうすることによって疲労はたまり、悲観が深まるばかりだった。

森江は、かすみかけた目をこらし、周囲を見回した。そこに彼以外に生命あるものは見当たらず、唯一の例外であるらしい自分も、いつまでもつか知れたものではなかった。

いっそあのまま眠りこんでしまえば、よかったのかもしれない。睡魔に身を任せれば、肌を刺す寒気も忘れられるし、不安や恐怖からも逃れられる。

うまくすれば、今の全てを夢としてやりすごせるかもしれないではないか。次に目覚めたときには全てから解放されていて、燦々《さんさん》とした陽光を身に浴びることができるかもしれないではないか。

だが、その誘惑に乗るわけにはいかなかった。乗ったが最後、もう二度とこの世の光を見ることはないだろう。ただ暗黒が未来永劫《えいごう》続くばかりで、何の解決にもなりはしない。

だが、そうしていけないわけがあるだろうか？

ここから逃れようのないことはわかっていた。だとしたら、いたずらに苦痛を長引かせるより、ちょっとばかり死神の手間を省いてやるのも一つの選択ではなかろうか。

そして、決断のときは刻々と迫っているようだった……。

（い・や・だ！）

森江は朦朧《もうろう》としかけた頭を覚醒させるためもあって、激しくかぶりを振った。

バカなことを考えるのはもうやめだ。生き死にとは別のことを考えてみよう。そうだ、ここでは見られないもの、聞くことができないものなら何でもいい。

忘れてはならないもの、考え続けなくてはならないことならもっといい。

さて、そんなものがあるだろうか――いや、ちゃんとあるではないか。

そう気づいたとたん、ふいに脳裏に割りこんできた光景があった……。


それは、めったなことではかいま見ることもできない江戸城の一角――そのせいか何だか芝居がかり、作り物めいて見える。

どこを見渡しても、堂々たる造りの広間ばかり、天井も廊下も左右の襖も、絢爛《けんらん》としてただ美しい。

今しもそのただ中を、いかにも高位らしく威儀を正した武士が静々と通り過ぎてゆく。その姿には一分のすきもない。その顔には強い意志と深い知性がうかがえ、だがいささか疲れているようだった。

そんな彼に腰をかがめ付き従う人々、膝を突いてうやうやしく見送る人々。聞こえるのは、かすかな衣擦れの音ばかり。しわぶき一つ、聞こえはしない。

いかにもものものしいが、これも日常。その実何ごともなく過ぎてゆく……はずだった千代田の城の一齣《ひとこま》。

異変はそのさなかに起こった。

突如、わけのわからない叫びをあげながら、一人の男が飛び出してきた。彼もまた侍で、それなりの装束をまとってはいたが、先の武士とは歴然として格式の、そして品位の差があった。

ひんむかれ、血走った目。奇妙な形に開かれ、よだれとも唾ともつかない液体をまき散らす口。何もかもが、比べるべくもなく愚劣で、哀れですらあった。

だが、男はどうしようもない差を、力ずくで埋めようとするように畳の上を疾駆した——その手をしっかと腰の刀にかけながら。

その意図は今や明らかだったが、もはや誰にも制止することはできなかった。

決してこの場でさらされるべきでない銀色の刃が空を切り、すぐ前を行く武士めがけてたたきつけられた。

たちまち噴き上がる血柱、肉を裂き、骨の砕けるいやな音。武士がその場に倒れこんでも、男はなおも執拗に凶刃を振るうことをやめようとしなかった。そこへ、

「殿中である！　皆のもの出あえ、その刀を、その刀を早《はよ》う！」

大音声とともに、背後から男をガッキと羽交い締めにした武士があった。これにはいかなる狂乱も抵抗も、どうしようもなかった。

その声に応じ、別の武士が男の刀を奪い取った。

これをきっかけに、ようやく周囲の人々が躍りかかって男を取り押えたものの、そのときすでに殿中は血なまぐさい惨劇の場となりかわっていた――。


ハッと悪夢から覚めた思いであたりを見回すと、周囲は惨劇の赤から、再び酷寒の白一色に塗りつぶされていた。

容赦なく吹き付け、体中を刺す寒気にさいなまれながら、森江はただ耐えるほかなかった。いつまで耐えなければならないのか、それさえわからないのが何より耐えがたかった。

そんな生と死のはざまに、森江は奇怪なものを見た。

それは白い視界の中に、むっくりと立ち上がる黒い影だった。何もかもがぼやけて見えるせいで、それが生《しょう》あるものなのか、ただの現象かどうかすらもわからない。

ただ何かとしかいいようのない影が、一つまた一つ――。

それが人ならざるものだとしたら、むろん恐ろしいが、人ならばいっそう恐れなくてはならな

かった。なぜなら、それはきっと生きた人間ではありえないからだ。

影はゆっくりと、だが確実に森江の方に近づいてくる。なおおぞましいことには、山犬の遠吠えのような、こもった鐘の音のような声をあげながら……！

最初は空耳かと思ったが、そうではなかった。単独とも大勢ともつかず、切れ切れに伝わってくるその声は、しだいに近づき、しかも何かを訴えかけるかのようだった。

ただの気の迷い、末期の悪夢。極限状況が生んだ幻覚だとはわかっていた。でなければ、そいつもしくはそいつらが、彼の名を知っているはずはなかったからだ。

にもかかわらず、影は呼びかけてきた。

森江さん！　森江、森江さん、森江、森江さん森江、森江森江森森森……と、独特なリズムを刻みながら。

＊

「森江さん！　森江、森江さん、森江、森江さん森江、森江森江森森森……」

彼の名を呼ぶ声は、最初はいきなり高らかに、そのあとだんだん小刻みに、テンポを上げていった。

どうやら一人ではないらしく、男女入りまじった声が折り重なってゆく。しばらくすると、また調子をゆるめていった締めくくりに、

「森江さん？」

凛《りん》として呼びかけた声に、まるで歌舞伎の拍子幕みたいだったなと思いながら目を開いた。

「⁉」

そのとたん、森江春策ははじかれたように半身を起こした。

そのとき初めて自分が見知らぬ部屋のベッドに横たわっていることに気づいた。しかも、新島ともかが手配してくれたホテルとはどう考えても別の場所らしい。

驚いたのは、そのせいばかりではなかった。ベッドを取り巻き、自分を見下ろす顔・顔・顔と間近で対面したからだった。

「森江さん、いったいあなた何してたの？　知らない間に通夜の席を抜け出したと思ったら、あんなところで倒れてるのを見つかって、この病院にかつぎこまれるなんて」

チャコールグレイのスーツの腰に手を当て、あきれ顔で言ったのは菊園綾子検事だった。それでようやく、ここが病室だとわかった。すると、そのかたわらから、

「そうだぜ、近ごろはめっきり関西にもどらないと思ったら、まさか冷蔵庫の中で凍りついていたとはな。大昔の喜劇映画みたいに、カチンコチンになったところにお湯をぶっかけてもらったりしたんじゃなかろうな？」

そう笑い飛ばしたのは、かつての同期で、当人は今も仮名文字新聞大阪本社で記者を続けている来崎四郎《きざきしろう》だった。

「来崎、何で君がここに……？」

まだボンヤリした頭のままたずねると、来崎はどこかシニカルに笑って、

「おいおい、大阪と京都の距離を、どれほど遠いと勘違いしてるんだ。ま、むろんそれだけじゃないがね」

意味ありげにウィンクしてみせた。

そうか、ここは京都だったか――と気づいたが、まだ疲れているせいもあって、それ以上は突っこめなかった。

――彼らの話によると、ここに至るまでの事情はこうだった。

森江春策はあの冷蔵倉庫に閉じこめられたあと、外へ向かって必死に叫び、扉といわず壁といわずたたき回っていた。そこまでは覚えているが、そのあと寒気と疲労のせいで、しだいに意識が薄れ、ついに力つきて倒れてしまったらしい。

幸い、未明になって倉庫に品物の出し入れがあり、持ち主である工場の関係者が扉を開いて、森江を発見。そのままこの総合病院にかつぎこまれたということらしい。

所持品から、付近の葬祭会館で行なわれた志筑家の通夜に出席したことを示す配付物が発見され、警察から会館に連絡が行った。

菊園検事へは、そこから森江の災難が伝わったということのようだ。もっとも彼女は森江を見失ったまま、通夜振る舞いの席をあとにしていた。

なのに、よく関係者があなたのことに気づきましたね――と訊いてみると、

「あの璃升という男の子が知らせてくれたのよ。彼には私の名刺を渡してあったからね」

とのことだった。

森江春策は、なるほどと納得したが、それなら当然、小佐川歌名十郎にも伝わったはずだと考えた。だが、今は彼よりも、考えなければならない人物があった。

森江がそもそも歌名十郎と会うことになり、はるばる京都までやってきたうえ、こんな災難にあう理由をつくった人物――ひょっとしたら、いや、かなりの確率で、彼を氷漬けの刑に処した張本人と思われる女性のことを、である。

「そうだ、秋水里矢！　彼女はいったい――？」

森江は、思わず大声をあげていた。目の前の二人が、彼女という依頼人のことを知るはずもないということなどは、そのときは思い浮かびもしなかった。

だが、来崎四郎と菊園綾子の反応は、微妙にして奇妙なものだった。

「ほう、秋水――里矢だって？」

「秋水里矢……ね」

顔を見合わせ、もらした言葉は、彼らが森江の依頼人の名前を知っていることを意味していた。だとしたら、いつのまに彼女の名を知ったのだろう。そう考えたとたん、脳裏にひどく不吉なフラッシュがきらめいた。まさか……まさか！

洛中神社雪景の場

統計によると、京都市内にある寺院は千六百六十八、神社が三百二という。

ということは、ここ八十隈《やそくま》神社は三百二分の一の存在。だが、規模でいえば千分の一、あるいはそれ以下かもしれなかった。

ただでさえ小ぢんまりした街並みの一隅に、肩を縮めて入りこんだような狭い境内。黒ずんだ社殿や社務所は、小さいながら歴史を感じさせて好もしかったが、それらにはまるで人気がない。

というのも、ふだんここには神職がおらず、他と兼任で巡回してくるだけ。それでも、常に境内はきれいに掃き清められ、誰かが落とした紙くずや菓子の包み紙、もっと不届きな誰かが、ダストボックスに突っこんでいった家庭ゴミは、すみやかに取り去られる。

それを可能にしているのは——ちょうど今、ここにやってきた一団のおかげだった。

「お早うさんどす」

「ああ、お早うさん」

「しばらく見んよって、ひょっとしたらと思たで。それにしては、あんたとこに救急車も霊柩車も来たようすなかったけどな」

「またあんなこと言うて。まあ、あんたが毒吐けへんようになったら、シマイやけどな」

「ほっちっちちや。自分かて、こないだの健康診断で再検くろうて震え上がってたくせに」

「何やてェ」

などと軽口と悪態をたたきあいながら、やってきたのは若くて七十、上限はちょっと想像もつかない老人たちの一行だった。

手に手にバケツや塵取り、市指定のゴミ袋を持ち、ホウキやモップを担え銃《つつ》みたいな形にして、今にもハイホー、ハイホー♪とでも歌い出しそうだ。

そう、彼ら彼女らはここの境内をはじめとし、児童公園やら古い祠《ほこら》やらを掃除して回るボランティア集団。終わったあとはラジオ体操をしたり、ちょっとした球技をしたりして家路につく。

名付けて〝ご町内ダスト・バスターズ〟――元ネタの映画は三十年以上前だが、彼らにとっては十分に新しい作品だった。懐かしい作品となると、それどころではなくて、

「そないいうたら、この前CSでやってた『暴れん坊兄弟』、録画しといてくれたか」

「忘れるかいな、ちゃんとDVDに焼いたぁるから、あとで渡すわ。久しぶりに見たけど、錦之《きんの》助《すけ》と賀津雄《かつお》はやっぱりええなぁ」

「へえ、するとあの兄弟《ふたり》が、そのまんま兄と弟をやるのんかいな」

一人がそう言うと、たちまちこだわり屋らしい声が飛んで、

「違《ちゃ》う違う、そら『殿さま弥次喜多』シリーズやがな。『暴れん坊兄弟』は兄が東千代之介《あずまちよのすけ》で弟が賀津雄や。錦之助もお殿さん役で出るけどな」

「あったなぁ、そういうの……」

そんな会話に興味を引かれたか、最年長ながら何とも愛嬌のあるおばあちゃんが、

「はぁ、千代之介はんなぁ。あのころのスターでは、うち一番好きやねんけど、意外に主演が少のうてなぁ」

「それやったら『白扇《はくせん》 みだれ黒髪』いうのがおまっせ。白黒の地味な映画やけどな」

「へえっ、そんな映画知りませんわ。どんな話なん」

「うん……千代之介の御家人は、もとは生まじめな侍やったんやけど、上役にうとまれて無役に落とされてな。嫁はんの妹が巻きこまれた難儀を救おうとしたばかりに、ならず者の仲間に引きこまれて、ついには人斬りにまで落ちてゆくんや」

「へぇ、ちょっと陰気やけど面白そうやこと。まだまだ知らん映画があるもんやねぇ。録画あったらダビングしとくなはるか」

「まかしとき」

と、そこまで映画談議が進んだときだった。

「わたたたっ!」

「どないしたんや、危ないやないか」

前方で頓狂な叫び声があがった。〝ご町内ダスト・バスターズ〟の先頭がいきなり立ち止まり、後続と玉突き事故を起こしてしまったのだ。

そうとも知らず、解説はなおも続いて、

「実はこの映画には一趣向ありましてな。千代之介の役名が何と田宮伊右衛門、長谷川裕見子演じる嫁はんは以和《いわ》——しかも、その一部始終を見届けることになるのが、後の八代目三津五郎、坂東簑助の鶴屋南北。つまり、これは四谷怪談の……あれっ、みんなどないした?」

そこでようやく異変に気づいたらしく、けげんそうにお掃除仲間に問いかけた。

「どないしたもこないしたも……なぁ」

「まあ、境内を見とうみ」

彼らが指さす先を見やったとたん、

「なな何やあれは⁉」

素っ頓狂な声が、あんぐり開いた口から飛び出した。

――そこに広がっていたのは、目に痛いような雪景色だった。

境内に敷き詰められた砂利の大半を、というと大げさだが、それでも相当な部分を覆いつくして純白の雪が積もっていたのだ。

むろん、そんなはずはなかった。雪降る季節とは離れすぎていたし、雪どころか雨の一滴さえ落ちてきそうになかった。

太陽もまだ高くないとはいえ、ギラギラと輝きを増しつつあった。ちょっと動けば汗ばみそうな陽気で、寒さとはおよそ無縁だった。

なのにどうして雪が、こんなにもたくさん――？　だが、その謎は簡単に解けた。

「何やこれは、雪やのうて、ただの紙切れやないか！」

老人の一人が、地面からひとつかみ拾い上げ、手のひらの上で示してみせたのは、確かに雪でも何でもなかった。白い紙を一センチから一・五センチ角ぐらいに切っただけの代物だった。

「早い話が、雪は雪でも紙吹雪というやつか」

「それも、お芝居で使うような雪どっせ。見とうみ、みんな四角ぅ切ったぁるやおまへんかいな」

「ほんなら、誰ぞここで芝居でもしやはったんかいな」

「となると、やっぱり忠臣蔵の討ち入りかな。雪の芝居言うたら、まず十一段目――」

「アホなこと言うてるのやあれへん。どうせ学生のいたずらか何かやろけど、早よ何とかせんと」

「何とかせんとて……どないすんねや」

誰もが茫然と、だが妙にのんきに立ちつくす中で、

「そんなもん決まってまっしゃないか！」

千代之介ファンらしき、さきほどのおばあちゃんの一喝が飛んだ。その声にわれに返ったかのように、

「あっ、そうか！」

「そやそや」

〝ご町内ダスト・バスターズ〟の面々は、手に手にホウキや熊手を握りしめ、あるいは高々と差し上げながら、目の前の雪原めがけて突進した――。

そこは慣れたものだったが、何しろ量は多く、範囲は広いしで、簡単には片付かない。何より厄介なのは、紙の雪を掃き集めようとすれば、下の砂利もいっしょくたになってしまうことだった。

分別にはきびしい彼らのことだから、これをまとめて可燃ごみとして出すわけにはいかない。あとで選り分けることにして、まるごと塵取りに掃きこむか、いっそ一枚ずつ手で拾い集めるか。

いずれにせよ面倒な作業だったが、ご老体たちは体の節々の痛みにもめげず、テキパキと作業を進めていった。

そのうち、朝参りやラジオ体操、犬の散歩のため神社を訪れた人々が、この異変に気づき、手伝いを買って出てくれた。

おかげで作業はぐんぐん進み、やがて境内のほぼ中央にコンモリ盛り上がった一山を残すのみとなった。

ようし、というので何本ものホウキや熊手が、その頂にのびた――次の瞬間だった。

「…………？」

これまでにない奇妙な感触に、人々は手を止め、顔を見合わせた。

「ちょっと待ち、これは……」

一人が、悪い予感でも覚えたように止めたが、遅かった。

ガサリ、と突き崩され、掻き落とされた紙片の下から、丸く現われたものがあった。

それは――人の顔だった。カッと両目を見開いた、若い女のそれだった。

次の瞬間、人々はワッと叫んで後ろへ飛びすさり、そのまま動けなくなった。

女もまた、身じろぎ一つしなかった。その顔は蒼ざめ、かけらほどの生気も感じさせなかった。まるで盛り上げた雪の上に、よくできた仮面をのっけたかのようなながめだった。それもなかなかグロテスクな状況だが、ならばどんなにかよかったことだろう。

だが、女の顔は正真正銘の生身で、しかし生者のものではなかった。ということは、この下には――？

折しもそのとき、一陣の風が境内を駆け抜け、女の顔のまわりを埋めた紙の雪を吹き散らした。

そのおかげで、この女が前髪を切りそろえたオカッパのような髪形をし、色鮮やかな着物をまとっていることがわかった。それから、なぜか右の耳だけに薄桃色をした真珠の飾りをつけていることも。

　だが、彼女の名が秋水里矢ということ、その死因が絞殺であり、凶行は前夜になされたことが判明するまでは、もう少しの時間が必要だった。

某病院病室の場

「……とまあ、そういったいきさつで、彼女の死体は紙の雪の下から掘り出されたわけ。服装と髪のせいで、まるで大きな日本人形が埋まっていたようだったとは、現場に駆けつけたものの証言よ。私もあとから写真で見たけど、確かにそんな感じだったことでしょうね」

　菊園検事は、ことさら冷ややかな調子で言うと、ようやくベッドから解放された森江春策に言った。

　来崎四郎は、本社の連絡だか新たな取材のため出て行っていて、たまたま病室内には、彼ら二人きりだった。

「まるで安らかに死を迎えたかのような姿で横たえられてはいたけど、着衣に多少の乱れはあって、最期に争った形跡をとどめていた。犯行の手口は、ひも状のものを頸部に巻き付けたうえで担ぎ上げ、当人の体重によって縊《くび》り殺したといった感じかしら。ということはかなりの力の持ち主かしらね。

　現場の八十隈神社は、私たちがいた葬祭会館から徒歩三十分ぐらい。あなたが閉じこめられていた冷蔵倉庫からだと、もう少し縮まるけど大した違いはないと見ていいでしょう。死亡推定時刻はというと、昨夜の午後十時から午前一時ごろ――あなたが葬祭会館を飛び出していったのが、十時過ぎぐらいだとして、一応平仄《ひょうそく》は合うわね。秋水里矢の前日の行動は、いま東京の方に照会中だけど、七時台に向こうを発てば楽々到着は可能なんだから、特に不思議なこともないでしょう……何探してんの、はいこれ」

彼女は、ベッドサイドに掛けられていたネクタイを渡すと、

「ただ、そうまでして京都《こっち》に来る理由があったかどうか……。あなたの話だと、亡くなった秋水里矢と小佐川歌名十郎は、南北の歌舞伎脚本をめぐって対立する関係だったわけだけど、シノくんだっけ、志筑望夢という若者が亡くなったからといって、そこまでする必要があったとも思えない」

「さあ、それは……」

森江は口ごもった。

「いま現在の争いと、そういったことは別という感じがあったのかもしれませんな」

「そういったことって、どういうことよ」

菊園検事が聞き返し、森江が返答に窮したときだった。病室のドアが半ばほど開いて、中年の、ちょっと険相な男が顔をのぞかせて、

「検事さん、ちょっと……」

と彼女に呼びかけた。

菊園検事は「なに？」と戸口に歩み寄ると、その男と何やら言葉を交わした。どうやら相手は、刑事らしかった。

彼女は自分の体を盾にして、森江の視線をさえぎりながら、刑事らしい男とやり取りを続けた。やがて彼女の指示を受けて男が去ったあと、

「長い付き合いのあなたのことだから、あっさり明かしちゃうけど」

菊園検事は、ゆっくりと森江に向き直った。

「これに見覚えはあるかしら」

差し向けた指先にはさまれているのは、ちっぽけなビニール袋。そして、その中には、薄桃色の真珠のピアスらしきものが一個だけ——。

「それは、もしかして……？」

「そう、秋水里矢のピアスよ」

菊園検事は、森江の鼻先まで近づけたそれを、ツイと引っこめると、

「八十隈神社で発見された彼女の耳には、片っぽしかピアスが残されていなかった。もしあの場で取れたものなら、あの膨大な紙の雪にまみれているのではないか。そこからより分けるのさえ厄介なのに、現場はお掃除ボランティアのお年寄りたちの手で、悪気はないとはいえ、引っかき回されていた」

「そ、それは大変でした。よく見つかりましたね」

「いえ、別に」

菊園検事は、森江のねぎらいを押し返した。

「というと？」

「これは、全く別の場所から発見されたからよ。もっとわかりやすくて、紙切れが散らばったりしていないところでね。――見当、つかない？」

「いえ、全然」

森江はかぶりを振った。すると菊園検事はやや焦《じ》れたように、

「冷蔵倉庫よ。森江さん、あなたが一晩中閉じこめられていたという、ね！」

えっ、と声をあげたきり絶句した森江に、

「そう……あとで倉庫の持ち主から、こんなのが見つかったと通報があったのよ。これはどういうことかしら、森江さん。ひょっとして、あなたは独りぼっちじゃなく、秋水里矢といっしょに冷蔵倉庫で冷やされていたんじゃない？」

「そ、そんなアホな！」

これには、さすが温厚な森江も声をあげずにはいられなかった。

「僕は確かに彼女――秋水里矢さんを追いかけて、あの倉庫のところまで行き、そのあげくあそこへ閉じこめられたんですよ」

「でも、私は見てないわ」菊園検事は冷ややかに言った。「私は秋水里矢が、あの葬祭会館の前に現われたなんて知らなかったし、ましてあなたがそれを追っかけて行ったなんてこともね。全ては、あなたの証言の中にしかないのよ」

「すると菊園さんは、僕が彼女を殺したとでも？　まさか、あの冷蔵倉庫の中で？」

森江が問いつめると、菊園検事は笑いながら手を振ってみせた。

「まさか、そこまでは言ってないわ。でも、秋水里矢の死体が、たとえ一時的にもせよ、冷蔵倉庫に置かれていたとしたなら、いろいろと興味深いことになるとは思わない？」

「それは……まさか」

森江春策はハッとして言った。

「そう、死体を冷やせば死亡推定時刻に狂いが生じる。表面を冷やしても、死後経過時間の目安となる直腸内温度が劇的に変化するわけではないけど、多少でも死体現象を遅らせることができれば、彼女が絞殺されたのを実際――たとえば午後九時とかもっと前とか――より遅く見せかけることも可能になるんじゃない？」

「ほな、僕があのとき追っかけた秋水里矢さんは、いったい誰やったというんですか」

森江はすぐさま反駁《はんばく》したが、相手の答えは笑いをふくんだ冷ややかなものだった。

「だから、あなたが秋水里矢を追っかけたというのは、あなたがそう言っているだけでしょう。まあ、そこまであなたを疑う理由はないから、その点は信じてあげるけど、だからといって、あなたが追っかけたのが正真正銘の彼女だったとは断言できない」

「それは、まさか」森江は目をむいた。「本物の彼女はすでに殺されて、あの冷蔵倉庫に横たえられていた。そして僕があのとき見つけ、あとを追ったのは替え玉だったと？」

「それは、あなたの判断に任せるわ。だって、その替え玉かもしれない人物を見たのは――厳密には見たと主張してるのは、森江さん、あなたしかいないんだから」

「…………」

妙に気まずい沈黙が、しばらく続いた。そのあと、話の接ぎ穂を求めるかのように口を開いたのは、意外にも菊園検事の方だった。

「そういえば、あなたが目覚めるまでの間に、今度の南北劇の台本を読ませてもらったんだけど……」

「台本を？　ああ、僕の持っていたやつですね」

とまどいながらも聞き返した森江に、菊園検事は『銘高忠臣現妖鏡』の台本を取り出して見せながら、

「そうよ。まぁそれぐらいのことは微罪として見逃しなさいよ。――ところで、あなた、あれは最後まで読んだの？」

訊かれて、森江は「いえ」とかぶりを振った。

「途中というか前半を読み終えたところで、秋水里矢さんの姿を見かけて、あとを追いかけたもんですから」

「『秋水里矢と思われる人物』でしょ。あなたらしくもない不正確な物言いね。まぁ、それはともかくとして、紙の雪といえば、今度の芝居にもたっぷりとそれを使う場面があるのを知ってる？」

森江は、その質問の意図をつかみかねながら、

「はぁ……そりゃまあ、ずいぶん風変わりとはいえ忠臣蔵の芝居ですからね。十一段目の討ち入

りは雪景色と決まったものでしょう。……えっ、すると菊園さんは、秋水里矢さんが紙の雪にまみれた死体となって見つかったのは、それと何か関係があるとでも？」

「そうとまでは言ってないわよ」

菊園検事はニヤッと笑い、言葉を続けた。

「ただ、紙の雪がほしければいくらでも備品から調達できるし、確か専用のマシンさえあれば簡単に作れるんでしょ？」

「ええ、まぁ……」

森江が答えると、彼女は饒舌に続けた。

「そう……あなたが言った通り、確かに風変わりな忠臣蔵よね。いや、風変わりどころじゃない。だって、これをテレビドラマや映画でおなじみの、実説にもとづく配役に置き換えると、吉良上野介ではなくその息子が斬られ、しかもどうやら死んだらしく、おまけに赤穂城ではなく吉良邸が明け渡しどころか取り壊しになるという。とんでもない展開になるわけだからね。オリジナルのまんま浅野内匠頭が切腹したのが不思議なぐらいで、しかも萱野三平とか天野屋利兵衛のエピソードはバッサリ刈られてるし……」

「なるほど、そういうことになりますね」

「そう。とんでもないといえば、そのあとの討ち入りシーンが、さらに信じられないのよ。もっとも、幕切れまで行く前にあなたが目を覚ましちゃったから、結末までは見届けてないんだけど」

腕組みしてみせると、苦笑まじりに、

「師直も判官も若狭之助も、由良之助も誰もかも変てこすぎて意味がわからない。まぁ確かに忠臣蔵というより、元禄時代に起きた赤穂事件そのものが現代人の目からは狂った話ではあるんだけど……でも極めつけが、その討ち入りのシーンなのよ。読んでみる？　ここよ」

　検事がスッと差し出したそのページには、なるほど異様で奇抜な——ますます作者南北の意図を測りかねるような内容が記されていた。

師直屋敷討入りの場

高野武蔵守師直
同妻・富の方
清水一角
斎藤源吾
茶道半斎
塩冶義士　大ぜい

本舞台三間の間、中足《ちゅうあし》本縁付の二重、正面石摺《いしずり》の襖、上手障子屋体、この床下に青竹沢山に雪の積もりし植え込みの模様、石の手水鉢、長押《なげし》に鎗《やり》を掛けてある。いつもの所に枝折戸《しおりど》、下手雪の積もりし柴垣、全て師直閑居の体、雪颪《ゆきおろし》にて幕明く。……

(何だこれは、忠臣蔵九段目の「山科閑居」のパロディか？　あっちは、もちろん大星由良之助で、やっぱり雪景色の芝居だが、こんなささやかな屋敷が師直の住み処《か》でしかも討ち入りの舞台だとは……)

などと、早くも脳内をクエスチョンマークでいっぱいにしながら読み進めると、そこに師直やその妻・富の方（実説の吉良義央の正室・富子の名をきかせたものか。南北の合巻『女扇忠臣要』『いろは演義』でも同名)、家臣の清水一角、斎藤源吾、さらに茶道半斎らとの師直のわび住まいが描かれる。

非業の死を遂げた息子・師夏の菩提をとむらう日々だが、そこへ降る雪がにわかに勢いを増し、凄愴の気を漂わせる。

師直はがっくりと老けこんでおり、病鉢巻に綿入れを羽織った姿からは、すでに病に臥して久しいことがうかがわれる。しかしそれでも忠義奉公の心は強く、富の方が搔巻を着せかけようとするのを手で制して、

師直「コレ老妻よ、零落のわが身に変わらず仕えるそなたや家来、随分ともに手抜かりなく、療治しくれるはうれしき限り。とはいえ老いの病には後戻りなし。これにはほとんど当惑いたすが、気遣いあるな。念力岩を通すのことわざ。コレこの通り」

ト立ち上がるも大きくよろめく。富の方、家来ども四方より師直を支える。

富の方「アレそのように申されましても」

師直「イヤナニ案ずるでない。ぜひとも本復したうえからは、故なく被る足利の、将軍ご勘気必ず解いて、倅師夏がわれに託せし『扶桑富強の一巻』を――」

ト言いかけたところでガックリ崩折れ、膝突き手を突いて、たちまち瀕死の体。

一角・源吾・半斎「旦那様ア」

富の方「こちの人」

師直「ムムム、無念なりィ」

キッと見得切るをきっかけに拍子木、道具回る――。

(ま、まさか)森江は目をしばたたいた。(はっきりとは描かれていないが、まさかここで師直が死ぬのか。だとしたら、かんじんの討ち入りはどうなるのか……)

――廻り舞台が止まると、今度は師直屋敷の門前となる。堂々とはしているが、あちこち朽ち崩れ、ところどころでは雪の重さに耐えかねているようすが描かれる。

刻一刻と勢いを増し、しんしんと降り続ける雪。むろん芝居のことだから紙の雪に違いない。花道には一面に雪布が敷き詰められ、奥の揚幕がサッと開かれる。

そこへいよいよ、そろいの兜頭巾に入山形の黒羽織をまとった義士たちが……というお待ちかねのシーンとなるはずなのだが、いや、確かにそうなるのだが、そのあとの展開というのが何と――。

(南北先生、こりゃいったいどういうつもりなんだ。何を思ってこんな討ち入りを……)

森江がさらに目をみはり、もどかしくページを繰ろうとした、そのとき。何やら廊下の方が騒がしくなったと思ったら、思いがけず来崎四郎の声がした。

「おい、ちょっとあんた、そこで何してる。おい、ちょっと待てよ」

出先からもどったらしい。この部屋に入ろうとして、居合わせた誰かと鉢合わせしたようで、

「ここは病室だぞ。ま、中にいるのは病人でもないけど……名前と用件ぐらい話しなさいよ。おいこらっ！」

という声がするが早いか、ドアが荒々しく開かれた。入ってきたのは、小佐川歌名十郎だった。

「ちょっと、あなた……」

菊園検事がとがめるのを、歌名十郎は軽く無視して、

「おいあんた、里矢はあんたの依頼人だろう。それがむざむざ殺されるとはどういうことなんだ。あんたにゃ依頼人を守る義務があるんじゃないのか？」

ひどく興奮したようすで詰め寄った。森江がとっさには答えかねるうちに、

「待って小佐川さん。彼がボディーガードか何かなら、そりゃ責任もあるでしょうけど、彼は弁護士で、秋水里矢さんの代理人よ。そこまで言われる義務はないんじゃない」

菊園検事は、どこか突き放すような口調で、小佐川歌名十郎に言った。

ふだんの歌名十郎なら、役者の家名を一般の苗字のように呼ばれようものなら、皮肉の一つも飛ばすところだった。だが、今はそんな余裕などないようだった。

「そんな理屈があるもんか。弁護士は依頼人の権利を守るのが仕事だろう。人間は権利のかたま

り、殺される以上の人権侵害があるもんか」

「あなたねぇ……」

と菊園検事は持てあましたように言ったが、その言葉は森江にはズシッとこたえるものがあった。もっとも、昨日の志筑望夢に続き、知人を失った彼のショックとは比べものにはならなかった。

「すると歌名十郎さん、あなたは秋水さんの、そのぅ……」

問いかけた森江に、歌名十郎は動揺を打ち消すような荒々しい口調で、

「ああ、確認してきたよ。この目ではっきりとな。〝ご遺体〟なんて呼び方をされるたびにムラムラ怒りがこみあげてきたよ。何でこんなことになっちまったんだろうかとな」

その目の赤さと、目元の腫れを見れば、こみあげてきたのは別の感情ではなかったかと思ったが、黙っていた。

森江は何をどう話していいかわからないまま、ことさら淡々と事務的に、

「秋水さんに関しては、僕もまだ実感がなく、信じられない状態なのですが……とにかく残念です。お悔やみ申し上げるほかありません。ただ、あの方から依頼された歌名十郎さん、対あなた間《かん》の問題解決のための交渉という仕事は、これで消滅してしまったわけです。したがって……」

「消滅した？　いや、とんでもない」

歌名十郎は即座に答えた。え？　と目をみはった森江や菊園たちに向かって、

「いいか。確かに今度の芝居――大南北の自筆台帳をめぐっては、里矢とおれの間に争いがあった。だが、二人ともこれを世に出し、板にのせて真価を問いたいという点では一致していた。だ

から、こんな形とはいえ、おれとあいつの対立がなくなったからには、われわれの目的は一つだ。彼女の意思はおれに引き継がれ、したがって、あんたへの依頼も——というわけだ」

「あきれた。歌舞伎に限らず、古典には現代人には理解できない論理や倫理が出てくるけど、それとおっつかっつ……常人には一ミリも理解できない理屈ね」

菊園検事は即座に斬って捨てたが、森江はことさら反論はせずに、

「なるほど、それもわからなくはありませんね……最初から、あなたと秋水さんの間に対立関係などなく、共通の目的のもと、わざとそう装っていたのだとすればね。そのために、僕という弁護士を雇ったのだとすればね」

「そ、それは……」

歌名十郎はそう言ったきり言葉に詰まり、菊園検事は目を丸くして、

「ちょっと、それはいったいどういうこと?」

「簡単なことですよ。秋水里矢さんは、もともと自分が発見した南北の自筆台帳を、歌名十郎さんの《虚実座》で上演させてあげるつもりだった。だが、国劇会館という組織に属している彼女としては、斯界の異端児である彼にその研究成果を渡すわけにはいかない。そこで、彼女は彼に台帳の中身を盗まれたと言い、彼はそうではないと主張した。その相対喧嘩をリアルにするために雇われたのが、僕だったというわけです」

「何ですって?」

「何だと、そりゃほんとかい」

菊園検事と来崎四郎が、驚きの表情で問いただした。

「その答えは」

森江春策は、おもむろに視線をめぐらすと、鋭い口調で言った。

「――小佐川歌名十郎さんご当人に訊くとしましょうか」

何とも間の悪い沈黙が、そのあとにあった。役者なら、この間を何とか埋めようとしたかもしれないが、歌名十郎はあえて役者でない道を選んだらしかった。

「あ、そういえば」

場違いな声をあげたのは、来崎四郎だった。

「こんなところで訊いていいものかとは思いますが、一部で流布されているという『洛創大の新理事ならびに芸術監督に、西坊城猛氏就任』という情報は、ズバリどうなんですか。ここに来る前に、ちょっと小耳にはさんできたんですが」

この爆弾質問には、森江も菊園検事も驚かずにはいられなかった。

もし、そういう話があったのなら、彼があの場にいたわけも、理事長室での話し合いに同席し、しかも妙にのさばっていたわけもわかる。通夜の席での学生たちのうわさ話も、むろん、それを踏まえた上のことだったろう。

「へえ、あの『万物生命機械』の責任者が芸術監督にね。そういうことになってたんだ。理事になるという情報は聞きこんでいたけど……」

(西坊城猛が洛創大の理事に?)

そのこと自体、森江は初耳だったので驚いた。そういえば、いつか菊園検事が「よりによってそんな奴が、また別の大学で……」とか何とか言いかけたものの、なりゆきで聞きそこねたことがあった覚えがあるが……。

何より重大なことに、もし彼の芸術監督就任が本当なら、それは当然、小佐川歌名十郎の解任を意味する。だが、当の歌名十郎は毛筋ほどの動揺も見せずに、

「いや、それはありえませんね……なぜなら、こちとら《虚実座》で、いや、広く洛陽創芸大学の諸君とともにやりたいことがありますからね」

「なるほどね」菊園検事が言った。「そのために、あなたは何としても大きな、世間受けのする成果を挙げたかったし、秋水里矢さんもまた挙げさせたかった。その目的のもとでは、鶴屋南北の幻の作品の上演ほどふさわしいものはなかった、と。だから、ふつうだったら、おいそれと許されるはずのない企画を通すために一芝居打ったというわけね。世間を騒がせるスキャンダラスな要素を添えて……」

「そんなことは――あんたたちに詮索されるこっちゃない」

歌名十郎は、かろうじて言った。

「じゃ、やめときますけど」菊園検事は言った。「ウラ事情を抜きに常識的に考えた場合、こちらの森江弁護士が引き続いてこの件にかかわるとしたら、彼女が属していた研究機関の側よ。あなたの側じゃあない」

「そんなことはさせん……断じてな」

歌名十郎は即座に、そして断固として言った。

「そんなことをしたら、里矢の功績は、アカデミズムの大物たちのものになってしまう。発見者は早々にお払い箱にされてな。彼女は今度の芝居にまつわるいくつかの謎に取り組み、それをライフワークにしようとしていたが、せめてそのとっかかりをつかむまでは、そんなことにはさせたくなかった。そもそも、そうした目的あってこその――」

「僕への依頼というわけでしたか。そうと知ってたら、会って早々あなたに振り回され、あちこち駆けめぐる必要もなかったんですが」

森江春策はムカッ腹を立ててもいいところ、淡々と言った。歌名十郎はさすがにバツが悪そうに、

「あんたには悪いことをしたと思ってる。だから、あらためて依頼を受けて、彼女の功績を守ってやってほしいんだが」

「あいにく弁護士には、利益相反の禁止という原則がありましてね……今回の件がそれにあたるかは微妙なところですが。しかし」

森江春策は、最後の所だけ妙にキッパリと言った。そのとたん、菊園検事が小さくため息をつき、来崎四郎がニヤリとした。

「しかし?」

歌名十郎がおうむ返しに訊く。

「このまま、投げ出すわけにもいきません。志筑望夢君と秋水里矢さんの死について、真実を明らかにするということなら、協力させてもらいましょう」

「え……」

森江の言葉に、歌名十郎は一瞬あっけにとられ、やがてその目に感動の色を浮かべた。

「あ、ありがとう。そういえば、あんたは探偵としても有名なんだったな。お申し出、感謝するよ」

よろめくように歩み寄ると、森江の手をつかんだ。そのようすを横目に、

(ね、こういうことになったでしょう?)

(ま、わかってはいたことだけど……)

新聞記者と捜査検事が、そう言いたげな表情を交わした。森江は彼らにけげんな目を向けたが、すぐ歌名十郎に向き直ると、

「ところで、秋水さんが、取り組んだという『銘高忠臣現妖鏡』の謎というのは、なぜ南北がこんな変てこな内容の忠臣蔵劇を――」

言いかけて言葉を濁したのは、彼の弟子の璃升が台本を見せてくれたことを伏せておいた方がいいかと思ったからだ。歌名十郎はしかし、そのことを知ってか知らずか、

「むろん、それもある。あんたも見た師直館の屋体崩しをはじめ、この芝居は大序から殿中刃傷、討ち入りまで、おかしな改変だらけだ。だが、それは何かの当てこすり、風刺だと考えるほかなく、言わば元ネタがわかれば解決する問題だ」

「すると、ほかにも何か?」

森江は訊いた。そういえば、さっき歌名十郎は「いくつかの謎」と言っていた。

「ああ。それ以上に意味不明で、解釈のしようのない部分があるんだ。あまりにわけがわからな

いので、今回の上演台本からも外さざるを得なかった独立した一幕がね。いや、むしろ孤立した、というべきかな」

「そんなものがあるんですか」

森江が言うと同時に、菊園検事と来崎四郎も「うん？」と興味を示した顔になった。

「そう……里矢がロンドンで見つけた中には、『銘高忠臣現妖鏡』とはどうにもつながらない、それでいてその一部として添えられた、一幕分の台本がふくまれていた。あまりにもわけがわからないものだから、おれはその部分を上演台本からは外すことにし、もっぱら里矢に解明をゆだねた。さしあたっての厄介ごとは、それが今後、誰かの手に渡ってはしまわないかということだな」

「あなたの手元にはないんですか、その部分は」

「ない」歌名十郎は首を振った。「研究者としての彼女の手柄の目玉にするために、そこについては写しもおれの手元には置かないことにしたんだ。われわれの係争の種にはしたくなかったんでね」

「たとえ表向きの口実として雇った、馬鹿な弁護士をダシに使うためのものであってもね」

森江春策が珍しく皮肉に言った、そのときだった。

コンコン……と、やけに元気なノックの音に続いて、病室のドアが勢いよく開いて、そこから一人の若い女性が姿を現わした。

「あれ、あなたは……」

菊園検事がとまどったように言い、来崎四郎が破顔一笑した。

「こりゃ新島君、お久しぶり！　早かったね」

そう呼びかけられた若い女性——新島ともかは、二人がいるのに驚いたようすで、戸口にたたずんだ。

「どないしたんや、新島君……」

とまどい顔でたずねた森江に、

「どないした、じゃないですよ。それはこっちのセリフです。こちらからの連絡には出ないし、ひょっとして何かあったのかと心配してたら、来崎さんから電話があって、びっくり仰天したんですから」

ともかは頬をふくらませながら、言った。

「えっ」

森江は驚いてスマートフォンを取り出したが、すでに電池切れとなっていた。ずっと充電の機会もなかったうえ、冷蔵倉庫で冷やされたのがいけなかったのかもしれない。そのディスプレイを示しながら、

「ごめん、こんな次第で……それで、どんな連絡事項があったの」

「はい、実は今朝、こんなものが事務所に届いて……秋水里矢さんから、事情があって東京を離れる間、これを預かっていてほしいとのメッセージ付きで」

新島ともかは、そう言うと何やら厳重に梱包された中から、書類ケースのようなものを取り出した。それを受け取りながら、

「秋水さんから？」

森江がけげんな声をあげるのと同時に、菊園検事と来崎四郎の顔に驚きが走った。歌名十郎の動揺は輪をかけて激しく、

「まさか、それは――」

のどに詰まったような声で言いながら、つんのめるように森江が手にした書類ケースに手をのばそうとした。すかさずその手を払いのけた菊園検事が、新島ともかに向かって、

「だけど、ともかちゃん――いえ、新島さん、どうしてまたこれを、わざわざここに？」

「いきなりこんなものが送られてきて、とりあえず森江さんに報告をと思ったら全然通じないし、秋水さんの勤務先にかけてみても不在だったし、しかも二度目にかけたら何か大騒ぎになってるのが、はっきりわかりました。それで、とりあえず京都に向かうことにしたんです。そしたらその最中に来崎さんから、森江さんが大変なことになってるって知らせがあって……」

「なるべくオブラートに包んだつもりだったんだがね」来崎が弁解した。「実際、それほど大変ではなかったわけだし」

「そういうことだったのね」菊園検事がうなずく。「じゃ、森江さん、とにかく中身をあらためてみなさいよ」

「はぁ」

いつの間にか場の主導権を握られた格好で、森江はそのケースを開いた。そこから現われたのは、保護シートに包まれた封筒で、さらにその中から透明の袋が取り出された。

それを見たとたん、小佐川歌名十郎はつぶやくように言った。

「やはりな」

「やはり、とは？」

来崎四郎が聞きとがめると、歌名十郎は苦い微笑のようなものを浮かべながら、

「それがさっき言った孤立した台本――あえて名づければ〝謎の一幕〟だよ。シノの死を東京で知った里矢は、おれの身辺に何かが起きていること、しかもそれは自分が発見した幻の歌舞伎台帳に関係していると考えた。それで、ひそかに京都に向かったんだろうが、その際、不測の事態に備えて、それを森江さん、あんたのところに託していったんだ」

「……そういう、ことでしたか」

透明の袋を通して見える、何やら古びた紙綴りに視線を落としながら、森江は言った。

「それで、歌名十郎さん」

菊園検事と来崎四郎が、期せずして異口同音に言い、思わず互いの顔を見た。そのあとの何となくバツの悪い沈黙に、あえて分け入るかのように、新島ともかが口を開いた。

「それで、いったい何なんですか。秋水里矢さんが、こんな形でのこしていった、このケースの中身は――？」

「これがいったい何かっておたずねかい、お嬢ちゃん」

小佐川歌名十郎は、妙に芝居がかりながら言った。

「これはね、四世鶴屋南北という偉大な作者に仕えて、でもとうとう師のように輝くことなく、

歴史の中に消えていった男の置き土産なんだよ。その男のことは、少しだが森江さんには、すでに話したっけね。そしてこれが記されたのは、あの大南北畢生《ひっせい》の名作『東海道四谷怪談』初演の年だった――」

それから、ふといたずらっぽい、だがどこかさびしげな表情になったかと思うと、

「そう……舞台なら、さしずめこんなところか。舞台は一面の定式幕。そこへ下手より口上役、裃《かみしも》にて出て、

『東西……訳《わけ》て申し上げまするは、これより仕りまするは当狂言の発端にござりまして、今より百九十年余りさかのぼりましたる狂言にござりまする。この所、京より百二十四里八丁東なる江戸は堺町中村座の場、文政八年の七月も末と申す口上、訳まして左様！』

ト、口上役、一礼して引っこみかけるが、また取って返すと裃袴《はかま》脱ぎ捨て、気軽な姿となって、

『さても、今しも中村座の楽屋口に向かいし人物は、三都で大評判の戯作者……と思うは当人ばかりな、姓は花笠、名は文京。すなわち私めに御座候』

ト、下座にぎやかに開いた幕の内に入りこむ……」

四幕目

文政八年、江戸・堺町中村座の場

――久々にのぞいたそこは、まるで煮えたぎる地獄の釜の底といったあんばいだった。

複雑に入り組み、細かく区切られた空間に異形のものたちがひしめき、殺気立ったようすで駆け回る。ふつうの身なり、ありふれた外見をしたものも大勢いたが、そうでない連中も山とおり、しかもずっと目立っていた。

あるものは真っ白に、あるものは赤く顔や体を塗りたくっていたし、誰もが派手派手しくも絢爛とした、およそ往来は歩けそうにない装束をまとい、高々と髪を結い上げていた。

しかも、ここでは誰もがとんだ嘘つきだった。おのが名前や年齢、氏素性を厚化粧に塗り隠し、しばしば性さえも偽ろうとする……。

「おや魯助さん、お久しぶり」

「今日は助っ人にでも来てくれたのかい？」

「まだ生きてやがったのかい、花笠の！」

「葺屋町《ふきやちょう》（市村座《をさす》）で見なくなったと思ったら、堺町《こっち》へ鞍替えかい？」

嘘つきたちが、いかにも気のいいようすでおれに声をかけた。

「いやまぁ、ちょいと陣中見舞いと思ってね。ほいじゃまぁ」

大した無沙汰でもないのに、何だか居場所がない気がして、おれはそそくさとその場を立ち去った。

（今はもう花笠魯助じゃなく、文京という号があるんだがな）

ぼやいたものの、口には出せなかったおれの背中に耳の痛い一言が浴びせられた。

「師匠にはちゃんと挨拶してくんだよ、花笠文京先生！」

何とも気が重いが、ここに来た以上はやはりそうしないわけにはいかないか。せいぜい虚勢を張り、まがいものでも本物らしくしてみせるか。

とはいえ、何が虚で何が実じゃやら。

戯作者花笠文京、その前は狂言作者花笠魯助、さらにさかのぼれば越後高田藩士・東条《とうじょう》魯介《ろすけ》——だが、そもそもそんな区別に意味がないのかもしれなかった。

何しろ、ここには天下の銘品を名乗りながら銀箔を張っただけの竹光があり、どんな道具屋も買い取りを断わりそうなお家の重宝があった。

奥深く広がっているようで一歩も入れない大広間があり、軽く片手で持ち運べるうえ、踏めば穴の開く岩石があった。かと思えば、人が手を貸さないと一歩も動けない動物のぬけがらが横たわっていた。

ここで起きる出来事も、また同様だった。ありもしなかったことをあったと言い張り、辻つまの合わない話が強引に押し切られたりもする。

人間の生き死にさえ定かではなく、凄惨な最期をとげたはずの人間が、いつの間にか生き返って弁当を使っていたりするし、時の流れも融通無碍《ゆうずうむげ》だ。何しろ四季折々の花々も、空に浮かぶ月までもが偽物なのだからしかたがない。

だが……そうした嘘また嘘、作りものやまがいものこそがここでは当たり前であり、日常茶飯でもあった。

であればこそ、人々は引きつけられた。ここの本領は虚を実に変えることにあり、夢を売って銭にすることで成り立っていた。

人はここを、遊郭やら岡場所、いにしえの湯女《ゆな》風呂などと並べて〝悪所〟と呼ぶ。ただし、この悪所は女子供でも出入り可能であり、悪い病気をうつされる心配もなかった。金をかけずに楽しむこともできたが、とんだ大散財となって身を誤らないとも限らない。

さよう、ここは芝居小屋。それも花のお江戸に官許の櫓《やぐら》をそびやかす三座の筆頭、お上から定式幕に白を使うことを許された堺町の中村座だった。

この日――文政八年七月二十七日（一八二五年九月九日）、上下の桟敷も平土間の枡席も、高土間も追い込み席も大入り満員で、まさに立錐《りっすい》の余地もなかった。

何しろ、一番目狂言は『仮名手本忠臣蔵』。起死回生の秘薬にたとえて芝居の独参湯《どくじんとう》と呼ばれる、大当たり必至の演目だ。

しかも、天性の美貌に加え、あらゆる役柄をこなすところから〝兼ネル〟の異名を奉られた三世尾上菊五郎が、初世にあやかっての大宰府参詣を前にしてのお名残狂言とあってはたまらない。

その菊五郎の大星由良之助と早野勘平、戸無瀬。実悪を演じて古今無双とうたわれた五世松本幸四郎の斧定九郎、高師直、加古川本蔵、原郷右衛門。七世市川団十郎の桃井若狭之助、石堂右馬之丞、大鷲文吾、天河屋義平——などと挙げだしてはきりもない。

ほかに岩井粂三郎、三枡源之助、坂東善次といった役者陣には、芝居通でなくとも惹きつけられるはずだった。

だが、いったん幕内の飯を食ったおれ——花笠魯助には、また別のものが見えてくる。

盂蘭盆《うらぼん》を過ぎたこの時期の興行ということからすると、これはいわゆる盆狂言。本来なら土用の休みで大物役者たちが抜けたあと、若手や二流どころが、ただでさえ暑熱を嫌って来てくれない見物の前で奮演するものだが、それとはまさに正反対の豪勢さだ。

そうした顔ぶれや太鼓の音に引き寄せられるように、見物たちは中村座の木戸口へ押し寄せた。彼らの面前で華やかにくり広げられた場面はこうだ。

まずは大序、鶴ヶ岡社前の場。また兜改めの場ともいう。

次いで二段目、桃井館の場。

三段目、足利館の場。実録にいうところの殿中松の廊下である。

四段目、扇《おうぎ》ヶ谷《やつ》館の場。塩冶判官の切腹。

五段目、山崎街道の場。猪が走り、鉄砲が轟《とどろ》き、悪人定九郎が暗躍する一幕。

そして六段目、早野勘平住家の場――。

これもまた切腹の愁嘆場であり、行き違いの悲劇を描くことによって、仇討ちに向けての思いが舞台と客席が一体となって高まってゆく……。

となると、お次は七段目。祇園一力の場となって、由良之助の放蕩三昧に、勘平の妻おかる、その兄・寺坂平右衛門らがからむ展開となるはずだった。

六段目の幕が引かれ、拍子木が打ち鳴らされたところで、余韻にひたる観客たちをよそに、舞台裏ではまた一段とめまぐるしい動きが始まっていた。

幕間《まくあい》こそあわただしいのはいつものこと。大急ぎで大道具を片づけては新しいのをトンカントンカンと槌音《つちおと》もすみやかに組み立てる。

役者たちは一人で脱ぎ着もできない衣装をとっかえひっかえしなくてはならないし、さらにこってりと化粧を施したりもする。

彼らを支える後見や黒子、ツケ打ち、廻り舞台やセリを操る奈落番らが段取りを誤れば大変なことになるし、ちょっとした小道具だってまちがいは許されない。

だが、そこは慣れたもので、初日とあって行き違いはありつつも、作業はテキパキと進められていった。

幕間に弁当や菓子をつまみ、茶や酒でのどを潤したり便所に立ったり、役者の評判や芸の言い立てに興じる観客たちをよそに、引き幕一枚向こうでは、今また新たな世界が創られつつあった。

だが、それらは祇園の一力茶屋とは明らかに異なっていた。

ここには由良之助が目隠し鬼をして遊び呆ける座敷もなければ、息子の力弥から受け取った密書を、おかるが鏡で盗み見る二階もなく、斧九太夫がひそむ縁の下もなかった。

そのかわりにしつらえられたのは、絵馬堂に茶店の道具一式、それに楊枝見世。どう見ても京の祇園ではなく、金龍山浅草寺の境内あたりか。あそこなら、浅草観音堂前から山門への道でずらりと楊枝を商っている。

中でも目立つのは、絵馬堂の柱に掛けられた「背の高さ五尺六寸、目の大きさが四寸二分」の木菟《みみずく》の絵図。近くの見世物らしく、となるといよいよ祇園より浅草だ。

道具ばかりか、舞台袖で出を待つ役者たちも、忠臣蔵七段目とは大いに違っていた。衣装や持ち道具から推察するに、店屋の看板娘に浪人者、通人に地回り、菰《こも》をかぶった乞食に、このごろ市中に流行る藤八五文の薬売り――。

さらに特徴的だったのは、舞台裏で最後の改めの最中らしき仕掛けの数々だった。

フグの水だしに蘇芳《すおう》を煎じて入れたものを仕込み、絞れば血が滴っているように見える挿し毛、裏表に一体ずつ人体の首から下だけを打ちつけ、頭部のところに丸い穴を開けた戸板、人の顔が浮かび上がる魚籃《びく》、それからやたらとたくさんの生首――の作り物に、青白く燃えて宙を舞う焼酎火の吊り物。

そして今日はまだ必要でないらしいが、まるで水車のように回転して人を床の間に吸い込むからくり、瞬時に石地蔵に変身する赤ん坊、めらめらと陰火をあげながら地獄の車のように回転する糸車など、など。

これらを駆使して何の芝居を上演しようというのか。よりによって、忠義と犠牲と、悲愴美に彩られた忠臣蔵の物語のあとに？

その答えは小屋の正面、櫓の向かって左に掛けられた名題看板に記されていた。

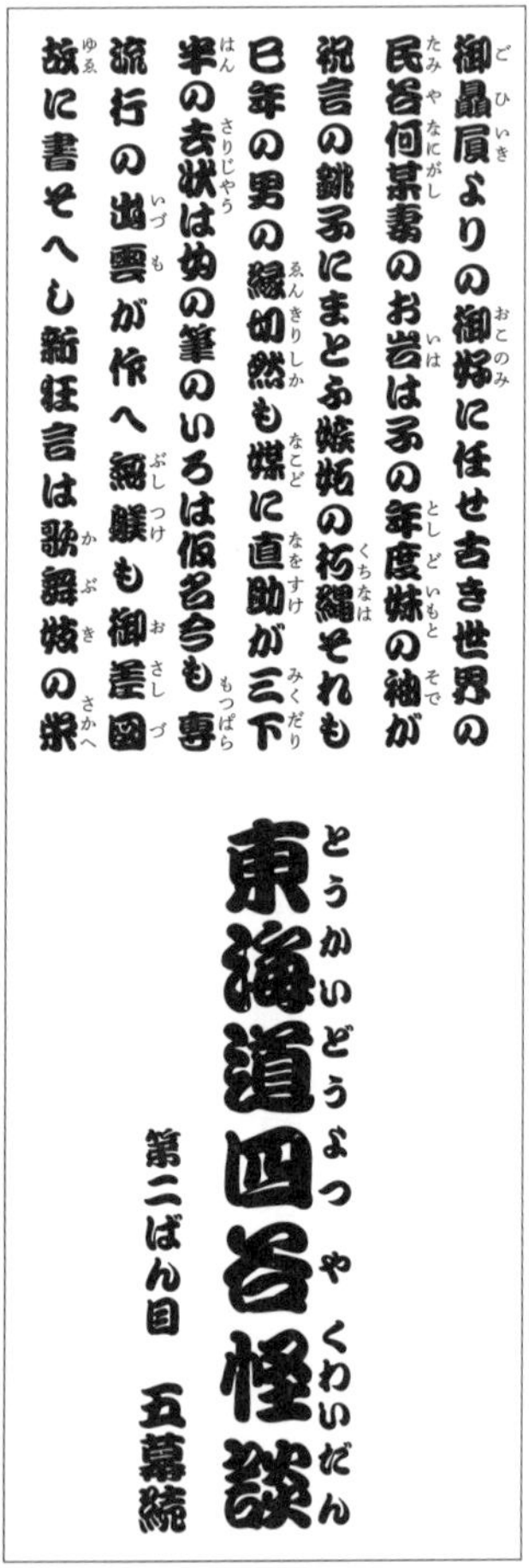

御贔屓《ごひいき》よりの御好《おこのみ》に任せ古き世界の
民谷《たみや》何某《なにがし》妻のお岩《いは》は子の年《とし》度《ど》妹《いもと》の袖《そで》が
祝言の銚子にまとふ嫉妬の朽縄《くちなは》それも
巳年の男の縁切《えんきり》然《しか》も媒《なこど》に直助《なをすけ》が三下《みくだり》
半《はん》の去状《さりじやう》は妁の筆のいろは仮名今も専《もつぱら》
流行の出雲《いづも》が作へ絲躾《ぶしつけ》も御差図《おさしづ》
故《ゆゑ》に書そへし新狂言は歌舞伎《かぶき》の栄《さかへ》
東海道四谷怪談《とうかいどうよつやくわいだん》
第二ばん目　五幕続

当地江戸の歌舞伎は、おおむね時代物を第一番目狂言として上演し、世話物すなわち後世にいう現代劇を二番目としてこれに続けた。

かつてはこの二つを一つの名題のもとに強引に結びつけるために、いろいろと奇妙なことになった。八百屋お七実ハ中将姫《ちゅうじょうひめ》、花川戸の助六実ハ曾我五郎といった、時代も世界も飛び越えた趣向がそれだ。

こうした奇妙な慣習を廃したのが、上方から下ってきた並木五瓶《なみきごへい》だった。彼が目新しく多彩な演目とともに持ち込んだ、いかにも大坂者らしい合理主義によって、二番目狂言は名実ともに独立した存在となった。

だが、今回はいささかようすが違っていた。

『仮名手本忠臣蔵』は、約百二十年前の元禄赤穂事件に材を取ってはいるものの、高師直や塩冶判官といった人物名で知れるように『太平記』の世界に仮託した時代物。その二番目として書き下ろされた新作は世話物でありながら、それと骨がらみに展開されるらしい。

というのも、今回は興行のしかたがいささか変わっていて、初日は『忠臣蔵』の六段目まで、そのあと新作『四谷怪談』の序幕から三幕目まで上演する。その構成は、

序　幕　浅草境内の場
　　　　藪の内地獄宿の場
　　　　浅草裏田圃《たんぼ》の場
中　幕　雑司ヶ谷四谷町の場（伊右衛門浪宅の場）
三幕目　十万坪隠亡堀の場

——と、ここで初日はおしまいだ。

そして後日すなわち二日目は『忠臣蔵』の七段目から十段目のあとに『四谷怪談』の続きを三幕目の隠亡堀から上演する。そのあとは、

四幕目　深川三角屋敷の場
　　　　小塩田隠れ家の場
五幕目　夢の場
　　　　蛇山庵室の場

そして登場人物ことごとく凄惨な最期をとげた終幕後に大切《おおぎり》として、

仮名手本忠臣蔵十一段目、師直屋敷討入りの場

——が演じられることになっていた。

つまりは、二つの芝居をぶっ裂いて互い違いにはさみこみ、両日に分けて披露しようというわけだった。

『忠臣蔵』は言うまでもなく、実説の大石内蔵助をもとにした大星由良之助ら高潔な義士たちの物語。一方『四谷怪談』の主人公は、塩冶浪人で、腐敗堕落をきわめた民谷伊右衛門と、彼をめ

ぐる最底辺の人々——。

どちらか一日だけを見たのでは話がつながらず、辻つまも合わないというわけで、よほど金と暇を持てあました連中を除けば、とんだ見物泣かせの趣向といえた。

だが、この芝居には、何としても見たいと思わせる吸引力があった。いつもとは違う、とてつもないものを見せてあげるよと手招きしているかのようだった。

だいたい『東海道四谷怪談』という外題からして目新しい。文字数や陰陽にこだわり、言葉遊びに凝るのが通例で、たとえば一番目狂言の『仮名手本忠臣蔵』に、いろは四十七文字と同じ義士の人数や、大石内蔵助が暗示されているがごとくに。

とはいえ、演目や外題の斬新さだけで足を運んでくれるほど、江戸人士は甘くない。移り気で、万事に食傷気味の心を動かすには、それなりの工夫が必要だった。

たとえば、小屋の正面にある櫓には巨大な凧《たこ》絵が掛けられ、あろうことか着物の袖をくわえた生首が生々しく描かれている。怨み重なる相手への執念のなせるわざか、死しても放さじと喰らいついた女の形相——。

見てギョッとしないものはなく、眉をひそめる向きも少なくなかったが、それ以上に引きつけられるものは多かった。

それにまた拍車をかけたのが、何やら薄気味の悪い噂だった。

近ごろの芝居には仕掛け、からくりがつきもので、早変わりに宙乗りなどで観客の度肝を抜きにかかるが、今度はそれだけではないというのだ。一説には、ご禁制の切支丹《キリシタン》伴天連《バテレン》の幻魔術が用いられていると！

もし本当なら、いつ奉行所の踏みこむところとなるかもしれない。それやこれやで、評判は渦を巻いて花火のごとく広がっていった。

――それら全ての中心に、一人の男がいた。

芝居小屋内外の群集雑踏も、舞台裏のからくりも、役者たちや裏方の右往左往も、それら一切を押し包む妖しい熱気も、全てこの男が生み出したものだった。全てはその皺《しわ》んだ手に握られた操り糸に結びつけられていた。

その人は、七十を過ぎ、年相応に頭に白いものをいただいていた。もとから太い眉もすっかり白くなり、いっそうふさふさとしている。

だが、その下で爛々と輝く両眼は好々爺とは最も遠かった。

ピンと伸びた背筋、よく動く表情。たえまなく放たれる鋭い視線、次々と口をついて出る指図の数々。格式を誇る小屋の座元や、名だたる千両役者たちも、この老人の前では子供のように他愛がなかった。

そして今……おれはその人のツバが引っかかりそうなそばまで来ていた。こちらからあいさつせねばと思いながら、どうも気後れして困ってしまった。

おとなしく相手の出方を待つあいだ、おれは舌を巻かずにはいられなかった。

（それにしても南北師匠、前より若返ったんじゃないか。まるで当人が好んでお書きあそばす化け物だぜ）

そう、四世鶴屋南北——それこそがこの老人の名であった。

すでに幾多の名作を世に出し、「都座に過ぎたるものが二つある、延寿太夫に鶴屋南北」とまでうたわれた大作者。彼の名が冠せられているだけで、ただごとではすまないとわかる。血みどろで奇想天外で、まるで色とりどりの悪夢が体験できること請け合いなのだ。

そして何よりこの人は、おれの師匠……いや、正しくは師匠だったというべきかもしれない。

というのも、おれはもう作者部屋を離れていたからだ。

見習から這い上がり、やっと二枚目作者が見えてきたのに、少々早まったかもしれない。もう少しだけ辛抱すれば、この古今未曾有の芝居にかかわれたのにと後悔されたとき、

「おいっ、魯助！」

南北師匠はいきなり大声をあげると、ギョロリとした目を向けてきた。

「何そんなところに突っ立ってやがる。さっき誰かが知らせてきたから、来てるのかなとは思ってたが、それならそれで声をかけりゃあいいものを、相変わらず鈍なこったな。てっきり、とうに上方へ流れて行ったものとばかり思っていたが」

こちらを縮み上がらせたかと思うと、ニヤリと煮ても焼いても食えない笑いを投げつけてくるあたり、やっぱり南北師匠は南北師匠だった。

「と、とんでもない」おれはあわてて答えた。「あちらへは、菊五郎《おとわや》の旦那のお供で行くんですから、こちらの興行がすまない限りは、お江戸を発つわけにはいきませんや。それに……ここへあたしをお呼びになったのは、ほかならぬ師匠じゃありませんか」

すると南北師匠は、年を経てなお太い眉をうごめかし、

「おう、そうだったな。となりゃあ、当分は無理な話だな。ここひと月やそこらは、今度の狂言は仕舞《しまい》にゃなるまいから、お前もブラブラしてるほかないわけだ」

「そ、それは……大当たりおめでとうございます」

おれは、しばらくぶりの師匠の毒気に当てられた格好で言った。

「何だ、今さら他人行儀な。そういや近ごろは合巻《くさぞうし》など書いているようだが、ちゃんと食えているのか」

「いえ、まあ……何とかやっております」

おれは、今の境遇を精一杯ふくらませて答えた。いっこうに芽の出ない作者道に見切りをつけ、ペコペコ頭を下げるのにもあきあきして、一人でできる戯作者に転身した。

思い立ったが吉日と出て行ったものだから、その直後の芝居番付——確か一番目が『妹背山《いもせやま》婦女庭訓《おんなていきん》』だった——は訂正が間に合わず、作者欄に名前だけ残る形になってしまった。それぐらいの意気込みではあったのだ。

だが、それも新たなしくじりを重ねただけのこと。ずいぶんたくさん合巻を手がけはしているが、「花笠文京」の号を使うことはめったにない。

出る本の大半は、尾上菊五郎もしくはその俳号・梅幸の名義で、中身も芝居の焼き直しばかり。そんなものがそこそこ売れているのは、千両役者が書いたものなら読んでみようという無邪気な看客《どくしゃ》と、挿絵の人物を全て人気役者の似顔にしているおかげ。

何もかもが借り物、いっそ「代作屋大作」とでも改名しようか――などと考えたおれに、

「まあ、何とかでもやれているんなら、かまやしないがね」

南北師匠は口ではそう言ったが、腹の中では万事お見通しに違いなかった。その件は、それ以上追及することもなく、

「今度の芝居の評判は、おかげさまで上々吉、だが浮かれてもいられねぇ。すぐまた次の狂言を案じ出さなきゃならねぇのは、お前も承知の通りだ。こういうときこそ大胆な勝負にも出られるし、思わぬ大敗を喫することもありがちだ」

「ええ、そりゃもう、師匠のそばで身にしみて覚えましたことで。『芝居は城郭、金主・座本は大将、役者は勇士、作者は軍師なり』と」

おれは芝居が外れればかえって不敵な笑いを浮かべ、当たれば当たるほど厳しい顔つきになることの多かった師匠の姿を思い出しながら答えた。

「うむ、おれが若いころ、並木五瓶師匠から聞かされたことだな。……で、魯助、ものは相談なんだが、ここで会ったのも何かの縁。昔のよしみで、お前にちと手伝ってほしいことがあるのだ。どうだ、引き受けてくれるかい？」

「そ、それは師匠のお頼みとあれば、もちろん」

思わぬ成り行きに、おれはどぎまぎしながら答えた。だが、そううまい話もないだろうと疑う心がきざして、

「あのう、それはまさか師匠の新作狂言などでは……」

言いかけたとたん、師匠の雷が落ちてきた。

「馬鹿野郎、この南北とお前が手がけるのに、芝居以外のものであるわけがなかろう。……ただまぁ相当に風変わりではあるがな」

おっかなくもうれしい言葉のあとに、気になる一言が付け加えられた。だが、それより訊いておきたいことがあった。

「あの、でも師匠……今の中村座の作者部屋には、幸三さん、源八さんをはじめとする方々がいらっしゃるんじゃありませんか。そこへあたしなんぞが今さらノコノコと……」

囃子《はやし》方出身で三味線の達人、今も幇間《ほうかん》を兼業している松井幸三、滑稽な思いつきに長け、清元の作詞もよくする勝井源八。いずれも南北師匠が片腕とたのみ、のちに「江戸若手両輪の作者」とまで称された二人である。

彼らを筆頭として、役者上がりの松井由輔《よしすけ》、蔵前の札差のせがれ三升屋二三治《みますやにそうじ》、それに待乳《まっち》正吉《しょうきち》、重扇助《かさねせんすけ》、篠田金治《しのだきんじ》など、今回の番付に名を連ねた作者は十二名にのぼる。ほかに、森田座ですでに立作者となった増山金八《ますやまきんぱち》も一門だ。

「むろん、あいつらにも手伝わせるさ。これはと思うやつにはな。魯助《おまえ》もその一人だというだけの話なんだが、それでは不足かい？」

「と、とんでもない師匠！　ぜひともやらせていただきます！」

おれはうれしさのあまり、思わず叫んでいた。だが、じんわり潤んだ視野に、おれは思いがけないものを見た。

南北師匠の笑顔が、一瞬まるで別の表情と入れかわった。ハッとして見直したときは、いつもの師匠に返っていたのだが――。

「うん、どうかしたか魯助？」

逆に聞き返され、おれはあわてて手を振った。

「あ、いえ、とんでもない……それで、その新作狂言の世界といいますのは？」

〃世界〃とは芝居の骨組み、物語の背景というべき、大事な部分だ。

「またしても忠臣蔵だよ、四谷怪談に続いてな」師匠は即座に答えた。「どうだい、取っ組みがいのある相手だろう？」

なるほど、と腑に落ちたおれだったが、全てがそうだったわけではなかった。

ときに癇癪《かんしゃく》を破裂させ、ときに激しくまくしたて、座元だろうが金主だろうがものともしない南北師匠は、常に人を笑わせ、驚かせるのが好きな人だった。

ときにあくどすぎるきらいはあったが、どんな厄介ごとが起きても洒落のめし、茶にする余裕があった。

だが、ついさっき見た鶴屋南北は違っていた。ふいに黙りこんだかと思うと、凍てついたような顔になった。

師匠に何があったのかと心配したとき、ハッと胸を突かれた。今と同じような師匠を、前にも見た記憶があったからだ。

（そうだ、これで確かに二度目だ。鶴屋南北としては初めてだが……）

われながら奇妙なことを心中つぶやいたとき、南北師匠はもうクルリとおれに背を向けて、煮えたぎる地獄の大釜のただ中へと歩を進めていた。

おれはただ、そのあとをついてゆくほかなかった……。

その途中、見慣れぬ男とすれ違った。けっこうな年齢のようだが、色浅黒く筋骨たくましく、それでいて何とも言えない愛嬌と親しみやすさを感じさせる男だった。

南北師匠に気づくと、ピョコンとお辞儀をし、師匠も会釈を返した。

おれはふと首をかしげた。どんな人間がいても不思議ではない芝居小屋にあって、その男は格別異なったふんいきを漂わせていたからだ。

「ん、どうした？」

いつもの癖でセカセカと先を行っていた師匠がふとふりかえり、たずねた。

「いえ、別に……ただ、今いた人がちょっと……」

「ああ、今の男か。そういえば、お前とは入れ違いだったけか」

師匠は独りごちてからフッと笑いをもらし、付け加えた。

「あれは、そう──『天徳』さ」

「て、天徳？」

「天竺徳兵衛だよ」

南北師匠は、こともなげに言った。そのまままた歩き始めると、

「まだ俵蔵の昔、ずっとくすぶっていたおれに、初めて立作者の座を与えてくれた天徳が、今度

の芝居の大当たりを祈って、加勢に来てくれたらしいよ。……さ、そんなところで何ボーッとしてやがる。さっさと来ねえか！」

「は、はい！」

おれはあわてて師匠のあとを追った——。

深川仲町某楼の場

——それからものの十日もたった、とある妙に胸苦しい宵のこと。見知らぬ男女の笑いさざめく声に、おれはふと目を覚ました。

「お前さん、中村座の『四谷怪談』はもうご覧かい」

「おおさ、見たとも。いやもう物凄いったらありゃしねぇ。戸板返しに提灯抜けといった仕掛けも大したもんだが、出るやつ出るやつ業悪なことといったら、幽霊とおっつかっつのおっかなさだったよ」

「そうかい。じゃあ今度連れてっておくれなね」

「そりゃかまわねぇが、怖いからって泣いてすがりついても知らねぇぜ」

「まぁ、人の悪い。これでも浮世の恐ろしさにはもう慣れっこだよ。ホホホ……」

などと言い合いながら、声は襖の向こうを通り過ぎていった。おれはといえば、いつのまにか、窓際の小机に突っ伏してうたた寝していたらしい。

深川仲町の、書きもののときよく立てこもる女郎屋。こちらはなじみのつもりだが、最近はめっきり扱いが悪く、敵娼《あいかた》も早々に姿を消している——なんてことはともかく。

(考えあぐねて寝入ってしまうなんて、だらしねぇ話だ)

おれは舌打ちしながら大きくのびをし、机の上に置いた紙綴りを見やった。

障子越しにさしこむ薄明かりにかざしてみたが、そうするまでもなく白紙なのはわかっていた。何しろここに泊まりこんでから一行一字書けてはいないのだから。

しばらくの間、机に向かってうなってみたが、やはり何も浮かんではこない。おれは、そのまま仰向けに畳の上に倒れこんだ。

と、紙綴りの間から、ひらりと舞い上がり、おれの鼻の上に落ちたものがあった。

——現妖鏡、仕懸ケ工夫の〆《こと》
それは、わが師・鶴屋南北からの指示書だった。

『銘高忠臣現妖鏡』なる新作のための一幕を書けというのだが、とにかくこれ自体がどうにも不思議な代物だった。

たとえば、「鎌倉師直館の場」での大がかりな屋体崩し。これがまず奇妙奇天烈だった。

なぜといって、塩冶の義士たちから命を狙われる師直は、やはりおのが屋敷にデンと構えて傲慢にふんぞり返っていてもらわないといけない。そして館は、討ち入りのときまでそびえ立っていてもらわなくてはならない。

それが、早々に御殿を取り壊されて、後の幕では奥方や臣下たちと閑居の身の上となっている。これからしてまずわけがわからなかったが、そんなことを問うてもしようがないことだけはわかっていた。

というのも、南北師匠は、セリフやト書きの隅々まで自分の決めた通りにしないと気のすまない人。だから師直館といったら師直館、屋体崩しといったら屋体崩しなのだが、なぜそうでなければならないのかが、どうにも納得できなかった。

昔のおれなら、こんなことは気にしなかったかもしれない。黙々と指示に従ったはずだが、今はもうできなくなったのは、あれほどあこがれた作者部屋を追ん出て一人仕事の戯作者になったせいかもしれない。何しろ、

――戯場《しばい》の作者といふ者は一向に文事はなく只其道《そのみち》になれてするものにて漢《から》日本《やまと》の故事《ふること》は更にしらず古今の治乱嘗《かつ》てわきまへず其文盲どもに附合て暫く辛苦して一幕づゝも書やうに成たれども立作者は格別、二枚目までは芝居へ日勤して幕々の掛引万端舞台の事ども一切心付けて居《いる》役なる故、無事なる日とては算《かぞ》へるほどもなし。

と、つれづれに書き記したぐらいで、気まぐれで怠け者のおれには、しょせん向かない世界だったのかもしれない。そんなことを考え、薄闇と煤《すす》の両方を塗ったくられた天井を見つめるうち、ふと昔のことが思い出された。

それはもう遠い昔で、おれはまだ怖いもの知らずの二十代だった。周囲のものたちは身を固め、それなりの職について黙々と働いていたが、自分にはまだ何でもできるような気がしていた。

（そう、あれから……）

おれは、どう考えても新調が必要な畳の上に寝っ転がりながら、一ィ二ゥ三ィ……と指を折った。次の瞬間、おれは何とも言いようもない思いにゆすぶられ、天候のせいではない胸苦しさに襲われた。

（何と、あれから十四年――干支《えと》が一回りして、まだおつりがあるとあっちゃ、そりゃ年も取るだろうし、何もかも若いときのようにはいかないわけだ。そうか、もうそんな昔の出来事とはなぁ）

さまざまな感慨と、とりわけ後悔にどっぷりと浸るおれの目前で、時の廻り舞台がぐるりと回転した――。

文化八年、葺屋町市村座の場

――十四年前といえば、文化八年（一八一一）の未歳。おれはまだ花笠魯助ですらなく、師匠もまだ鶴屋南北ではなかった。

その年の、江戸の芝居で話題の第一は、上方下りの三世中村歌右衛門を、あろうことか役人衆が板の上で引っくくり、ついでに多門路考すなわち五世瀬川菊之丞の裾をまくったという出来事。六月七日、中村座での奈河篤助《ながわとくすけ》作『花菖蒲佐野八橋《はなしょうぶさのやつはし》』上演中のことで、中身はおなじみの吉原百人斬り。だが、その筋立てが、三十年近く前の佐野善左衛門による若年寄・田沼意知《たぬまおきとも》殺しを思わせるのが、とがめられたのだという。

そして話題の第二は、このおれ東条魯介が、いよいよ戯場国《けじょうこく》――芝居の世界の住民となったこと、と言いたいのは山々だが、さすがにそこまで厚かましくはない。

ただ、ことによったら中村座での騒動より、ずっと重要かもしれないその出来事は、おれの作者志願の場で起きた。だから、その一件について語るには、そのときの話も聞いてもらわなくてはならないわけなのだ。

もともとおれは武家にして医家の長男として、十七、八ごろまでは人並み以上に学問にはげんでいた。ところが勉強しすぎのためか気鬱になってしまい、心配した母が近所の人に頼んで芝居見物に連れていってもらった。

それまでは芝居なんてものは俗なるものと軽蔑していたが、あらためて見ればこんな面白いものはない。続けてゆくうちに歌舞伎の脚色《しぐみ》に興味を覚え、急に作者になりたくなった。さすがに医者とはいえ武士の子が狂言作者になりたいとも言えずに悶々《もんもん》としていたが、うちの両親はあとで述べるように子に甘いところがあり、ついに意を決したというわけだった。

その日——忘れもしない七月二十七日、意を決したおれは、やっとのことで手に入れた添え状を懐に、葺屋町の市村座に向かった。なぜって、おれが師匠に選んだ人は、そこにいたからだし、断じてその人でなければならなかったからだ。

市村座は『玉藻前尾花錦繍《たまものまえおばなのにしき》』と『謎帯一寸徳兵衛《なぞのおびちょっととくべえ》』が十日目を終えたところで、そのせいかずいぶん落ち着いていた。

ここは度胸を決めて一気に作者部屋へ乗りこむばかり。そして、これまでの思いの丈を語りつくすのだ。何一つぬかりはないはずだった。

にもかかわらず、添え状に目を通した市村座の立作者・勝俵蔵師匠はとまどいを隠せないようすで、

「すると、あぁたはお医者の家柄で……高田といいますと、確か越後の方の？　ああ、やっぱりそうですか。でも、生まれ育ちは芝宇田川町……それで作者志望と……ふぅむ」

ギョロリとした目をさらに丸くし、筆でなすったみたいな極太眉をうごめかした。

おれは、「ははっ」と頭を下げると、

「父・黙斎は越後高田の榊原家侍医をつとめ、弟は琴台と号して儒者となりました。本来ならば私が東条家の家督を継ぐべきところ、いささか思うところあって家を出まして、その後は諸国を流浪、江戸に出まして今日に至ります次第にございます。それが、何か……？」

こっちとしては、何としても当代の世態風俗を活写する「生世話《きぜわ》」の大家・勝俵蔵門下の一員となり、一日も早く一流れの芝居を書き上げて世間をわかそうという魂胆だ。そのため、ただの作者志望でないことを示すべく、少々ハッタリを利かせたのだが、

「いや、東条さん」

勝俵蔵は、別に驚いた様子も見せず、困ったような笑いを浮かべるばかりだった。

「狂言作者は『公卿の喰い倒れ』というほどですからな。あぁたのことを言ってるんじゃありませんが、しかし、れっきとしたお武家、しかも御典医の子息ともあろう方が……いや、さぞかしお父上にはお叱りも受けたでしょうし、覚悟のほどはわかりますがね。となるとなおさら、芝居道に引き入れるのははばかられるってもんだ」

そう言われたのには、冷や汗をかいた。というのは、わが親父どのは、性遊惰にして医業を嫌ったバカ息子を叱りもせず、

――武士の家に生まれても町人になる人あり。町家に育ちても武家を好み帯刀したがる人もあり。子の手足をのばしてやるのは親の役だし、世間のどこに行っても通用するよう手習素読なども一通り仕込んでやった。だから、これからは自分のなりたいものになって渡世するがよい。

そう言ってくれた上に、「五年間は小づかいは送金してやる」とまで保証してくれた。だから俵蔵師匠のように言われると赤面ものだし、このあとどう取りつくろったものかわからない。だもので、これはいかん、作戦を誤ったか――と焦ったとき、背後で変なしわがれ声がした。

「ちょいとご免なね。大事な話があるもんでね」

声の主は、もうとうに婆さんといっていい女だった。おれを塵っ葉みたいに押しのけると、ぺタリと日に焼けた畳にすわりこんだ。

塵っ葉扱いはともかく、猫みたいに丸まった背中で目の前をふさぐのは後回しにしてほしかった。せっかくの弟子入り話の腰を折られ、持参の鰹節が無駄になってはたまらない。

加えてヒヤリとさせられたのは、俵蔵師匠がみるみる渋い顔になったことで、

「何だ、客人が目に入らねぇとでもいうのか。大事な話に割って入りやがって……」

そうたしなめたものの、婆アはいっこうこたえないようすだった。

「ええ、入りましたさ。だけど、どこかの能楽者《のうらくもの》が、また一人泥沼に足を踏んごむより、こちらの話がよっぽど大事なのさね。だいたい、このお吉の話にまず耳を貸さないで、誰に貸そうとい

うんだい？」

お吉と名乗る婆アがへへむと鼻を鳴らしたのにつられ、クスッと笑いがもれた。

——言い忘れていたが、ここにいるのは、おれたち三人だけじゃない。客座《スケ》をつとめる、これも大物作者の福森久助、二枚目作者の二世桜田治助をはじめ、三、四枚目の作者、さらに下って狂言方に見習までが詰めている。おれにとっては未来の兄弟子となる面々だ。

その誰かが、婆アの後ろで進退きわまったおれを笑ったのに違いなかった。だが、婆アはそうは受け取らなかったらしく、いきなりキッとふりむくと、

「誰だいっ、今のは？　言いたいことがあるんなら、男らしく名乗ってからにしたらどうだい。まったく『人間の捨て所、野良のゴミ場は作者』とはよく言ったもんだよ！」

この場の全員を落ちこませるような痛棒を食らわした。

さて、この婆アは何者なんだろう。俵蔵師匠の身内だとして、今年五十七の師匠より年かさのようだが、と首をひねったときだった。

「俵蔵師匠、今日もひときわ大受けでしたよ。わっしが演じる団七の殺し場、また女房お梶と争って生爪をはがさせるところ……だが、もう一押しほしいところで、ここは一つ気を入れて、もっと血みどろに、父の仇を取ってやると欺いて、その実自分が殺した相手の娘をわがものにする人情の恐ろしさが出るよう搗《つ》き直しを頼みます」

言いながら入ってきた人を見たとたん、おれは出かかったアクビをのみこんだ。高麗屋——

かりか、「鼻高《はなたか》幸四郎」の愛称を持つ松本家の頭領が、大島団七の衣裳のまま立っていたからだ。それば
「いや、こりゃあご新造。とんだところで……」
評判記では〝至上上吉〟とたたえられた実悪の大名人が、頭をかきかき婆アに言ったから、ま
すますびっくりしてしまった。
「聞いてくださいよ、五代目っ」
二つ折りの古座布団みたいになってグズついていた婆アが身を起こし、ピョイと後ろに向き
直ったものだから、おれはあわてて飛びのかなければならなかった。
「あたしゃね、この人のためを思えばこそ、多少気がかりなことがあっても胸に収めてきまし
た。けれど、それにも限りってものがあって、今日はとうとう思いあまってやってきたんです。
何しろ、うちの人ときたら、あたしが何を言っても、てんで本気にしないもんだから……」
うちの人だって？　と二人を見比べたおれの耳に、そばの若手作者の一人が口を寄せた。
「あんた、今日は日が悪かった。高砂町からとんだつむじ風到来とはね」
え？　と聞き返そうとしたとき、凜とした声がかかった。
「何ですね、こりゃいったい何の騒ぎだえ」
今度はおれは、飛び出しかけた目玉を押しもどさなくてはならなかった。声の主は杜若《とじゃく》こと
五世岩井半四郎、しかも今売り出しの七世市川団十郎とともにお出ましとあっては、それも当然
だった。

「ついさっき、ここで話があると聞いて来てみれば、勝先生のことで穏やかならぬことになっているようで……」

まだ二十歳そこそこだけに血気盛んな団十郎が言いかけるのを、女形の半四郎は、目千両と呼ばれた微笑みで制して、

「お待ちな、これには何ぞ事情《わけ》が……とはいえお吉さんも、そう短兵急に言いたてなくたってよかりそうなもんじゃないかね」

「大太夫《おおたゆう》の仰せとあっちゃ、引っこまないわけにはいきませんが……とはいえ」

とたんに、お吉とかいう婆ア――いや俵蔵師匠の奥方様の腰がピンと伸びた。

「瘦せても枯れても、あたしゃ道外方役者としてちっとは知られた三世鶴屋南北の娘ですよ。芝居の世界には何の手づるもなかった紺屋の息子が、勝先生、俵蔵師匠とうたわれる作者とまでなるに当たっては、少しは手助けはしたつもり……まぁ、あたしと所帯を持ってまもなく、左交師匠(初世桜田治助)の下で一枚席が上がったものの、すぐまた末席に逆もどりしたのは、さぞかし期待外れでしたろうけれどね」

なるほど、そんなことが……と横で聞いていたおれは感心してしまった。

「以来三十年……お前《まえ》さんは彦三郎《おとわや》さんや初世の松助さんたちの引き立てで、七年前にやっとこさ立作者になれたけれど、あたしはただ耄碌《もうろく》婆アになっただけ。お父っつぁんの名跡も宙に浮いたまま。そのことを一度はっきり談判したいのと、そんなありさまを嘆いてか、それとも神仏のお怒りか、近ごろは家《うち》の周りで妙ちきりんなことばかり……それが心配で相談にやってきたんだ

よ。まさかとは思うが、いくら芝居の作者なんてものは、とりわけ俵蔵一門は悪だくみが得意だとしても、あんたたちのいたずらだったりしたら承知しないよ！」

「な、何のことだえ、そりゃあ」

それまでときに苦笑いをまじえ、古女房の出放題を聞き流していた勝俵蔵師匠が、きょとんとして問いかけた。

「何をお言いだい。折々にお前さんに相談したのに、いっこう取り合ってくれなかったじゃないか」

お吉ご新造がそう言い、俵蔵師匠が鬢節に手をやって、

「そうだったっけな。ところで団十郎《なりたや》、ここで話があるとは格別聞いちゃいないが、そりゃいったい……？」

ますますけげんな顔になったとき、作者部屋の入り口あたりでざわめきが起きた。

「ああ、困った。えらいことになりました」

「とにかく何とかせんことには……おや、皆の衆、お集まりとは好都合。ちょうど高麗屋にも声をかけにやったところでしたよ」

「俵蔵師匠、ちょいとよろしいかな。ちと火急の相談ごとが生じまして、急ぎこちらにて話させていただこうかという次第でしてな」

言いながら入ってきたのは団十郎よりさらに年下らしい若者と、あとに従う中年男二人組。何だこいつら、とりわけこの若造は——？　と思っていたら、周りの連中が口々に、

「やっ、座元……」

「おお座元、おかげさまで本日も無事に相すみまして……」

などと言いながら、作者連中ばかりか、幸四郎丈ら役者衆まで居ずまいを正したから驚いた。

すると、この若者が、この小屋の興行主をつとめる十一世市村羽左衛門か、と舌を巻いていると、

「いったい何ごとです、今時分。しかも奥役に帳元までごいっしょとは……」

俵蔵師匠が後ろの二人を見やった。すると、彼らが興行の段取りや役者の手配、算盤《そろばん》と帳面を担っているらしい。

「さあ、それが……」

と市村羽左衛門は口ごもり、奥役・帳元をかえりみる。そのうちの一人がひざを乗り出し、もう片方が懐から取り出した書付を受け取ると、俵蔵師匠に差しのべた。

「本日、お奉行所から、私ども各芝居へ下された御趣意書——つまりは触書でございます」

若き座元が言い添えたとたん、一座に緊張が走った。

余裕しゃくしゃくとしていた俵蔵師匠の顔にも、暗い翳《かげ》がよぎる。ふとおれと視線を合わせたかと思うと、

「……どうもこういう四角四面な文章は、書くのはもちろん読むのも苦手だ。何しろ無学な紺屋の小せがれだからな。といって、ここに居合わせた連中もみなご同様。そこで東条さん、あぁた一つ読み上げてやっちゃあくださいませんか」

「ええっ、わ、私がですか⁉　は、はあ……」

わけもわからず受け取った書付を開いてギョッとした。あたりを見回せば、刺すような目がおれを囲んでいる。

おれはしかたなく、声に出して読み始めた——。

「狂言仕組幷《ならび》ニ道具衣裳心得方被仰渡《おおせわたされ》。

一、都《すべ》て狂言に近来の雑説事等決して綴り申間敷《もうすまじく》、右は狂言之作意に戻《もと》り、世上の風義にも拘《かかわ》り候義等有之《これある》事に付、此段厚く心得、前々より仕来りに習ひ趣向を立候やう致し、色々之所作事等、猥成《みだらなる》儀綴り申間敷候……」

そこまで読んだところで、早くも周囲にはさざ波のようなささやきが起きた。

——何てこった、ほんとに起きた人殺しやら刃傷沙汰をとりあげるなと、はっきり言ってきやがったぜ。

——だとすると、師匠の去年の作『心謎解色糸《こころのなぞとけたいろいと》』、あれなんざ、牛込あたりで起きた豆腐屋の娘の墓が暴かれ、死骸が犯された件を種にしたのがいけないってことになっちまうぜ。そのあとの『当穐八幡祭《できあきやわたまつり》』で風鈴蕎麦屋の娘殺しをとりあげたのもな。

——そんなこと言い出したら、いま市村座でやってる『謎帯一寸徳兵衛』こそ第一番に槍玉にあがっちまうが……まぁとにかく続きを聞こうじゃないか。

間近を駆け回る、声また声に急き立てられながら、おれは読み続けた。

「一、狂言に、御府内所々の地名を用ひ、又は深川辺料理茶屋之趣向、其外《そのほか》当時の料理茶屋名前等をも顕《あらわ》に出し、狂言に取組《とりくみ》候儀有之、是亦《これまた》風義不宜《よろしからざる》に付、以来右体之義無之《これなき》やう可致《いたすべく》候……」

――おい、いよいよまずいぞ。江戸市中の地名を使うなとか、ことに深川あたりの店の名を出しちゃならねえとか、今の芝居にゃ「深川中裏の場」がもろに出てくるし、両国橋に入谷に洲崎など、実在の地名づくしだ……。

「一、刀脇差之類、刃引《はびき》等決て用ひ間敷候、又血綿《ちわた》相用候処、近来のり紅に相成候処、右は前々之通血綿に可致候……」

舞台で使うのは、竹光に銀箔を張ったような、一目で偽物とわかる刀剣でなくてはならない。それで斬られて出る血は糊紅――タラタラと垂れる血のりではなく、赤く染めた綿で表現せよだと？

（つまりこれは芝居に死ねということだ……とりわけ、勝俵蔵というお人の作物《さくぶつ》に！）

「……座元幷芝居引受人、世話役、楽屋頭取等諸事心付、狂言之義は勿論《もちろん》、衣裳小道具等まで、都て花美《かび》之義無之様《これなきよう》、狂言替り毎に役者幷狂言方を申付、心得違《こころえちがい》無之様可致候。未《ひつじ》七月」

読み終えたときには、口の中がカラカラになっていた。だが、それ以上に作者部屋の空気は惨《さん》憺《たん》たるありさまだった。

「おい、お吉」

ふいに沈黙を破ったのは、ほかならぬ勝俵蔵師匠だった。

「お前がついさっき言った『近ごろは家の周りで妙ちきりんなことばかり』てのは、もしや怪しい人影が、高砂町のわが家の近くをうろついたり、ようすをうかがったり、果ては中に誰か忍び入った跡があったり――まさか、そんなことじゃあるまいな。まして、そいつらはお上の手のものだ、なんてことは……？」

「言われてみればその通りだよ、お前さん」

とたんに、お吉ご新造はひざを打った。そのまま前ににじり出ると、

「まるで幽霊につきまとわれたか、それとも泥棒に目星でもつけられたかと思って、それでお前さん方の手のこんだ悪さかと疑ったんだが、目明かしや岡っ引きのたぐいと考えた方が腑に落ちるよ。ただの盗っ人、あるいはあんたたちの茶番なら、あんなにうさん臭く薄汚くはないはずで、ありゃあ、てっきりお上の手先だね！」

そのとたん、周囲に驚きと恐れが走った。誰もが押し黙ってしまう中、

「そうか……そういうことだったか。おれもいつのまにか、お上にそこまで忌み嫌われる身となったか。なるほどなぁ」

俵蔵師匠は笑いをふくんだ声で言った。だが、それとは裏腹に、その表情は凍てつき、自分の周りに誰がいるのかも忘れ果てたようすで、何やら物思いにふけり始めた。

腕組みし、首うなだれたまま、ふと口を開いて独り語りし始めたことには、

「戯作者の曲亭馬琴さんから聞いた話だが、先年、地本問屋に『合巻作風心得之事』といって、こんな草双紙は出すな書かせるなというお達しが回ったそうだ。曰く、

一、男女共兇悪の事

一、同奇病を煩ひ、身中より火抔《など》燃出、右に付怪異之事

一、悪婦強力の事
一、女幷幼年者盗賊筋の事
一、人の首抔飛廻り候事
一、葬礼の体
一、水腐の死骸
一、天災之事
一、異鳥異獣の図
あと『蛇抔身体手足へ巻付居候類』とか『夫婦の契約致し、後に親子兄妹等の由相知れ候類』の筋立てもやめろということで、まるでおれが書く芝居のことじゃないかと恐れたものだ。

とはいえ、あのときは『ありゃあお上品なる出版《ほん》の世界の話、おれたち下世話な芝居者はかかわりないよ』という意見がもっぱらで、確かに寛政の御改革でもひどい目にあったのは戯作者と版元ばかり。だからって、自分たちはお目こぼしされるだろうとは、とんだ甘い考えだったな」

そのあとに、また長いだんまりがあった。どれぐらいたったか、俵蔵師匠はふいに顔を上げ、腕組みを解いたかと思うと、

「よしっ、『一寸徳兵衛』は、幸四郎丈と半四郎丈そろって病欠という名目でも立てて休演としよう。とにかく今はそうするしかない。なぁに、いざとなりゃ何とでもするさ」

わかりました、と幸四郎らがいっせいに立ちかかる。一人取り残されかけたおれのことを、師匠はやっと思い出したかのように、

「東条魯介さんとやら、とんだ内幕をお目にかけたが、まぁそんなことで今日は取りこみ。明日もその先もどうなるかわからないありさまだから、弟子入りの件はひとまず……」

「いえ、ぜひとも入門の儀はお願いいたします！」

みなまで言わせず、おれは手をついた。あまりの勢いと大声に、誰もがあきれていた。

「いや、こりゃあ……参ったな」

と頭をかいたときには、さっきまでの立作者・勝俵蔵になっていた。それから、思いがけない成り行きにぼんやりとなっている女房どのを見やると、

「おう、お吉。見た通りのありさまで、悪いが今日は引き取りな。おっと、それから……お前の家に伝わる名跡の件、おれにちと考えができたから、あとで相談させてくれ」

「わ、わかったよ」

お吉ご新造は、打って変わって生まじめな顔になると、胸をたたいてうけあった。

——こうしておれは、見習作者の花笠魯助となった。だが、それどころではない変化が、四か月後に起きた。

十一月の顔見世『厳嶋雪官幣《いつくしまゆきのみてぐら》』で師匠は勝俵蔵の名を改め、四世鶴屋南北となった。

それこそが、江戸の芝居で話題の第二、むしろこちらが第一であるべき出来事だった。

住まいも、芝居小屋から目と鼻の先だった高砂町から本所亀戸村に移し、何より重大なことに、それから数年間は最も得意とする生世話物から離れることになる——まるで勝俵蔵の名前と仕事を消し去りたいかのように。世を韜晦《とうかい》するかのように。

そしておれは、南北師匠の下で十何年かを過ごすことになるのだが……ついにあのときと同じ顔――一種凄愴なというか、何か巨大な理不尽と相対しているような表情を見ることはなかった。そう……あのとき『東海道四谷怪談』初演の中村座の楽屋内で出くわすまでは。

再び文政八年、深川仲町某楼の場

「そうだ！」

おれは、はじかれたように、古畳から跳ね起きた。

そのとたん、あの懐かしい市村座の作者部屋は消え失せ、おれは小汚い女郎屋の一部屋で、一気に十いくつか老けてしまっていた。

――またしてもいつのまにか寝入ってしまい、自分の声に驚いて夢から覚めたような気もするし、もとから起きていたような気もするのだが、とにかくそのとき、文化八年から十四年をひとっ飛び、文政八年にはじき返されたことは確かだった。

もう一つ確かなことがあった。おれが二度目だと思った師匠のありさま……その一度目は、お上の圧迫で勝俵蔵の名を捨てざるを得なくなったときだということだった。

（ということは……いったいどういうことなんだろう？）

おれは首をかしげながら、ようよう明るくなり始めた机のあたりを見やった。

答えが一つ出たからといって、このあといかに書くべきかはわからず、まして芝居そのものにまつわる謎は、いっこうに解けはしないのだった。

『銘高忠臣現妖鏡』そのものの不可思議さもさりながら、それ以上に解きあぐねている謎――それは、自分が任されている一幕が、その芝居とどうつながるのかがさっぱりわからないということだった……。

だが、とにかく書かねばならなかった。

おれは、覚悟を決めると南北師匠からの指示書を開いた。

それを横目に、ここの娼妓《おんな》にけげんがられながら用意させた硯《すずり》を引き寄せる。土瓶の水を注ぎ、おもむろに墨をすり始めながら、とにかく必死に頭を絞った。

(よし、まずはこう行こう。そのあとはこれこれで、かくかくしかじかだ……)

おれは、自分が何をしているのか――この筆先から紡ぎ出しつつある一行一行が、どんな大仕掛けの一部を担っているのか、まだわかっていなかった。

それを知るのは、もう少し後のこと。それは、自分がかかわっているとてつもない大芝居が、一人の人物を中心に回っていることに気づくことでもあった。

天徳――あの日、南北師匠がたわむれに「天竺徳兵衛」と呼んだ男だ。

小屋とその周辺でしばしば見かけ、しかし何をやっているかさっぱりわからない男。その正体と素性を薄々ながら知ったときの驚きと恐れときたら、南北師匠の怪談芝居に勝るとも劣らないほどだった。

「南無さったるまグンダリギャ、守護聖天はらいそはらいそ!」

おれは思わず、『韓噺』でとなえられる怪しげな呪文を口にし、印を結ぶ真似をしてみた。なぜそんなことをしたかといえば、確かにあの御仁は「天徳」――今の世の天竺徳兵衛に違いないのであったから。

とにかくおれは、おれの信条からするとありえないほどまじめに、その仕事に取り組んだ。

――そのせいか、あの晩おれは変な夢を見た。

あんまりおかしな夢なので、寝床の上で目をパッチリ見開き、闇を見つめて思案したほどだった。あんな奇天烈な世界が本当にあるとも思えないが、万一もし夢でなかったとしたら、今ここで夜具をかぶっているおれも、あそこの住人ということになるが、ではおれはいったい何者なのか――と。

とにかく珍妙な、夢にも見そうにない夢だった。

男は筒袖に股引、女は袴のようなものをはいて、頭は髪の長短はあるが、総髪にして洗い髪のようにザンバラにしている。しかも色とりどりで、とんと錦絵の刷りぞこないだ。

中には女だてらに眼鏡をかけたものもいた。あれは、いったいどういう輩だろう。

景色がまた妙なもので、司馬江漢や亜欧堂田善の眼鏡絵によくある異国の街並みそっくり。これはてっきり唐天竺へでも飛ばされたのか――と思いかけて、それは今どき古いと思い直した。

近ごろの蘭学先生の説によると、この世界――地球ともいうらしいが、はわが日ノ本をふくむ亜細亜《アジヤ》洲、欧邏巴《エウロッパ》洲、阿弗利加《アフリカ》洲、南北亜墨利加《アメリカ》洲、それに南方に浮かぶいまだ実態不明の墨瓦《メガ》臘泥加洲《ラニカ》の六つに大別されるというから、そのどこかということになるだろう。

しかし、そのあたりがおれの想像力の限界であったのかもしれない。とにかくやみくもに突き進むうちに、目の前に忽然《こつぜん》と現われたのは、何と長年見慣れたそのまんまの芝居小屋だった。

海の向こうの阿蘭陀《オランダ》にも、そりゃ芝居もあり小屋もあるだろうけれど、お江戸そっくりとは知らなかった。こいつぁ稀有《けぶ》だと感心していると、スーッとあたりが暗くなった。

どうやら、その中に吸いこまれるように入っていたようなのだが、そこが夢のいいかげんなところで、つながりがよくわからない。

ふと気がつくと、目の前に大きくてむやみに高い御殿が建っていて、はてこれは何だろう。さっきまでのと違って、これは日本のものだが、どこかで見たような、そうでもないような……。

あ、そうか、これは……と心づいた刹那、グヮラグヮラグヮラ！　と地響き立てて、その御殿が崩れ始めたからたまらない。

おれはワッと叫びをあげて必死に逃げ出し、その声に自分で驚いて目が覚めた——ということは、やっぱり夢だったかと心づいた。

何がさて、おれはあの変てこな世界の住人ではなく、江戸の戯作者・花笠文京先生でいいようだ。よかったよかった。

まあ、もうちょっとましな境涯の方がよかったかもしれないが、住み慣れた世界にいるに越したことはない。

そのありがたさに感謝することにして、おれはムックリ起き上がったあと、すぐさま机に向かった。

夢のことで、もうそのときには曖昧模糊とした内容になっていたが、それでもその中で見た何かがおれに刺激を与えてくれたらしい。

ともあれ、おれは書き始めた——。

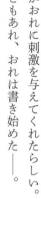

五幕目

本読の場

「さて、これなる花笠文京のその後の行く末はというと、上方と江戸を往来しつつ、師匠南北の名作を『東海道中門出之魁《とうかいどうちゅうかどでのさきがけ》　四《よ》ツ家怪談《やのかいだん》』として小説化《ノベライズ》したり、商店の報条《ひきふだ》を書きまくったり、だが結局は芽が出ずに大坂まで流れて行ったかと思えば、また舞いもどったり……そのあげく、人気役者を痛快にこきおろした本『役者必読妙々痴談』を書いたせいで、頼みにしていた菊五郎の怒りを買って芝居の世界を追われてしまった。

その後も、代作屋大作の別名の通り、『御《お》誂案文認所《あつらえあんもんしたためどころ》』の看板をかかげて、いかなる文章であれ、ご注文に応じて執筆して糊口をしのいだものの、生来の放蕩無頼は直らずじまい。困り果てた弟・東条琴台からはとうとう義絶、友人たちからも見放されて、ついに万延元年（一八六〇）三月、深川佃《つくだ》の辻番所で行き倒れとなって、あえない最期……」

小佐川歌名十郎は、そこまで語り終えると、やや調子を切り替えて続けた。

「とまあ、死人がこれ以上しゃべっちゃおかしいから、このへんで元にもどりますが、そのとき後生大事に抱えていたのが、未刊に終わった『続々渡世肝要記』の稿本——わが綿家に伝わったそこに記されていたのが、今度の『銘高忠臣現妖鏡』と符合し、それに文京がかかわっていたというのは、森江さんには少し話しましたよね？」

「ええ、そういえば確かに」

森江が答えると、歌名十郎はいつのまにか素の自分にもどりながら、

「そして、花笠文京が担当した部分と思われる幕も、里矢がロンドンで発見した大南北の自筆台帳にふくまれ、筆跡その他も彼のものと一致した。となれば、彼の手記もまた十分に信用が置けるものと見なくちゃならないわけだが——」

「でも、それは実際の歴史と食い違っている。『銘高忠臣現妖鏡』なんて芝居は、歌舞伎年表にも当時の評判記にも残ってはいない。でしょう？」

菊園綾子が、この数奇な物語に水をさすように言った。そのかたわらで、新島ともかが持参のタブレットを駆使しながら、

「えっと……そうですね、『東海道四谷怪談』が、めでたく打ち上げたあとは、同じ文政八年の九月二十五日から、これも有名な『盟三五大切』が中村座で始まっています。でも、このお芝居、初演当時は不評で、早々に打ち切りになっちゃったみたいですね」

「『盟三五大切』……傑作中の傑作じゃないの。そうか、このお芝居、四谷怪談からそんなに間

を空けずに書かれたのか。そうか、だから登場人物たちが伊右衛門宅に引っ越すような趣向があるのね」

菊園検事は、こちら方面にもくわしい片鱗を見せて言った。ともかは、ここ最近得た知識ながら、それには負けじと、

「ええ、四谷怪談の後日狂言ということで……。でも『近年になきおもしろき作なれども、入かひなく十月十四日舞納《まいおさめ》なり』ということで……その後、江戸時代には一回しか再演されなかったみたいですけど、大正時代に沢田正二郎の新国劇がとりあげ、さらに昭和も戦後になって新劇や映画となってから人気が出たそうです」

「そっちの方なら、大昔にテレビで見た覚えがあるよ」来崎四郎が言った。「なるほど、それが逆輸入の形で歌舞伎に持ちこまれ、今や南北劇の重要演目というわけか」

「そういうことね。でもまあ、そんなことはともかくとして」

菊園検事は、ともかたちの解説をあっさりいなす形で言った。

「それより大事なことがありはしない？　何って、花笠文京がパラレルワールドの住人でもない限り、そこに書いてあることは、まるきり嘘となってしまうということよ。お蔵入りとか上演差し止めになったとかは一切書いてなくて、あの変てこな忠臣蔵劇が堂々と舞台にかかったと書いてある以上はね」

「ははぁ、そうなっちゃいますか」

新島ともかが言った。と、そのあとに、

「なるほどね。ん？　待てよ……ということは、だ」

あごに指を当てて言いだしたのは、来崎四郎だった。

「その、花笠文京だか魯助だっけ、その男の手記と骨がらみに結びついている、南北自筆の台帳とやらの信憑性《しんぴょうせい》にも傷がつくってことになりやしないか。ははん、そうなることを恐れて、その部分を別にして保管していたということじゃないのかい？」

新聞記者らしく、疑い深いところを発揮しての発言だった。

「まさか、そんな意味じゃあないよ」

歌名十郎は言下に否定した。

「おれと里矢は、南北自筆の台帳や文京の手記については、その真実性を疑ったことはただの一度もない。里矢は、自分の鑑定結果に絶対の自信を持っていたし、おれにはそれを否定する理由はなかったからね。ただ、『銘高忠臣現妖鏡』という芝居がどういう経緯と意図でもって書かれ、どんな形で上演されたかが問題だった。そして、里矢はその答えを見つける前にあんなことになってしまった——」

歌名十郎は、しだいに声を震わせ、耐えきれないように額を強くつかんだ。よほど力をこめたのか、少しずれた指の下から白く指痕がのぞいている。

これには、みんな処置なしだった。誰もが、どう声をかけたものか顔を見合わせる中で、

「とにかく」森江春策が言った。「その、どこにもつながらない〝謎の一幕〟というのを、ここで読ませてもらいたいんですが、かまいませんね？」

「しょうがないな、里矢がこいつをあんたに預けた以上は。ただ、とにかく古いものだから十分に気をつけて……ああ、パソコンで打ち直したものが添えてあるのか。あいつらしいな。ま、とりあえず読んでみてくれよ――ああ、いや、花笠魯助の昔に返っての、この文京の苦心の作を読んでおくんなさいましな、南北師匠！」

＊

「ようし、わかった」

鶴屋南北師匠は、極太眉毛をグイとうごめかし、目玉をいっそうギロリとむき出しながら言った。

「花笠魯助著すところの趣向尽くしの狂言、確かに受け取ったぜ」

おれから受け取った薄っぺらな台帳を、食いつくような目つきでめくってゆく。

狂言作者にとっては、役者衆や座元の旦那方がずらりと居並んだ中で、芝居の台帳を朗読してゆく「本読」が一つの試練なのだが、それより今の状況の方が、おれにはよっぽど恐怖だった。

一丁ごとにウン？　と顔をしかめ、ホホウと口元をゆるめる。なかなかやりおるわい――とばかりに浮かべた笑みが、一瞬悔しそうにゆがんだりもしたのには、

「やった！」

と、内心ひそかに快哉《かいさい》を叫ばずにはいられなかった。やがて、南北師匠は、それらの一切合切を、不敵でふてぶてしい表情の中にのみこんでしまうと、

「おい、これに外題はねぇのか」

ふいに思い出したように、おれに訊いた。おれは、とっさのことでとまどいながら、

「外題って……これは師匠が今お書きになってる『銘高忠臣現妖鏡』の一幕なんじゃありませんか」

「うむ、確かにそうだが」

と南北師匠は意味ありげに笑うと、

「実はな、お前に書いてもらった幕は『銘高《なもたかき》……』の二番目狂言に組みこまれるべきもんなんだ。それもただ一番目を受けてのものじゃねぇ。それと表裏一体、骨がらみのな」

「そ、それはひょっとして」おれは答えた。「師匠の『四谷怪談』と『忠臣蔵』のような……」

南北師匠は、一瞬虚を突かれたようすだったが、すぐに口の端をニヤリともたげると、

「ふむ、そんなもんかもしれねぇ。あるいはもっととんでもない趣向かもな」

「それは、もしかして……」

おれは言いかけて、あやうく思いとどまった。あれこれと考えをめぐらしてから、

「あの、その外題というのを、今ここでつけてみてもいいでしょうか。あたしが書いた一幕をふくめた、その二番目狂言の題名として」

瞬間、南北師匠の目がキラリと光った気がした。さっきまで絶やさなかった笑みをきれいに消し去ってしまいながら、

「ほう……面白い、つけてみろ」

おれは「はい……」とかすかに震える声で言い、大きく息を吸ってから、

『六大洲遍路復仇《むつおおしまめぐりてあだうち》』——とは、どうでございますか」

思い切ってそう言ったとき、南北師匠の極太眉がピクリと動いたようだった。

次いで目を細め、手にした台帳をグッと突き出しながら、

「書いてみな」

は、はい……と持ち合わせた矢立の筆で、表紙裏にその七文字を書きつけた。右肩には二番目狂言の意で「二ばん目」と書き添えた。

それが吉と出るか凶と出るか、固唾《かたず》をのんで見守るおれの前で、

「……なるほどな、そういうことか」

鶴屋南北師匠は、にわかにプッと噴き出すと、大口を開けて笑いだした。

「しかし、何とまずい外題のつけ方だ。おれも得意な方ではないが、ひどいもんだな。それでさしつかえないとはいいながら、とうていこれではお客が来るとは思えねぇ。しかしお前、見るべきところはちゃんと見ていたんだな。なかなかの眼力だが、とはいえ芝居の筆はまだまだ……こりゃやっぱり、お前は戯作者になってよかったのかもしれねぇな!」

何とも痛いところを突かれつつ、ともあれこれでこの芝居での、おれの作者としての仕事は終わった。もっとも一つの興行がぶじに打ち終わるまでには、このあと数限りない過程があるのだが。

そして——四世鶴屋南北・作『銘高忠臣現妖鏡』はめでたく初日を迎え、大成功裡に幕を閉

じた。
もう一つの、おれこと花笠魯助・補筆による二番目狂言『六大洲遍路復仇』については……はて、これは上演されたといっていいのか。そこのところが自分でもはっきりしない。決してお蔵入りになったわけではなく、ちゃんと大仕掛けをともなってくりひろげられたのだが――はてさて。

ともあれ、おれが狂言作者に立ち返ったのは、番付も残らず評判記にも記されないこれが最初で最後。あの懐かしく愛すべき戯場国に足を踏み入れることは、二度となかったのだった……。

*

森江春策は、読み続けた――新たに渡された〝謎の一幕〟を加えたコピーの束を、退院手続き待ちの病院で、そこから乗ったタクシーの車内で、たまたま見つけて入ったレストランでの食事中さえも。

見かねた新島ともかが注意すると、「あ、ごめん」と脇に置くのだが、どうしても気になるのか、いつのまにかまた開いてしまっている。

そうまで執着するのには、と新島ともかは考えずにはいられなかった。

むろん、その内容が興味深いからだろうけれど、私が強引に東京に連れ帰ることにしたせいもあるのかもしれない、と。

体には特段影響はなかったにしても、あやうく命懸けになりかかった雇い主《ボス》を旅先に置いておくわけにはいかなかったし、次また別の形で危害を加えられないとも限らない。

そこで「依頼人の秋水さんが亡くなった以上、森江さんがここにいる理由はないんですから」という理屈をタテに、とにかくいったんは帰京するよう説得した。むろん森江春策の探偵助手としては「依頼人が殺されたからには、その真相を解明せねば」という考えに賛同したいところだったが、ここはあくまで弁護士秘書としての立場で突っ張ることにしたのだ。

何とか説得には成功したものの、森江の事件への興味が断たれたわけではなかった。〝謎の一幕〟への傾倒が、その証拠だった。

京都駅の上り新幹線ホームに向かう間も、ともかが目を離したすきにまた夢中になっていた。ちょうど到着したばかりの下りホームからのエスカレーターを、ドッとばかりに降りてきた乗客にも気づかず、あやうくその一人とぶつかりそうになった。

「森江さん、ちょっと……あ、どうもすみません」

彼の体を引っ張りつつ、ともかはあわててわびた。その人物は、瘦せぎすの長身を高級そうなスーツに包み、蒼白い顔のパーツどころか筋肉すら微動だにさせず、改札出口の方に行ってしまった。

(えっ、今の人……)

何かしらゾッとする思いで、ともかはその場に立ちつくした。そのようすに、

「うん、どうかしたの、新島君？」

今度は森江春策の方が、けげんそうに問いかけた。

「あ、いえ……今、何だか左右ともガラス玉をはめたみたいな、ものすごく冷たい目の人が……あ、もう予約したのが来たみたいですよ。急ぎましょう」

ほどなく乗りこんだ《のぞみ》の指定席で、ともかくはなぜだかその男のことが忘れられず、しばらく考えこんでいた。このところ、にわか勉強している歌舞伎の知識に照らし合わせて、(さしずめ『青公卿《あおくげ》』といったところかな。もちろんあんな隈取りなんか顔には描いてなかったけど、非人間的で体温なんかなさそうなところが……それにしても、あの目つきの怖かったこと、それにあのピアノの鍵盤みたいに白くそろった歯!)

彼女がつぶやいた「青公卿」というのは公家悪《くげあく》とも言って、歌舞伎においては、政権を奪ったうえで皇位を狙ったりする超大物の悪役。金冠白衣、白塗りの顔に藍隈《あいぐま》を入れ、カッと口を開けば真っ赤な舌が——といった具合に、ある種怪物的な冷酷さと悪念を体現する。

そんな人間とそうそう出会うはずはないし、見た目は全く違っていたが、確かにそんなふんいきはあった。だがまぁ、雑踏の中すれ違いざま見ただけだから、ただの錯覚ということもある。

そう自分を納得させて隣席の森江を見ると、格好の読書タイムを得た彼は、いよいよ例の台帳に取り組んでいた。だが、そこに描かれた物語を心から楽しんで、その世界に没入しているかというと、そうではなさそうだった。

しばしば小首をかしげ、ため息をつき、眉間にしわを寄せる森江を見ていると、書かれた内容にどこか彼の理解を拒むところがあって、薄い帳《とばり》のようなものにさえぎられて、どうしてもその先には行けないといった感じだった。

それほどまでに森江を惹きつけ、それでいて悩ませた〝謎の一幕〟とは、ざっと次のような内容だった。

藪医太田了竹《おおたりょうちく》隠居所の場

庭に面したる奥座敷。四方に床の間、違棚に襖、屛風《びょうぶ》など型の通りに。ただし全て書割にて描きたるもの。真ん中の寝床にて主の了竹、酒席より帰りて寝穢《いぎたな》く眠り居る。見計らいにて薄どろ〳〵、或は赤子笛などにて目覚めさしむ。

了竹、寝惚け眼にて起きかかるところへ、雨戸の節穴より写し絵を灯しかくる。このとき梁や柱のすき間より煙を出《いだ》して、幽霊や鬼の姿を朦朧と浮かび上がらしめば猶《なお》よし。

了竹「エエエエエエ、これは」

ト驚くところへ、あらかじめ仕込みし呼遠筒《ルウフル》より亡き武蔵五郎師夏の声を出す。

師夏の亡魂「了竹、了竹。あれを出せ、あれを出せ」

了竹「エ、エ、あれとは」

師夏の亡魂「われ高野武蔵五郎師夏が足利館にて手疵《てきず》を受けし折、御番医師・尼乃了淳《あまのりょうじゅん》殿ならびに見葱師峻安《みねぎししゅんあん》殿より、なんじが盗み取りし針と糸じゃ。両医師の指図とは別に、なんじがわれに施せし療治の品じゃ。而《しこう》して、それらの所業をなんじに命じし者についての書付じゃ」

了竹「イエ、アノ、そのようなものは決して」

師夏の亡魂「ないはずがない、ないはずがない。われにとりては命を絶たれ、なんじにとりては命をつなぐ大事の証拠。出せ、出せ、出すのじゃ」

了竹「ササ、そのように申されましても」

トあくまで白を切るときには、床の間の掛け軸を落とし、その後ろに座す師夏の姿を現わす。ただし蠟細工にて、ややありて背後より火を点じて体を溶かし、衣装を引き抜きて骸骨への早変わりを見せる。

了竹「お許しくださいましィ」

ト慌てふためけば、なお「出せ〳〵」と責むる。

猶のばしあるときには、写し絵に赤き玻璃板《はりいた》を入れ、煙玉を焚いて火事の体をなすべし。とど、了竹が書割の調度のいずこかに手を触れ、開けんとするときには、壁の切り穴より黒子出て鳩尾《みぞおち》を突き気絶《けたえ》さするべし。

そのあとすぐに奥座敷の道具崩し、元の野原となして了竹は筵《むしろ》にでも横たえ置く。やがて明け方の寒気と夜露に起こされ、嚏《くさめ》一発、

了竹「ハ、ハックショーイ。ここはどこじゃ。見渡す限り家なく人なく、そもそもわが家はどこに失せおった。さては昨夜の宴の帰り、狐狸妖怪にでも誑《たぶら》かされしか。ハテ怪しやなァ」

ト訝るときには、すでにその姿を見るものなく、声を聞くものもなし。したがって幕も下りず、拍子木も要らず。

作者　花笠文京より昔に返りて魯助

（いったい、何なんだ、これは……）

そこまで読み返したところで、森江はため息まじりに冊子から目を離した。

「本舞台三間の間」というお決まりの言葉もなく、いきなり始まった台帳は、太田了竹なる医者の寝込みを襲い、写し絵すなわち幻灯機を使って幽霊を出し、たぶんメガホンのようなものらしいルウフルを用いて亡霊の声を聞かせ、あげくに蠟人形と作りものの骸骨を組み合わせた仕掛けまで繰り出して、ひたすら怖がらせ、震え上がらせようという一場面だけで終わっていた。

その目的は、了竹が保身のため隠し持っているらしい「針と糸」と「療治の品」のありかを吐き出させることにあるようだが、前後に何のつながりもないのでさっぱりわからない。

なるほどこれなら、いかに珍しかろうと、歌名十郎が《虚実座》での上演から外さざるを得なかったのも当然だ。本編とはおよそ無縁な、芝居ともいえない内容だったからだ。

ユニークなのは、確かに当時すでに存在していたものの、芝居に使われたとは聞いたことのない道具が駆使されている点だ。さらに驚かされるのは、『四谷怪談』をはじめとする南北劇では、そうしたからくり、現代風に言うならトリックやギミックは、その種は割らずに観客の度肝を抜くのが目的なのに対し、この台本では、どうやら仕掛けを隠すつもりがないらしいことだ。

怪異におびえ、あわてふためくのは、もっぱら劇中の了竹。観客はそれを見て笑う立場にあるわけだが、もしそうした趣向を理解することができたとしたら、江戸の好劇家たちというのもなかなか大した感性の持ち主だったことになる。

だが、それにも増して、この台本は変だった。上演されたかどうかもわからない断片であるために、理解に苦しむところが多々あり、『銘高忠臣現妖鏡』の中には、どうにもはめこみようがない。武蔵五郎師夏だの足利館といった名は出てくるのだが……。

ちなみに太田了竹というのは、『仮名手本忠臣蔵』に出る医者らしい。天河屋義平の舅《しゅうと》、つまり女房の父親で、ろくでなしの藪医者。義平と娘を離縁させ、もっと金持ちのところに嫁入りさせようとする。だが、まんまと離縁させたとたん、「もう親でも子でも、舅でも婿でもない」とばかりにつまみ出されてしまうという情けない役どころだ。

とはいえ『銘高忠臣現妖鏡』には了竹の出番はないし、本家の忠臣蔵にしても足利館に出入りするような医者には描かれてはいない。なのに、なぜこんな一場面を与えなくてはならないのか、理解に苦しむというほかない。

足利館の番医師というから、交代で詰めているらしき尼乃了淳と見葱師峻安については、さっぱりわからない。

実録の忠臣蔵で御典医として吉良上野介の手当てをしたのは、本道方すなわち内科は津軽意三《ぞう》、外科は坂本養慶で、それでも出血が止まらないため、南蛮医学の流れをくむ栗崎道有《くりさきどうう》が非番にもかかわらず駆けつけたそうで、彼らをもじった名前でもなさそうだ。

それに「のばし」とは何のことだ。芝居の都合で場をつなぎ、時間を稼ぐという意味だろうが、そのため幽霊のほかに偽の火事を起こすというのも念が入りすぎている。

とにかく何から何まで意味不明なのだ。そして、そうした部分に全部目をつぶったとしても、おかしいことには変わりがなかった。どこがどう、と訊かれたら、森江も答えに窮するのだが……。

彼は混乱したまま、ふと冊子の表紙裏に視線を落とした。

彼が持っているのはむろん現物ではなく複写で、文字遣いなども一部改めてあるようだが、あくまで体裁は原本に忠実で、そこにはなかなか達者な芝居文字で、こう記されていた。

二ばん目
六大洲遍路復讐

二番目ということは、一番目の時代物——この場合は『銘高忠臣現妖鏡』だろうか——に続いて演じられる世話物ということになる。なお、江戸後期から昭和にかけては、この間に「中幕」と呼ばれる華やかな一幕物をはさんだという。

一番目あれば二番目あり。忠臣蔵と四谷怪談の関係のごとくに——だが、それもまた困惑を深めるものでしかなかった。かりにこれが芝居のタイトルだとして、それはこの冊子とはおそらく何のかかわりもない。

では、『六大洲……』うんぬんという外題の芝居が別にあるのかというと、歌舞伎年表や年代記、評判記のたぐいをいくら調べても、そんな名前は一切出てこないらしい。

それを言えば『銘高忠臣現妖鏡』だってそうだが、少なくともこちらはちゃんと芝居としての中身がある。忠臣蔵を土台とした内容にもマッチしている。

一方、『六大洲遍路復仇』はそもそも意味がわからないし、中身が存在しない以上、『銘高……』とも〝謎の一幕〟ともつなげようがない。唯一つながりそうなのが『銘高……』の題名にもふくまれた現妖鏡——写し絵が重要な役割を果たしていることぐらいだろうか。

だとすると、あの芝居にふんだんに詰めこまれた奇抜な趣向、忠臣蔵のもじり《パロディ》や書き替えというよりは、まるで別の話を語っているような違和感がにわかに気になってくる。

森江は首をひねり、二つの台帳を読み、調べ、また読み、また首をひねった。蓬髪を引っかき回し、読んで読んで読んで、頭をコツコツと拳骨で小突いた。

そして夜半——自室にただ一人、机上の照明だけをつけ、その照明の及ぶ以外はすっぽり暗がりに包まれた中で、読み、調べ、考え続けた。『銘高忠臣現妖鏡』のことを、〝謎の一幕〟とそこに記された『六大洲遍路復仇』の意味を……そしてもちろん、志筑望夢と秋水里矢の死についても。

とにかく、この幻の南北劇そのものが謎だった。なぜ、何のために書かれたのか——。

もっとも、そんな文学的動機をこの時代の狂言作者に求めても無駄かもしれない。ただただ芝居の評判と興行の成功を願って書くのが当然であり、作家性など無縁だったろうからだ。

だが……ならばなおのこと、この不思議な内容が問題となる。誰のため、どんな観客のためにこの芝居が書かれたのか、何とも解しかねるのだ。

その答えを求めて、森江はとっさに手に入る限りの資料を集め、濫読してみた。すると、そこには『四谷怪談』の作者について多く語られていることがあり、なぜか語られていないことがあった。

芝居町の近く、日本橋新乗物町に紺屋の型付職人の子として生まれ育った少年が、作者見習として歌舞伎の世界に身を投じ、誰も見ていないような未明に上演される序開きや二立目の脚本で、才筆を発揮するもなぜか目が出ず、下積み生活を続けた。

五十を迎え、ようやくつかんだチャンスに、南北——いや、当時の名は勝俵蔵だが、彼は『天竺徳兵衛韓噺』で立作者としての地位を確立し、それから二十五年にわたり怪奇で異常で辛辣な残酷劇《グラン・ギニョール》を書き続けた。このあたりは、秋水里矢の話にも一部ふくまれていたことだ。

それはどの本にでも書いてあること。書かれていないのは、次の二つだった。

一つは、数え年二十八の天明二年（一七八二）以来、勝俵蔵の名で活躍していた彼が、なぜ妻の父の系統とはいえ、鶴屋南北という道外方の役者の名を継いだのか。歌舞伎界の最高権威の著書によれば「その地位の安固となり、江戸劇壇に重きをな」した結果だとあるが、そんなもの理由にも何にもなっていない。

もっともこれについては、前進座の座付作者・小池章太郎氏によって、「文化八年七月の触書」

と呼ばれる演劇に対する表現規制令が、まるで勝俵蔵と彼の作品を狙い撃ちにしたようなものであり、そのために改名という形での韜晦を余儀なくされたのではないかという説があり、これがどうやら正鵠《せいこく》を射ている気がする。

もう一つは、勝俵蔵時代の彼が、天明五年（一七八五）から翌年十一月の中村座の顔見世まで劇界から姿を消していた理由だ。彼は俵蔵と改名して以来、木挽町五丁目にあった森田座に出勤していたのだが、ふっつりと番付類からその名が見えなくなる。

こちらはあらゆる年表類に書いてあるにもかかわらず、そもそも問題とさえされていない。息をするように芝居を書き、寝ても覚めても趣向や仕掛けのことを夢中で考え続けていたであろう彼――それだからこそ長い不遇に耐え続け、時を得た瞬間、才能を爆発させた後の鶴屋南北にして、この空白の一年の存在はどうにも不可解な気がしてならないのだった。

それと『銘高忠臣現妖鏡』という芝居が関係あるのかと問われれば、それはわからないし何の根拠もない。ただ〈探偵〉としてのカンがそう思わせただけかもしれない。

そう……カンだ。愛や恋には鈍くとも、森江も職業柄、そうしたカンは鋭い方のはずだった。だが、その夜ばかりは違っていた。

彼はあまりに夢中になって、さまざまなことを考えすぎていたのだ――見知らぬ誰かが、こっそりと部屋に入りこみ、いつのまにかすぐそばに立っていても気づかないほどに。

＊

「いかがですかな、森江さん。その台帳《ほん》の出来栄えは」

ふいに間近から声をかけられ、森江ははじかれたようにふりかえった。

そこに立っていたのは、ほぼ白くなったちょん髷を結い、ふさふさとした眉の下で爛々と目を輝かせた人物——四世鶴屋南北その人だった。

とっさのことで答える言葉の出ない森江に、鶴屋南北は豪快とも辛辣ともつかない笑みを浮かべてみせた。そしてこう言い放った。

「森江さんも、ずいぶんトリックとかツリックとかいうものにくわしいそうだが、われわれ江戸の芝居者も負けちゃあいないつもりですよ。何はともあれ細工は流々、仕上げをごろうじろ。はははははは！」

中幕

異国巡りの場

——それは、何とも異様な舞台だった。

舞台一面、ただもう白一色の銀世界。遠見には灰色の海。さしずめ『平家女護島《へいけにょごのしま》』すなわち〝俊寛〟の鬼界ヶ島の場を、南の果てから北の端に移し替えたようなありさまであった。

古来、「喜界が嶋と外が浜」というが、後者はまだ津軽国の陸奥湾に面した一帯で、まだしも本州の内。だが、ここに描き出された世界の異様さはそれどころではなく、いっそ北辺の異境といっても過言ではなかった。

そのただ中に一人立ち、これから長物語をくりひろげようとする男の姿も、また異風きわまりなかった。

色鮮やかな服地に金糸銀糸の飾りをつけた筒袖の上着に、下はこれも同様な股引をまとい、革の靴をはいている。小脇には鍔広の帽子を抱え、ときにはこれを手の先でクルクルと回転させたりする。

いでたちにも増して奇抜で異様なのは、その配役だった。とりわけ当人にとっては……。

「さてもそれがし」

森江は、迷いも照れも吹っ切り、とりわけ恥じらいは世界の果てに投げ捨てて、声をはりあげた。

「さてもそれがし、武蔵五郎師夏様がご発案の『扶桑富強の一巻』にもとづき、はるばると蝦夷《えぞ》の地に渡りしものに御座候。皆様ご承知の通り、師夏様は足利館松の間の刃傷にてあえなきご非命。御父《おんちち》師直公におかれましては、当然ながら悲嘆の極みにあられましたが、やがてご子息の遺志を継がれまして、果敢にも乗り出されたるは、何と北の果てなる夷島《えぞがしま》の開墾と、さらにその先の調査――この秘策をもって日ノ本を富み栄えしめんというものでしたから、亡き師夏様もまことに気宇壮大なことを考えられたものでございます。

その夢を実現させんと決意された師直公の思いもまた悲壮であり、その意気に感じて北辺の調査に加わった人々も、知勇人に優れ、身体強固に恵まれて、まさに勇士と呼ぶにふさわしき方々でした。

さっそく入念な計画が立てられ、万全の準備をととのえて一行は旅立ったのですが、いざ夷島に渡ってみれば荒漠千里、気候は酷薄極寒、冷気骨肉を凍らするありさまでした。

しかも当地を預かる役人は貪欲無情にして、土着の者を無知のままにとどめ、彼らを欺き不正を働いて恥じる気配もございません。むろん進んで協力などいたすはずもなかったのです。

それらを押して探検に出発した勇士の方々は、幾手にも分かれて奥地へ奥地へと突き進みました。行く手を阻む雪と氷を蹴散らし、後日の開拓のための調査を続けていったのですが、進めば進むほど寒冷さは酷烈さを増し、凍てついた大地からは一木一草も得られぬ飢餓になすすべなく、涙をのんで撤退を決断するのやむなきに至りました。

ここにとりわけ哀れをとどめたのは、せっかく未踏の奥地に分け入ったのだからと、その場にとどまり、後続の者たちの足がかりとなろうと冬越えに挑んだ一隊でした。身を挺しての「寒気試み」――けれど十分に装備はしてきたつもりでも、しょせんは内地の冬備えに過ぎませんでした。

毛皮一つなくては、どんなに厚着をしても寒気は総身を貫きますし、そのうえ食料も欠乏、さらには栄養の偏りから病に斃れるものが続出。まさに八寒地獄のこの世に現われたがごときありさまでした。

ただ苦しみに耐えに耐えること数か月、ようやく大地に緑芽吹き、海の氷も溶けて青く波打ちだしたときには、一行十余人ほぼ全滅、命ながらえたものも身動き取れぬのやむなきに至っておりました。

いやはや、その無惨なること悲惨なること……。茅覆いの掘立小屋に枕を並べて氷漬けの遺体となりし方もあれば、かろうじて命永らえて春を迎え、ヤレ安心となったあとに病みついて亡くなる方もありました。自ら望んでこの地に赴いた隊員たちはまだしも、差し添えとして同行した現地の役人や、雑役のため連れていかれた足軽たちの不運と苦渋は、さて何と申したらよいやら。

それがしが、これらの人々と同じ運命をたどらずにすみましたのは、ただただ僥倖《ぎょうこう》にすぎませんでした。となれば、これら勇士の死を無駄にせず、師夏様の夢を現《うつつ》のものにせんとする武蔵守様の御志をお助けすることこそ、わが本望。こうなったからには、単身にても夷島とその向こうに広がる国々を踏破する覚悟でございました。

幸いにも蝦夷びとは純朴正直にて人情勇気に厚く、とかく彼らを欺き利を貪る和人とは比べものになりません。先の冬越え隊に何かと助力し、彼らの悲境を知らせるべく片道一か月の道のりを飛脚となって駆けてくれたのも、彼らだったのです。

そして、意外でもございましょうが、かの地に近年しきりと入りこみ、装束の色から『赤人』とも称さるるオロシャ人たちにも、心正しく侠気あふるる、ひとかどの者たちがおりました。それがし、あちこちを歩き回るうち、いささか縁あってエトロフ島に住まうオロシャ人と肝胆相照らす朋友となり、しかも彼の命を助けること両三度、ついに彼より驚くべきものを譲られるに至りました。

それが何であったかは、いったんお預かりとしまして、その後それがしは次なる夷島探索の一行が組まれるのを待ちましたが、何か差し合いあってか、いっこうにその気配がありません。

このままではまた冬が来て、旅は不可能となってしまいます。そのことを恐れたそれがしは、命令を待たずに単身旅立つことといたしました。

まずは夷島の東端なるアッケシより舟にてクナシリ島に渡り、その北端からエトロフ島に渡海いたしました。そこで、さきほど申しましたオロシャ人の朋友と再会のうえ、彼の手引きにてオロシャ本国に渡るを得ました。さて、それより始まる長旅と申しますのが……」

ここから、新たな趣向が加えられた。森江が長い長い道中を語るにつれ、背景にニョキニョキと異国風景の書き割りが生え、奇妙な音曲が鳴りだしたのだ。

さらに、たぶん写し絵の仕掛けであろう、背景に色とりどりの絵図が夢のように映し出された。

「……まずはオロシャ国の入り口たるオホーツカの湊《みなと》に着き、それより馬にて三十日かけてヤコーツカ、それより陸路と川船にてイルコーツカの町に着きましたが、驚いたことにここには日本言葉の学塾がありました。聞けば以前よりかの国に流れ着いて、ここにとどまる決意をしたものが手習師匠をつとめて、多くのものを通弁に育ててきたとか。そこで、それがしもオロシャ人の子弟を相手に学問伝授の真似ごとを致して、少しく時日を費やしたことでございます。

それと申しますのは、何分このような地までたどり着くのは、船が難波した漁師や商人しかありえませんから、武家などの難しい文字や文章は知るものなく、将来何かことあるときにはさしつかえる。そこで、及ばずながら、生かじりの学問をもとに辞書編纂のお手伝いなどをした次第でありました。

そうこうしますうち、それがしのことがかの国のお偉方に伝わったと見えまして、ぜひ都まで送り届けよとのお召し出しがあったと、イルコーツカの奉行所から伝えられました。もちろん、こちらに否やはあるはずもございません。

それよりは馬車に乗せられまして、カラスナヤリッケ、ドンスケ、エカテンボルカ、ベリマ、ガサニといった町を過ぎましたが、いやはやその目まぐるしきこと。四頭立てで、日に二、三十里はかろうじて道らしき道を走り抜けるというのですから、その間じゅう揺さぶられっぱなしで、これなら嵐のさなか船に乗る方が楽だと思えたことでした。

幸い、以前は国王のおわした大都府ムスクワにて数日休息するを得まして、ここでは名高き大鐘と大砲を見物いたし、その巨大なるにあっけに取られましたが、これはまだ序の口。さらにそこより七百里離れた新都ペトルブルクに向かったのですが、ムスクワからそちらへの道は、ことごとく敷石がしてありまして、同じ馬車の旅でも比べものにならぬほど楽でした。

そうして、イルコーツカを発ってかれこれ五十日後、ペトルブルクの都に到着いたしたのですが、いやもうこの都の広大にして繁華なこと、文化文明の進歩したることときたら、いま思い出しても信じられぬ次第でございます。

――見渡せば大廈高楼《たいかこうろう》そびえ立ち、幅広き大道には行き交う車馬は雲霞《うんか》のごとし。絢爛豪華なる大宮殿に招かれれば、燦然たる衣をまとった王后は威厳慈愛あふれ、こちらを日月とすれば居並ぶ臣下の人々は綺羅星に異ならず。

石火矢備えたる千五百人乗りの軍船は湊に泊まり、風船《シャリ》は人を乗せて空に浮かぶ。客席千を超す芝居座では、硝子《ギヤマン》灯籠が真昼の如く舞台を照らし、大からくり仕掛けの天地球《プラネタリウム》は人を中に呑んで日月星辰の動きをあらわす――といった具合に話しだそうものなら、それこそ何昼夜あっても足りませせぬ。

これらを見物できましたのは、かの国では日本からの漂客を客として遇する先例があるからで、それがしもその特権を生かし、さまざまなる貴人や学匠と親しく接して大いに見聞を広めたことでございます……。

やがてのことに、王様より『帰国したくば随意たるべし』とのご下命をいただきました。余人ならば日本への帰心矢の如しとなるべきところ、それがしに関しましてはこれがなかなかさにあらず、これよりがむしろ旅の本番で、ここでかのオロシャ人の朋友からの贈り物が役に立つときが来たのでございます。

それというのは……ほら、ごらんくだされませ」

森江はすっかりくたびれた、しかし今も華麗な異国情緒を放つ書面を取り出し、客席に向け広げてみせた。

「これこそは、オロシャ政府の発行せる旅行免状――わが国で申せば通行手形といったところですが、その力の及ぶところは比べようもなく広いものでありました。

何しろ、この免状さえあればオロシャ支配の国々ばかりか、そこを出でてフランスにアンゲリヤ、イスパニヤ、イタリヤ、ホルトガリヤ、ポリシヤ、果てはアラビヤなどの諸国に旅することができますし、さらにそこから安全に帰国させてもらえるというのですから、便利重宝このうえありませぬ。

そもそもエトロフ渡航のときより、それがしがひそかに心に期しておりましたのは、オロシャ国横断を皮切りに、エウロッパと申す大洲をことごとく巡覧し、そののちはアフリカ洲、アジヤ洲の国々島々をくまなく回りまして、それぞれに相変わっておるだろう天候地勢土産《どさん》景勝名物名所、さらには世態人情などを見聞してまいろうということでございました。

しょせんこの世界は陸続き海続き、しかも毬《まり》のごとく丸き形をしているのですから、進めば進むほど元の地に帰るが道理。やがてはどこの国とも商いをし、どの港でも見つからないことのないオランダ船のどれかに乗りこんで、日本は長崎に帰り着こうという目論見でした。かくてコローンスタットの湊より船に乗り、デムマルカ国のコッペンハーガに到着し、まずはトントン拍子の旅立ちとなりました。

さあ、そのあとの諸国巡りがいろいろと大変で、はるばる日本より来る珍客と遇されることもあれば、ある国では怪しき奴よと獄につながれたり、果ては知らぬ間に身売りされて奴のごとく酷使されたり、また救われたり、はたまた思わぬ特技が身を立てる役に立ったりと、さまざまに面白きこと、恐ろしきことにめぐりあい、また楽しきことや悲しきことも数限りなくございました。

そのような道中を語りだせばきりもなく、今はとりあえずフランス国の都パリスにたどり着き、そこで、達増夫人《たつそぶにん》なる人に奇縁を得たことから、この方より伝授せられしものが、すなわち先ほどご披露した幻魔術にござります。

さらにそれより後のことは、この方について海峡を渡り、アンゲリヤ国の都ロンドンに滞在したことのみにとどめますが、そこで何をして過ごしたかも一物語にござりますれば、それはまた時を改めてのお話といたします。

そこからまた縁あって、勇魚《いさな》捕りの船に便乗し、かれこれ四十年ぶりに日本の土を踏んだという次第。ヘイ、長々とご退屈さまでございました」

森江は帽子を手に深々と頭を下げ、と同時に周囲の全てが闇にのみこまれた——。

＊

「おい、森江！　聞いてるのか？」

電話回線の彼方から飛んできた怒鳴り声に、森江春策はとっさには答えられなかった。ふと見ればブラインドの外はすでに暗く、新島ともかの姿もなかった。

やはり疲れからだろうか、彼女を帰したあとも仕事机に向かったまま、いつのまにかまどろみに落ちていた。そこへいきなり来崎四郎からの電話で起こされ、まだ夢か現かはっきりしないうちに、

「洛創大でとんだお家騒動だ。しかも相当に芝居がかってるっていうから、始末に負えねぇ。今、大阪本社と京都支局《こっち》は大騒ぎだよ。前々から何やら不穏な空気が漂っているというのは聞いていたが……お前、何も気づかなかったのか？　今度クビが飛んだ理事長の上念紘三郎にも西城猛にも、それからもちろん小佐川歌名十郎にもお前は会ってるんだよな？　もし知ってたのなら、教えてくれてもいいじゃないか。……まさか今度のことをつかんでいて、おれには黙ってたんじゃないだろうな。もしそうだとしたら承知しないぞ。この電話線越しにお前の首根っこつかんで、引っこ抜いてやる！」

こんな風にまくしたてられたのだが、正直なところ泡を食うばかりで何とも答えようがなかった。

――幻の南北劇と、それにからんでの事件については、帰京後の数日間、考え続けてきた。そ

れらを構成する人間関係についても、むろんのことだ。だが、そのさらに背後事情、たとえば小佐川歌名十郎が芸術監督をつとめる洛陽創芸大学については、それほど深くは知らなかった。

そこまで掘り下げる余裕がなかったというのが実情で、だからいきなり〝洛創大のお家騒動〟などという大時代な表現を聞かされても、すぐにはピンと来なかったのだ。

「い、いや、聞いてるよ。聞いてるとも」

森江はそう答えたが、実のところは来崎の話の内容をよく把握してはいなかった。

「そ、それで……どうしてまた、そんなことになったんだ。その、上念理事長の首が飛ぶような……」

森江は、おずおずと来崎に問いかけた。〝クビが飛んだ〟という表現が、人間の体の一部についての表現なのか、それとも比喩的なものか判断に迷ったが、どうやら前者ではなさそうだった。

「今日、洛創大の理事会があったんだよ」来崎は答えた。「もともとキナ臭いものをはらんでいると聞いてはいたが、その席でとんでもない急展開があったんだ。それも、まったく予期せぬ、いきなりこの幕から出てきやがった奴のせいでな！」

洛創大理事会の場

それは、森江がつかのまのまどろみを楽しんだ、その数時間前——洛陽創芸大学の事務一号棟の会議室での出来事であった。

「それでは、定刻になりましたので理事会を始めたく存じますが、あいにく理事長の出席が遅れておりますので、今しばらくお待ち願います。なお本日は、理事のうちお三方が欠席されておられますが、いずれの方からも議決に従う旨の委任状を頂戴しておりますので、理事長の到着次第、通常通り議事を進行させていただきたく存じます……」

洛創大の法人事務局長のボソボソしたあいさつで、月に一度の理事会が開始された。それに応じて、

「うむ、よろしく……」

「ご苦労様です」

などと、くぐもった声で返答があったが、およそやる気とは無縁そうなのはいつものことだった。だが、何かしら妙な空気が漂っているような気がして、法人事務局長と、彼を補佐する監事二名は、けげんな思いと不安をないまぜにした視線を交わしあった。

彼ら事務方三名をふくめて、この場には七人の人物がいた。残りは全員、理事会のメンバーだった。

洛創大の理事会は、久しく八人で構成されている。ということは、この場には事務方をふくめて十一人の人間がいなければならない理屈だが、うち三人の不在については事務局長から報告があった通りだ。

ちなみに今回――正確には今回も、だったが――欠席を表明してきた三理事は、開学から今日までを内外から支えてきた、生え抜きといっていい人々だった。

だが、何しろ理事長よりさらに年上の人をふくむだけに、高齢や健康上の理由で欠席することが多く、今年に入ってからは顔を見る方が稀《まれ》だった。今日のように全員欠席ということも珍しくない。

するとして、差し引き八人となるはずだが、一人誰が足りないかは今さりげなく触れられた通り。理事長であり、毎回欠かさず議長をつとめてきた上念紘三郎だが、彼の車椅子のため特にしつらえられた筆頭の席はまだガランとしていた。

彼が遅刻するというのはただごとではないので、かえってそのことには古参の理事たちも事務方も触れようとはしなかった。

だが、どんなところにも場違いな例外というのはいるもので、

「どうしちゃったの、上念先生は？　議長役が来ないでは話にならんじゃないの。そもそも、あんな体でここまで来られるのかね」

会議室の一方の端から金髪頭を振り立て、嘲笑《あざわら》うように言ったのは、理事に選ばれたばかりの西坊城猛だった。この場では新顔ということで末席の椅子にデブデブした体を押しこんでいたが、それ以上遠慮するつもりはないようだった。

すると、彼の傍若無人ぶりを、この土地特有の慇懃《いんぎん》さでなだめるように、

「まあまあ、西坊城はん……でしたっけ、ああ見えて上念さんは達者なもんで、むしろ僕らより元気なぐらいですわ」

「そうそう。特別製の自動車に、車椅子ごと乗りこんで、一人でどこへでも出かけて行きはる。

昇降装置付きの便利なやつや。足は弱っても腕っぷしはえらい強うてねぇ。腕の力こぶなんて、ほれ、こんなんや」

口添えしたうちの一人は新聞社ＯＢ、もう一人は創業二百年とはいえ京都では珍しくもない老舗企業の主人で、いずれもこの数年間に理事となった。

だが、このあたりの顔ぶれは、生え抜き組にくらべると入れ替わりや増減が激しく、彼らもほとんど積極的に発言することがなかった。

そして残る一人が、今ゆっくりと立ち上がった。

上念理事長がいないこの場では――いや、いたとしても、その存在感と個性は際立っていた。

痩せぎすの長身にピタリと張りついたスーツは、さだめし高価そうだが、しかしこうした場では珍しくもない。容貌も凡庸きわまりなく、大企業や官公庁の記者会見に出てくるエリート連中（実際、彼もそうした一人だったのだが）に一山いくらで見出せそうな安っぽさを漂わせていた――ただ一か所を除いては。

それは両の目だった。まるで安物のガラス玉をはめこんだように無機質かつ無表情で、しかも黒目が小さいのがひどく非人間的な感じだった。

口元からのぞく鍵盤のような真っ白な歯もまた、特徴に加えてよかったかもしれない。それが今、ゾクリと動いてこんな言葉を発した。

「いつまで理事長を待てばいいのかね。議長が来ないでは話にならんが、いったいどうするつもりだ？」

まるで何十年も前からこの場にいたかのような態度で、彼は言った。実は西坊城新理事より少し先輩に過ぎなかったのだが、事務局長はたちまち震え上がってしまって、

「も、申し訳ありません、忽滑谷《ぬかりや》先生。い、今しばらくお待ちを……何分、議長抜きでは議事が進められませんで……」

これまた何十年前から、忽滑谷と呼ぶこの男に仕えていたかのように頭を下げた。さきほどの西坊城のときとは、大違いの反応だった。

それもそのはず、この男は教育行政の元トップだった。

元・教部省首席事務官、忽滑谷一馨《かずたか》――世間の誰もその功績を知らないし、内部事情にくわしいものは、彼がむしろ無能で失敗続きの官僚であったことを知っているが、大事なものは肩書だ。無能な記者が書く訃報記事のように、人が見るのはそこだけなのだ。

そして彼が得た肩書は、最高級のパスポートであり、教部省の権限の及ぶところなら、どんなにうま味のある天下り先も用意されるものだった。そして、天下った先で何をしようとも……。

「議事が進められない？　それなら代理を立てたらどうかね。そういったことはちゃんと想定しているのか。どうなんだ、ええ？」

言いながら椅子に腰かけ、エドワード・ゴーリー描くおぞましい生き物のように長い手足を組み合わせた。カチャカチャと音がしそうな、からくり人形のような動きだった。

「は、はい……そ、それが、でございますね。そ、そのう……」

冷や汗を垂らしながら口をもごつかせる事務局長に、忽滑谷は、まるで無能な召使でも見るよ

うにねめつけ、相手はあわてて押し黙った。

上念理事長の魁偉にして怪異な風貌を〝怪物〟にたとえるなら、この男の不吉さは〝死神〟もしくは〝悪霊〟といったところかもしれない。

いや、せっかくだから歌舞伎見立てにすれば、さしずめ「藍隈のない青公卿」というのがぴったり——少なくとも元は大阪、今は東京の弁護士事務所勤めの若い女性なら、このたとえに賛同してくれるに違いなかった。

「話にならんね」

忽滑谷理事が吐き棄て、再び立ち上がろうとしたときだった。老舗主人の理事が、ふと窓の外を見やると、

「あれっ、あの車は……」

言いながら指さした先に、往年のアメリカ車を思わせるどっしりとした高級車が停まっていた。さっきまでは空いていたはずの駐車スペースだった。ガラスというガラスにスモーク処理を施した迫力あるその姿に、ほかの出席者たちも気づいた、その直後だった。

会議室の扉がいきなり開いて、かすかな駆動音とともに車椅子が入ってきた。そこにリンカーン記念堂《メモリアル》の石像さながら鎮座しているのは、言うまでもなく上念紘三郎だった。

あ……と、あわてて事務方が立ち上がったが、車椅子のそばに影のように寄り添う老人が、静かに手で制した。会議室のドアを開けたのも彼だった。

そのまま車椅子を会議室の上座まで誘導する老人。その姿を見て新聞社OBと老舗主人が、

「おや、筥蔵さんじゃないか、お久しぶり」

「そういえば、昔のよしみでこちらの劇場で仕事をしてると聞いたが、お元気そうで……」

こもごも声をかけたのに、山村筥蔵は笑顔を返した。そして上念理事長の耳元で何かささやくと、そのまま部屋を出て行ってしまった。

そのちょっとした一コマに、〝青公卿〟ならぬ忽滑谷理事は、何となく気勢をそがれた感じだった。それ以上に、彼は上念理事長の顔を直視することを恐れているようだった。

それは、忽滑谷一馨の上念理事長に対する何か陰の思惑のせいだったか、それとも目前の〝怪物〟への純粋の畏怖や恐怖であったか――。

それらを強引に吹っ切るように、忽滑谷は立ち上がった。事務局長があわてて、

「上念理事長もおいでになったことですし、これより理事会を開会いたします。えー、本日の議題は、お手元にお配りした書類にあります通り、
一、洛陽創芸大学規程等改正案について
二、学部組織及び定員変更にともなう学則改正案について
三、新キャンパス建設工事の進捗状況について
四、教部省による大学運営調査結果について
五、《虚実座》の運営及び文化活動見直しについて
六、本学芸術監督の人事について……」
「もういい」

忽滑谷一馨は、事務局長の言葉を強引にさえぎった。

とたんに、出席者の間に冷え冷えとした畏怖が走る。西坊城猛は、最後の「芸術監督の人事」のくだりで身を乗り出したが、忽滑谷の一言でビクッと身を縮め、椅子に体を沈めた。

ただ、独り上念理事長だけは何の反応も示さなかった。

忽滑谷は、そのことに苛立ったかのような視線を投げつけ、口元から白い鍵盤をむき出させた。冷笑以外のいかなる感情もこもっていない、ひどく非人間的な声音で、

「議長、ここで私は緊急動議の提案をいたします。それは……上念理事長の解任に関するものであります！」

その刹那、会議室内の時が止まったようだった。誰もが身じろぎもせず、声どころか物音ひとつ立てなかった。

「動議の説明に先立って」忽滑谷は続けた。「本緊急動議を理事会で議論することにつきまして、理事のみなさんのご意思を確認したいと思う。賛成のみなさんの挙手を求める」

彼自身が手を挙げるより早く、西坊城猛が小学生のように「ハイッ」と太い腕を直立させた。

忽滑谷はニコリともせず、ただ眼窩《がんか》の中で目玉を横移動させただけで、

「この場の賛成は二名、しかし本日ご欠席の三理事よりは『忽滑谷理事にいいいいいいい議決権を委任します』とあるはず。違うかね」

「た、た、確かに」

事務局長と監事たちは、手元の書類を繰りながら言った。忽滑谷はそちらには目もやらずに、

「したがって賛成多数につき、緊急動議は本理事会でとりあげることとする。ついては、上念理事長は本件に関し特別利害関係人となることから、ご退席願おう」

人間味のかけらもないガラス玉の目で、上念紘三郎をまっすぐに見すえた。

だが、上念はそれに何の反応も示さず、車椅子に腰かけたまま、一切動じるようすを見せなかった。忽滑谷は音声データをリピートするかのように、

「ご退席願おう」

寸分たがわぬ調子で言った。それに対する理事長の反応がないのも同じことだった。不毛なにらみ合いを見かねたのか、新聞社ＯＢの理事がとりなすように、

「あー、その何だ、私の知る限りではこうしたケースで、特別利害関係人が退席する義務はなかったはずだが……どうだったかねぇ」

事務方に話を振ったものだから、事務局長たちは軽いパニックに陥った。何ごとか早口で話し合ったあと、

「え、あのぅ……確かにおっしゃる通り……ではないかと、はい」

恐る恐るといった感じで答えた。忽滑谷はそれに答えもせずに、いきなり新聞社ＯＢに向き直ると、

「では、あなたに仮議長をお願いする。こうしたケースでの知識経験が豊富のようなので。むろん異存はないだろうね？」

新聞社ＯＢは一瞬あっけにとられ、少し間をおいてから、

「わ、わかった」

と不承々々答えた。今の発言を、自分に逆ねじを食らわせるものと解し、このあとの発言の機会を封じるために、仮議長の役を押しつけたことは明白だった。

「では議長」

間髪を入れず、忽滑谷は〝仮議長〟にたたみかけた。

「私から上念理事長の解任を提案する理由を申し上げる。一つに上念氏は典型的な独裁者であって、いちじるしく組織の健全性と円滑な運営を妨げている。しかも最近では欠勤しがちで、大学に来ても理事長室にこもりっきりだというではないか。二つに教部省からの指導に敏速に対応しないことが多く、とりわけ人材受け入れ案について無視を続けているのは、まことに遺憾というほかない。三つに巨額の無駄遣いがある。理事長の趣味道楽でしかない《虚実座》に資金と人を投入し、大した費用対効果をあげていないばかりか、既存の演劇界や学会とも無用の対立を呼んでいる。そもそも芸術監督の小佐川歌名十郎とは何者だね？　テレビで一度も見たことがないんだが……」

いかにも霞が関エリートらしく教養のお里が知れる発言に、周囲の京都人たちが冷たい視線を向ける。彼は一瞬焦りを見せつつも、

「その男に任せた今度の、そのぅ……〝メイコウチュウシンゲンヨウキョウ〟なる芝居では、上演戯曲の権利関係について東京の国劇会館と対立していたのみならず、ついに不審死まで発生してしまった。まさか、このまま上演を強行するつもりではあるまいね？」

みんながいっせいに理事長の方を見たが、答えはなかった。忽滑谷理事はもとより返答や釈明を求めていたのではないらしく、そのまま言葉を続けた。

「私としては、本学立て直しのためには現理事長の解任と、それを受けての新体制の樹立、何より教部省との密な連携が必要と考える。そして大学にも徹底した採算重視、独立行政法人としての心構えが求められる昨今、本学の如き芸術系大学は、本来国家に無用の存在であるがゆえに、より厳しいあり方が求められる。

私の構想では、大手広告代理店と連携し、大学そのものを巨大な下請け工場とする。学生の高い生産力とまだ自分というものを持たない可塑性、そして何より低賃金を徹底活用すれば、大学の経営は大幅黒字と転じるはずである。そして、その恩は大学の助成者たる国家に返されなければならぬ。すなわち現政権に協力し、二度とその交代など起こさせないための……」

「待った」

ノイズまじりの音声が、会議室内に響きわたった。ただしその人工的な音声は、忽滑谷の肉声よりはるかに人間味を帯びていた。

「せっかくのご提案に対し、申し訳ないが、君の緊急動議をこの理事会にかけるのは不可能だ。君は会社の取締役会で社長解任を緊急動議し、過半数の賛成を得て――というありがちの社内クーデターと同じようなことを夢想していたのかもしれないが、学校法人の理事会と株式会社の取締役会は全く性格が違うのだよ。

そもそも私立学校法は原則的に理事会における緊急動議を認めていないが、審議可能とした判例があるにはある。ただし、それは欠席理事がなく、動議を審議することに全員が異議を述べなかった場合に限られている。したがって、君の行為自体が違法なのだよ」

上念理事長がここ数日、いや、数週間に発した言葉数をあっさり超える饒舌さで言った。

忽滑谷理事は一瞬言葉に詰まったが、すぐに口元から白い鍵盤をむき出すと、

「ほう、これはさすがにおくわしいことで……だからといって、本学の経営危機、それをあえて無視するかのような上念体制の無為無策、そして不正が許されるものではない。そちらの態度によっては解任ではなく辞任を認め、引退の花道を用意してあげるつもりでもいたのだが、われわれの……いや、私のせっかくの厚意を無にするとあれば……」

「ご厚意に感謝する。『われわれ』というからには、いろいろと後ろにおいでのようだが」

皮肉な返事が忽滑谷理事の言葉をさえぎった。そこにザワザワとまじった音は、ただのノイズなのか、それとも笑い声なのか、とっさには判断がつかなかった。

「では、忽滑谷一馨君の緊急動議が無効と決まった段階で、私からも動議を提出させていただく。それは……閉会動議だ。これで本日の理事会を終了する！」

そう言うなり、理事長の車椅子は彼の専用席をパッと離れ、くるりと方向転換した。そして、ここに来たときと同じく自動的に開いたドアを通り抜け、そのまま猛スピードで会議室を出て行ったのだった。

再び森江法律事務所の場

「とにかく大変な騒ぎだったらしいぜ、洛創大は。何しろ官製クーデター、霞が関による大学乗っ取りだからな。……おっと、最近は報道のモラルやリテラシーがやかましい世の中だから、あからさまな悪事もこんな呼び方はできなくなったがね」

来崎四郎は電話口の向こうから、森江春策に言った。口調はさっきより収まったものの、記者としての興奮にかられているのはよくわかった。

「忽滑谷一馨、教部省の元事務方トップだが、中央の権限とコネをちらつかせて、数年前からまんまと洛創大その他の学外理事に入りこんだ。まぁ、当人としては新興の私立大学を支配するぐらいじゃ、まだまだ不満なんじゃないか。まぁこのクラスになると巨大教育産業とか文化事業団体で甘い樹液を吸ってる奴だらけだからな」

「まるで昆虫やな」

「まあ、良心や道徳は虫レベルだろうからな」

来崎は森江の突っこみに、辛辣な答えを返した。そのあと、何かガサガサ、カタカタさせる気配があって、

「ほら出た、コッカテレビに『洛陽創芸大に不正経理の疑い』とトップ記事だ。天変地異のさなかでも野党と隣国の悪口しか書かないＫＣＮグループの報道にこう出たということは、いよいよ官製クーデターと決まったな。言っちゃ悪いが、国華《あそこ》の記者にそんなスクープを掘り起こす能力

なんかあるわけないんだから、これは教部省からのリークだな」

憤懣《ふんまん》もあらわに、一気にまくしたてた。来崎が口調を荒くしたのも無理はなく、コッカテレビ・国華新聞などからなるＫＣＮ——コッカ・コミュニケーション・ネットワークは、先の政権党の権力奪還のために暗躍したことでも悪名高かった。

「なるほど、そういうことだったか……」

森江春策は、今さらのような薄ぼんやりした返事をもらした。そんなドロドロした蠢動《しゅんどう》が、南北劇上演をめぐる人の動き、そして複数の悲劇の裏で起きていたとはまるで知らなかった。

「そういうことだったかって、お前らしくもない。てっきりそれぐらいのことは嗅ぎ出しているかもと期待してたんだが」

「それは申し訳なかった。……それで、芝居はどないなった？」

森江の質問に、それまでテンション高めだった来崎は、急にきょとんとして、

「何がどうなったって？」

「芝居だよ、洛創大の《虚実座》で上演される予定の……」

「ああ、鶴屋南北が遺したとかいう幻のアレか」

来崎は初めて思い出したように言うと、

「気の毒だが、もうそれどころじゃないんじゃないかな」

「え？」

「だって、乗っ取り理事の忽滑谷は《虚実座》が金食い虫であること、芸術監督の小佐川歌名十

郎が大学に貢献していないことを指弾してるんだからね。当然、そのまま公演をやらせるつもりなんかないだろう」

来崎の言葉は辛辣だったが、当然の展開と言えた。わずかな例外を除けば、南北幻の台帳など大した意味を持たないことが身にしみた。

「そうか……ほな行くわ」

森江春策が独りうなずくと、来崎はいきなり強い調子をこめて言った。

「行くって、どこへだ？　まさか、帰ったばかりなのにまた京都に来るつもりか？」

森江は「そういうことや」と答えると、

「これまでの事件は、まちがいなく南北幻の芝居『銘高忠臣現妖鏡』にからんでいて、でもそれがどういうつながりなんかは全くわからない。それを解き明かすためには――」

「解き明かすためには？」

来崎はゴクリとつばをのみこんだ。

「『銘高忠臣現妖鏡』を実際に舞台にかけることだよ。そうすれば、きっと何か見えてくる……はずや。事件だけではなく、作者である鶴屋南北がこの芝居に投げこんだ、今は全く理解不能の意図やたくらみについてもね。なのに今さら上演中止なんてされてたまるもんか。とにかく今からでも京都に向かうよ。向こうで君とも会えるといいね。――ほな来崎、失礼！」

「おい待て、そりゃお前が来れば頼もしいけど……もしもしっ、もしもし！」

来崎四郎の叫びは、しかし森江のもとには届かなかった。そのときすでに彼の心は、あの摩訶不思議な歌舞伎台帳を――そこに込められた鶴屋南北の思いに向けられていた。

そんなこととも知らず、助手兼秘書の新島ともかは自宅マンションで、歌舞伎の基礎勉強にいそしんでいた。

彼女にとって何より困ったのは、森江やほかの人たちが、鶴屋南北の『東海道四谷怪談』がバックにしている『仮名手本忠臣蔵』と、さらにそのモデルである赤穂義士の復讐事件をしばしばゴッチャにし、区別なく語ることだった。

むろん彼女もそれぐらいは知っていても、唐突に名前を出されると困ってしまう。そこで彼女は、こんな早見表を作ってみた。

上段が史実の元禄赤穂事件、下段が『太平記』をもとにした仮名手本の登場人物たちである。

吉良上野介義央	高武蔵守師直（南北作品では高野）
	高武蔵五郎師夏（忠臣蔵には登場せず）
浅野内匠頭長矩《ながのり》	塩冶判官高定（史実では高貞）
徳川綱吉	足利尊氏（忠臣蔵には登場せず）
	桃井若狭之助安近
大石内蔵助	大星由良之助（架空の人物？）
梶川与惣兵衛	加古川本蔵

……………………

そのほか、大石の息子・主税《ちから》が力弥、大高源吾が大鷲文吾、矢頭右衛門七《やとうえもしち》が佐藤与茂七になっているとかは言葉遊びのようで面白かったが、「男でござる」のセリフで有名な天野屋利兵衛は芝居では天河屋義平だけど、この人は実在こそしていたものの、赤穂浪士とは関係なかったと言われると何だか拍子抜けしてしまう。

あと、歌舞伎の忠臣蔵でかなり重要な役割を果たす桃井若狭之助は、南北朝内乱に活躍した桃井播磨守直常という人の弟だそうだが、この人自身はどういう人だかわからないうえに、現実の元禄赤穂事件では該当人物がいない——とかいうことになってくると、実在と架空、史実と虚構がこんがらかって、よけいわからなくなってしまった。

(ま、いいや。明日にでも森江さんに見せて教えてもらおう)

ともかくはそう考え、本とパソコンを閉じたが、その予定は少し先延ばしとなるはずだった。

というのも、そのときすでに森江春策は、新大阪行き最終の下り《のぞみ》で京都に向かっていたからだった……。

(たぶん彼女、とまどうだろうな。いや、あきれるかな)

窓側の座席から、黒く塗りつぶされた風景をながめながら、森江はひそかにつぶやかずにはいられなかった。かろうじて新島ともかにメッセージを残しはしたものの、彼女のとまどいと失望を思うと申し訳ない気持ちでいっぱいだった。

彼の事務所ではままあることとはいえ、あとで謝るほかない。ふと思いついて、京都への到着時刻を来崎四郎にも伝えたが、むろん彼も忙しいのだから迎えなどは期待していなかった、のだが……。

「森江さん」

二時間と八分の旅を終え、改札を出てほどなく、彼は真ん前に立っていた人影に呼びかけられた。チャコールグレイのスーツにぴったりと身を包み、光線の加減か半ばシルエットとなりつつも、眼鏡のレンズをきらめかせた女性——。

「菊園さん？」

あっけにとられて相手の名を呼んだ次の瞬間、

「とにかく来て」

森江は菊園綾子検事に手をつかまれ、気づいたときには身構えた猟犬を思わせるセダンタイプの車に押しこまれていた。

「これは、あのぅ……」

おずおずと問いかけたが、菊園検事はフロントガラスをまっすぐ見すえたまま、

「今は黙ってて」

と言っただけだった。

それ以上の反問を許さない気迫に、森江は黙りこんだ。何にも増して、これから何が起きるの

か、どこへ連れて行かれるのかという好奇心にとらえられていた。

彼女はおそらく、森江が再び京都に来ることを、来崎から知ったのだろう。だとしても、こんな剣幕で、いきなり拉致同然に車に乗せられるというのは尋常ではない。いったい何が起きたというのか――。

そんな思いをよそに、検事が駆る車はみるみる京都駅周辺の雑踏を離れ、閑静な――というより物寂しく、いっそ山深いといった方がよさそうな一帯へと突き進んでいった。

「こ、ここは……?」

と車窓の外に視線を走らせるが、暗くてよくわからない。山科あたりだろうか。はっきりしているのは、道路の勾配がしだいに増してきたことと、片側に白い塀が連なり始めたこと。そして一瞬、ヘッドランプに浮かび上がった看板に、

――洛陽創芸大学　新キャンパス予定地
と記されているのを読み取るのが、せいいっぱいだった。

青公卿吊し斬りの場

日付が変わったばかりの夜空は、むろんまだ真っ暗。それでも、ここが都会地のすぐそばかと疑われるばかりの星が、いくつとなくまたたいていた。

対する地上は黒一色に塗りつぶされているが、ずいぶんと起伏に富んでいることはわかる。自

然が生んだそれにしてはずいぶん荒々しく、よほどの天災でもなければここまで破壊されそうにはなかった。

そしてあちこちにうずくまる、いかつい姿の金属の塊たち——建設機械だ。となれば、さきほど見た看板を確認するまでもなく、ここがどんな場所かは明らかだった。

——菊園検事と森江を乗せた車は、そこに通じるゲートで警官に停められ、その案内を受けて工事現場に足を踏み入れた。

幸いだったのは、おそらくは車両や荷車のためだろう、場内の地面には通路用の板が敷き詰められていて、あちこちに散在する工事機械や施設をつないでいた。なので森江の安っぽい通勤用の革靴でも歩くのに支障はなかった。

現場内には、すでに何人もの人がいて、何ごとか呼び交わす声とともに、懐中電灯の光が交錯していた。

その中心にあるのが、ひときわ巨大なマシンであることがしだいにわかってきた。大地からヌッと垂直に立ち上がって、星空を突き刺すかのようなそれは……。

(クレーンかな?)

森江が心につぶやいたときだった。ふいにまばゆい光芒が、巨大なマシンに差し向けられた。最寄りの警察署か、ここの現場に備えられていたものか、投光器を持ってきたらしかった。

「こ、これは……」

森江と菊園が、期せずして同時に声をあげた。

確かにそれはクレーンだった。森江たちのいる小高い位置からは、何メートルか窪んだ一帯の中心に、夜空を摩《ま》すかのように屹立《きつりつ》していた。

後方にはさっき外から見たのと同じ白い塀が並んでいる。仮囲いとか万能板と呼ばれ、工事現場でよく使われるもので、その向こうには鬱蒼と枝葉を茂らせた巨木が何本ものぞいていた。あやういところで伐採を免れたものらしかった。

クレーンといっても、いろいろある。まさに鶴《クレーン》が餌をついばむように、斜めもしくは水平に突き出した腕《ジブ》からワイヤロープを垂らし、低床・高脚・塔形と呼ばれるタイプや、登攀《クライミング》・引き込み機能を有するものをふくむジブクレーンをはじめ、天井や壁面の走行軌道《ランウェイ》を台車《トロリ》や巻上機《ホイスト》が走行するもの、あるいは橋形クレーン、アンローダ、ケーブルクレーンなど実に多彩だ。

この現場にも、それらの機種のいくつかが鎮座していたが、いま森江たちの前に照らし出されたのは、「ガイデリック」と呼ばれるものだった。

一般的なクレーンが、油圧シリンダーやワイヤでブームと呼ばれる可動式の竿のような部分を操るのに対し、デリックは軸となる主柱《マスト》からワイヤロープをウィンチで送り出したり巻き取ったりすることで、それとつながったブームを起伏させる。

その代表的存在と言ってよいガイデリックは、堅牢な架台の上に設置した受台《マストステップ》に一本のマストを直立させたタイプで、そのてっぺんから延ばしたワイヤをブームの先端とつないでいる。ブームの下部はマストの根元にピンで固定されているので、単純にいうと「レ」の字の形をしている。

「レ」の斜め棒に当たるのがブームで、先端からはワイヤとフックが垂らされている。ブームは、マスト下部の綱車《シブ》とつながったウィンチの操作によって、巻き上げおよび起伏の動作を行なうほか、三六〇度旋回することもできる。

ちなみに今、ブームはマストと同じくほぼ垂直に立てられ、レというよりはアルファベットの「I」に見えていた。

だが、このIの字にはよけいなものがついていた。ブームの先端から垂らされ、かすかに揺れているワイヤと、その先に吊り下げられた物体——まるで蓑虫だ。だが、この蓑虫には手足が生え、しかも朱に染まっていた。

「あれは……」

森江が息をのんだとき、どう見ても人間らしき蓑虫は投光器の光の輪から逃れ、フッと消えてしまった。と見る間に、消えた方からもどってきて、今度は反対側に消えてしまった。

もうその正体を疑うまでもなかった。れっきとした人間だ、それも死体だ。それが風もないのにフラフラと揺れているのだ。

(まるで振り子だな)

と思ったが、確かにそうに違いなかった。十数メートルはありそうなワイヤから首の部分でぶら下がった死体は、かなり狭い振れ幅ではあったが、一定の周期でもって揺れ動いていた。

直感的に、これはもう助からないなと思った。体がダラリとのびてワイヤの揺れ以外は微動だにしないこと、そして大量の出血からして絶命は明らかであり、だからこそ発見時そのままの形で現場保存されているのだろう。

足の先端は地面とさほど離れてはいないようだが、よくわからない。つい引き寄せられるように、森江が歩を進めた瞬間、

「あっ、近寄っちゃいかん！」

現場の警戒と保全に当たっていた警官の怒号が飛び、森江はあわてて立ち止まった。その背後から、

「どう、森江さん。ほんのちょっと前に通報されたばかりの死体のご感想はいかが？　発見されたときには、もっと大きく揺れていたようだけど……」

「ということは、菊園さんは」森江は驚いて言った。「あれのことを聞いて、わざわざ僕を捕まえに……あ、いや、迎えに来られたんですか」

「そうでもあり、そうでもないというところかしら。仮名文字新聞の来崎さんから、あなたがまた京都に来ると聞いて、事件のことを話したいと思った矢先に、洛創大の新キャンパスで死体発見という知らせが来て、ものはついでとあなたを拾いに行ったというわけ」

「ついで、ですか」

「そう、何しろ絶妙のタイミングだったし、これまでの事件とは無関係ではないという気が強くしたものでね」

そう話すうちにも現場検証はテキパキと進められ、しばらくしてから菊園検事のところに、

「死体を下ろしますが、よろしいですか検事さん」

と初動捜査陣から報告が来た。別に彼女に何かの権限があるわけではないが、一応顔を立てたのだろう。

「記録はすんだ？　できるだけ多くの角度から写真と、それから動画も――そう、ならいいでしょう」

と検事が同意すると、やや離れた場所で機械の駆動音のようなものがして、ゆっくりと死体が地上に下ろされた。見回すと、さっき通った板敷の先に操縦ブースらしきものがあって、ここの工事現場関係者と思われる人物が、レバーやらボタンやらを操作していた。

あとで聞けば、夜間現場に居残っていたこの人が第一発見者だった。ともあれ、彼がそこからコントロールすることによって、あのガイデリックを自在に動かすことができるらしかった。

ほどなくワイヤが繰り出され、蓑虫ならぬ死体がゆるゆると降下を始めようとした。それを受けて投光器の角度が下げられ、これまではよく見えなかったガイデリックの土台部分が照らし出された。そのとたん、

「菊園さん、あれが見えますか。あの赤いような黒いような線が……」

森江が指さす先に、菊園検事は「え？」と眼鏡越しに目を凝らしたが、すぐにハッとしたようすで、

「止めて！」

操縦ブースをふりかえりざま言うと、足元の悪さをものともせず、一気に斜面を駆け下りていった。森江もあわてて、あとを追った。

たどり着いた先には、いまだ宙ぶらりんのままかすかに揺れる死体と、唖然として菊園たちを見つめる制服・私服の警察官たちの顔があった。

そして、土台部分の床面には、あるいは途切れ、あるいはつながり、また幾重にも重なりながら何メートルにもわたる直線が印されていた。

その直線は、死体が描く軌跡とやや斜めに交差する形で引かれ、そのインクはまだ鮮やかさをとどめた血の色だった。となれば、それがどこから来たのかは明らかだった。

「すると、これは……あそこから？」

菊園検事がいとわしげにつぶやき、そっと視線をもたげた。

「そのようですね」森江は答えた。「被害者の体からしたたった血が、振り子のように死体が揺れるたびにあんな風に軌跡を残していったんでしょう……けど」

「それがどうかした？」と菊園検事。

「はぁ、それが」森江はあごに手を当てた。「どうもズレてるような……いや、まぁ気にしないでください」

「何よ、それ。ズレてるって、あなた自身のことじゃなくて？」

菊園検事は不満げに答えた。だが、とりあえずはその血痕についてもくわしく撮影し記録するよう指示し、それから警察側の要望に応じて、死体を下ろすことを許可した。

寸前で止められたウィンチが今度こそ回転を開始し、死体はほどなく床面に達した。スーツ姿の前面が血まみれになっていた。

よく見ると、死体の首に巻きついているのは、ワイヤとは別の針金状のもので、その一端をフックに結びつけてあった。

続いて、警官たちが首周りの針金を外そうとしたが、どうもうまくいかないようだった。やむなく針金ごとフックから外され、その場に横たえられ——ようとしたそのとき、とんでもないことが起きた。

わあっという恐怖の叫びをあげ、驚きにどよめく警官たち。森江たちも例外ではなく、彼は目をむいて立ちすくみ、菊園検事はあわてて押えた口の間から、何とも言えないうめき声をもらした。

だが、それも無理はなかった。それまでかろうじて耐え、文字通り首の皮一枚でつながっていたのが限界に達したのか、死体の首がポロリと胴体から離れてしまったのだった。

生首はそのままコロコロと床面を転がり、森江春策の足元までやってきた。しかも悪いことに、死者は苦痛と無念にゆがんだ顔面を、森江と目が合う位置でピタリと静止させたのである。

「ひっ……」

菊園検事は悲鳴こそこらえたものの、のどが詰まったような声を発せずにはいられなかった。

一方、森江はともすれば遠のきかける意識を引き寄せながら、こんなおかしなことを考えていた。

(何だか歌舞伎の青公卿を思わせるご面相だな。はてな、青公卿が首をハネられるような芝居があったっけな)

極限まで見開かれた、黒目のひどく小さな両眼、それに負けじと開かれた口からのぞくピアノの鍵盤のような歯——それらの持ち主について、新島ともかなら思い当たる節があったろうし、来崎四郎ならもっとくわしく教えてくれたかもしれない。

だが、あいにく彼らはここにいなかったし、ことにともかは東京に置いてけぼりにしてきてしまった。これも因果応報というものであろうか。

しかたなく青公卿の生首とにらめっこを続ける森江の耳に、ようやく気を取り直した菊園検事と捜査員の一人の会話が聞こえてきた。

「洛創大の理事ですって？」

「はい、所持していた名刺入れの中身からすると、どうやら洛陽創芸大学理事・忽滑谷一馨らしいということに……」

「すると、これが乗っ取り劇で話題の忽滑谷理事⁉」

森江が驚いてふりかえった拍子に、靴先が生首に触れ、どうしたはずみか切り口を下にしてシャンと立ち上がった。

「わあっ、ごめんなさい！」

飛びのきざま、口をついた謝罪の叫びは、捜査の貴重な資料である遺体の一部をうっかり蹴ったことへのそれか、生首そのものへの無礼に対するものか、森江自身にも判断がつかなかった。

——その後わかったことは、こうだった。

被害者の身元は、やはり元教部省の官僚で、少し前に洛陽創芸大学の理事となったばかりの忽滑谷一馨。死因は頸部に針金の輪をかけられ、吊り上げられたことによる頸部骨折、窒息ならびに切創によってじわじわと死に至らしめられたものと思われる。

最終的には首がポロリとちぎれてしまったが、そのことからもわかるように針金は非常に深く食い入っており、切り口からの相当な出血が衣服をぬらしていた。

ところが出血の源はそこだけではなかった。衣服を脱がせてみると、胸にえぐったような切り傷がいくつもついており、まるで膾斬《なますぎ》りといったところ。嬲《なぶ》り殺しにするつもりだったのか、それにしては命にかかわるものではないし、わざわざ吊るす前になぜそんなひと手間をかけたのか、理解に苦しむところだった。

(怨恨、残虐趣味……いや、拷問?)

森江が小首をかしげるのと同時に、

「拷問かしら」

と菊園検事がつぶやいた。森江が驚いてふりむくと、彼女は機嫌を損じたようにそっぽを向いた。

さらにデータを並べると——死体の状況から見て、法医学上の死亡推定時刻は、午後八時から十一時。

無残な人間蓑虫と化した彼を発見したのは、あのときガイデリックを操作してくれたベテラン作業員で、午後十時半過ぎのことだった。ということは死亡推定時刻の終盤三十分は削っていいことになる。

このとき、工事現場に居残っていたのは、警備員をふくめてほんの数名で、いずれも信用のおけるものばかり。クレーンの場所とは離れたところで作業をしていて、断続的にではあるが、お互いの所在を確かめ合っていた。

ほかに不審な人物を見かけたものはなく、むろんこんなだだっ広い空間の、それも夜間のことだから、いくらでも隠れようはあったはずだった。だが事件発覚後、ただちに現場を封鎖して、駆けつけた警察官たちとともに捜索を行なったものの、侵入者とおぼしきものはついに発見できなかった。

現場は、森江たちが誰何されたゲートが、夜間は唯一の出入り口で、午後十時以降は閉じられ、張り番がついて出入りを制限する。その証言によれば、事件が発覚し大騒ぎになるまでは、出たものも入ったものも一人もいなかったという。

ゲート以外では、仮囲い用の白い塀が外部との隔てとなっており、こちらも十時を過ぎると、その上部に付された赤外線装置が作動して、何者かが出入りしようものならたちまち警報が鳴り響く仕掛けになっていた。

ということは、犯人はそれ以前に犯行を終え、塀を越えて脱出したと考えるのが妥当だ。死亡推定時刻と重ねて考えれば、午後八時から十時ということになるだろう。

操縦ブースとガイデリックをはさんだ反対側、マストから十数メートル離れたところにも仮囲いの白い塀があり、そこさえ越えられれば（手がかりもなくツルツルしているうえ五メートル以上あって、そう簡単ではないが）、塀の外側に生えた樹木を伝って地面に降り立つことも不可能ではない。だが、そのためには赤外線装置が切られていることが大前提となる。

そうした条件はあるものの、あの工事現場に侵入して忽滑谷一馨殺し――殺害そのものはどこで行なわれたか断定はできないが――を実行することは決して不可能ではない。

現場への侵入と脱出さえできれば、あとは簡単……とはいかないが、被害者の首を針金で絞め、ブームから垂らしたワイヤの先のフックに結びつければいい。だが……。

「不可能ではない、だが、不可解ではある……」

森江が覚えずつぶやいた言葉を、菊園検事が耳ざとく聞きつけて、

「不可解？　確かにそういえばそうね。犯人はいったんあのガイデリックだっけ、その土台部分まで下りていって死体をセットし、また操縦ブースのある小高い場所に上ったのかしら。だとしたら、ずいぶん面倒な話ね」

森江は「え？」と一瞬とまどってから、ガイデリックのブームを指さして、

「その必要はありませんよ。ほら、あの死体が吊り下がってた腕みたいな部分があるでしょう。あれを斜め下に下げれば、ワイヤとフックは操縦ブースのすぐそばまで来ますよ。それに被害者の首に巻いた針金を結びつけ、今度はあれを立てていけば、ガイデリックは今見ているような形になり、被害者はその真下にぶら下がるというわけです」

「なるほどね」

菊園検事は、周囲の状況を確かめながら、

「その移動の際に横向きの運動エネルギーが加わるから、被害者の体は振り子運動を始め、それは死体が回収されるときまで続いたというわけか。これで死体が揺れていたこととの合理的説明はつくってことね。じゃあ、森江さんは何が不可解だったと言いたいの？」

「あ……まだ覚えてはりましたか」

森江が言うと、検事は「当たり前じゃない」とあきれたように、

「なぜ犯人は忽滑谷の死体をあのような形でディスプレイしたかということだったら、歌舞伎仕立ての趣向というのに尽きるんじゃないの。志筑望夢殺しの屋体崩しや秋水里矢殺しの紙の雪景色がそうだったように……特に今回のなんか十分に鶴屋南北もどきじゃなくて？」

「ええまぁ、それはそうなんですけど……」

気もそぞろに独り考えこむ森江を、菊園検事はいらだったようすでながめていたが、やがて急にきつい口調になって、

「それで、森江さん」

「はい？」

「いつまでここにいるつもりなの」

「え」

森江は目をしばたたいた。菊園検事はグイッと眼鏡を押し上げると、

「あなたって部外者以外の何者でもないじゃない。そもそも捜査関係者でもないあなたが、ここにいる理由はない……そうよね？」

「そ、それはそうですけど」森江はやっとのことで答えた。「でも、ここへは菊園さんがむりやりに……」

「むりやりに、誰が？　ちょっと、誰か来て」

菊園検事はやや離れた場所に固まっていた警察官たちを呼び寄せると、

「この人を外にお連れして。高名にして有能な刑事弁護士ではいらっしゃるけれど、だからって、ここにいる権利はない。まして、これ以上情報をおすそ分けするつもりもありませんからね」

「ちょ、ちょっと！」

森江が抗議の声をあげたときには、屈強な男たちに左右から腕をつかまれていた。そのままズルズルと引きずられ、ゲートのところまで連れて行かれ、ポイと外に放り出されてしまった。と同時にゲートは閉められ、その内側に立つ警官はこちらを見ようともしない。しかたなくトボトボと坂道を下り始めた。

ひどいと言えばひどい話だが、あのへんであした手のひら返しでもしなければ、菊園検事の立場もなくなっていたろうし、あまり怒る気になれなかった。

彼女が強引に連れてきてくれたおかげで、あの異様な光景に立ち会えた。そのことは感謝すべきことに違いなかった。

何より……と森江は考えた。

何より、あの死体が振り子のように揺れている、その最後のときに間に合ったのは大きかった。何がどう大きいのかは現時点ではわからなかったが、そんな気がしていた。

とはいえ、人気のない山中に一人放り出されたのには途方に暮れた。幸いスマホに全国のタクシー呼び出しアプリを入れていたことから、何とか街に出ることができ、探し当てたホテルで眠りをむさぼった。

洛中洛外巡りの場

目覚めとともに、彼の〈探偵〉としての活動が始まった。

まず彼が向かったのは、秋水里矢の死体が発見された八十隈神社だった。〝ご町内ダスト・バスターズ〟について訊いてみると、幸い近くの区民集会所に集まっているというので訪ねることにした。

予想はしていたが、それ以上に元気でよくしゃべるご老体たちで、あの朝のことを訊こうとしても、その一言一言からいろんな話の花が咲き、よけいな枝葉が広がって、なかなか話が前に進まなかった。

中でも彼らが語りたがったのは、自分たちの活動が新聞やテレビのローカルニュース、それに紙やウェブのタウン情報誌にとりあげられたことで、集会所に置いてあった切り抜き帳や番組録画、それに彼らの間ではすっかり普及しているスマホやタブレットを繰り出して、

「ほら、これがわしや」

「あ、この取材のときはウチがおらへんかったさかい、こっちのん見て」

などとすすめられては、断わるわけにもいかなかった。それに、いかに陽気に見えても、死体発見よりはこちらの話題の方が楽しいに違いなかった。

それでも辛抱強く質問を重ね、少しずつ軌道修正してゆくうちに、

「そう、とにかくあのときはびっくりした」

「そらびっくりもするわ。掃き掃除した下から、あんな女の人が見つかるやなんて」

「いや、それはもちろんそやけど、私はあの紙吹雪で埋めつくされた境内を見てびっくりしたわ。最初は茫然としたけど、そのあとはほんまどないしょうかと思うたなぁ」

などと、あの朝のことを話し始めてくれた。さらに続けて、

「私もや。まさか、あのあとあないなことになるやなんて知らんから、どない掃除したらあれを取り除けられるのかの心配ばっかりしてたわ」

「もともとああいう砂利敷の地面というのはやっかいで、ただホウキで掃いただけでは、砂利もゴミといっしょになってまうし、というてあない仰山の紙切れをいちいち手で拾うてては何日かかるやわからへんしな」

「それで、結局はみんなでホウキで掃いて集めて、あとで砂利だけもどすことにしたんやったな」

「そのおかげで、あちこちで砂利の下の地面があらわになるわ、砂利と紙切れの分別にえらい手間がかかるわで、とにかくえらい目におうたなぁ」

「そやった、そやった。あんなんは二度とごめんやで。まして、そのあと……なぁ？」

「そやなぁ」

記憶が死体発見のくだりにさしかかると、しかたないことだが口調が重くなってしまった。そんな空気を振り払うように、

「なるほど……それは大変でしたねぇ」

いつしか彼らと打ち解けた森江は、ことさら気軽な口調で答えた。

何となくこれで死体発見時の状況が見えてきた。ただ、あまり親しくなりすぎたせいで〝ご町内ダスト・バスターズ〟の社会奉仕をちょっと手伝っていかないかというお誘いを断わるのに、あれやこれやと理由をこね上げなくてはならなかった。

だが、理由をこね上げなくてはならないことは、ほかにあった。

それは――おそらくは秋水里矢殺しの犯人がやったこととして、なぜ死体遺棄現場にあれほどの量の紙吹雪をばらまき、被害者の体をその下に埋めなくてはならなかったかということだった。

(やれやれ、もう新幹線の時間だとか、わざとらしい嘘をついて悪いことをしたかな。せっかくあんなに親切にしてくれたのに)

――三十分後、森江春策はコーヒーカップの中を見つめながら、反省まじりにつぶやいていた。河原町通のとあるオールドスタイルな喫茶店でのことだった。

(それ以上に、新島君への弁解をどうしたものか……名古屋の坪井《つぼい》さんから、かさばらず高くもなくて女性に喜ばれた京土産は、何とか屋のあぶらとり紙だったと聞いたことがあるが、今でもそうなのかな。というか、それこそ火に油という気もするが……)

愛知県が舞台の『和時計の館の殺人』事件や京都市内で起きた「密室の鬼」事件でタッグを組んだ坪井令夫《のりお》警部補とは、その後も折々にやりとりがあったが、今さらこんな必要に迫られるとは思わなかった。

――大学時代とは大いに様変わりし、大阪で事務所を開いていたころと比べてすら見違える京都の街。かろうじてあのころの空気感をとどめた珈琲舗で、つかのま疲れをいやし、青春の思い出をプレイバックしようと入ったのだが、だからといって事件について考えるのをやめられはしなかった。

あのとき菊園検事に言いそびれた、というより言う前に現場から追い出されたせいで言えなかった「不可解」あるいは「ズレてる」の正体。それは、あのとき見た光景の、わずかだが見逃せない不自然さだった。

ガイデリックのブームのてっぺんから吊るされて、かすかに揺れていた血染めの蓑虫。森江が推察した通りに機械を操作すれば、勢いよく振り子運動を開始するだろうし、あれだけのワイヤの長さと人体の重さがあれば、相当長時間にわたり揺れ続けていてもおかしくない。

そして、あれだけの傷を負っていれば出血も当然で、死体が揺れ始めてしばらくの間、血がしたたり続けた結果、床部分にあのような軌跡を描いたとしても不思議はない――というのもまた当然の話だろう。

ちなみに「デリック」の名の由来は、十六世紀から十七世紀にかけて、自ら考案した吊り上げ式の絞首台で数々の罪人を処刑した死刑執行人に由来するという。その意味では、一見奇抜な犯行現場も歴史的裏づけがあると言えるのかもしれない――などと言ったら、さぞ菊園検事にしかられることだろう。

そんなブラックジョークは別として、この即席処刑台には妙なことが一つあった。それというのは――森江が連れてこられたとき死体が振れていた方向と、床に印された血痕のそれが一致しないことだった。

　かりに死体が北と南の間を揺れ動いていたとすると、血痕は北北西と南南東の間よりちょい時計回りした方向に引かれていた感じか。とにかく微妙に、だがはっきりとズレていて、だからあのとき菊園検事にあんな言い方をしたのだ。

　むろん、長時間揺れている間にワイヤの位置がずれてきたり、風が吹いて向きが変わったりする可能性もあるが、ここに気になる事実があった。

　それは、ガイデリック型のクレーンが、ブーム部分を三六〇度旋回させることができるということだった。もし、何者か——おそらくは犯人が吊り下げた死体をそれごと移動させていたとしたら？

　何のためにそんなことを、と訊かれたら答えはない。ただ、そんな機能があのマシンにあることは、ただちに別のものを連想させずにはおかなかった。

　互いに似ても似つきはしないが、同じように回転し、人間を移動させる大仕掛けがほかにもう一つあった。そう、言うまでもなくそれは……。

「歌舞伎の廻り舞台だ……」

　森江はわれ知らず、声に出してつぶやいていた。

　それが何を意味するかはわからないが、そして何のためにそんなものが使われたのかはさっぱりわからないが、ここに一つ歌舞伎芝居との結びつきが、新たに加えられたとは考えられないだろうか。

ひょっとして、そこに犯人の意図を感じ取ることはできないか――そう考えてみたが、みごとなまでに何も思い浮かべることができなかった。だからといって、いつまでもここで懐かしいコーヒーの味を楽しんでいる場合ではなかった。

森江は疲れを振り切るように立ち上がった。ノスタルジーに満ちた喫茶店のほの暗い空間から表通りに出ると、タクシーを拾い、行き先を告げた。

「洛陽創芸大学へ！」

森江春策が洛創大に向かったのは《虚実座》を訪ねるのが目的だった。むろん、そこが最初の事件現場であり、全ての発端の場と言えたからだが、それ以上に歌舞伎という独特な物語の空間に身を置いてみたかったからだ。

初めて訪れたときには、芝居づくりの熱気にあふれ、おおぜいのスタッフでごった返していた学内劇場は冷たく静まり返っていた。

たまたま今日は稽古も準備も休みなのか、それとも中止になってしまったのか――できれば前者であってほしかったが、それははかない期待に過ぎないようだった。

「あれ、あんたは……」

背後からの声に驚いてふりかえると、そこに見覚えのある蓬髪に髭むじゃのロングフェイスがあった。

「あなたは、確か美術を担当してらした粂原さん……？」

「はぁ、そうですが、何かこちらにご用でも？」

美術責任者の粂原奎太は森江がいるいぶかしさより、人に会えてホッとしたようすで力なく微笑んだ。たまたま見回りに来たようで、森江が案内を頼むと幸いにも快諾してくれた。

彼の口ぶりでは、『銘高忠臣現妖鏡』の制作は今やストップ状態で、小佐川歌名十郎をはじめとするキャスト・スタッフも待機を強いられているようだった。

「歌名十郎さんは、どんなようすですか」

と訊いてみたところ、粂原はあいまいな表情を浮かべながら、

「さあ、相変わらず意気軒昂ですが、本心はどうだか……志筑君の死に加えて、秋水という女性とも親しかったというんでしょう。それが立て続けにあんなことになっては……ねぇ」

「そうですか……」

森江もそう応じるほかなかった。

そうした話題はさておいて、《虚実座》を見て回ると、そこに込められた江戸歌舞伎（上方もふくむ）の濃密な空気感は、ただごとではないのに気づかされた。

座席その他の設備は近代的なものだし、江戸時代をそのままテーマパーク的に再現したのとはまた違うのだが、にもかかわらず過去にタイムトラベルしてしまいそうな吸引力があった。

一階部分や地下の仕掛けをひとわたり見せてもらったあと、このあいだはあまり見る機会のなかった二階席に上がることにした。

エレベーターを使おうとしたが、粂原はその前をあっさり通り過ぎ、ヒョイヒョイと階段を

上ってゆく。見ると「調整中」の貼り紙がしてある。今は休館中みたいなものだから、メンテナンスに充ててあるのだろう。

しかたなく条原の後ろ姿を追ったが、昨日来の疲れと日ごろの運動不足が相まって、ちょっと息が切れたのは情けなかった。

ほどなく二階席に出た森江は、

「あそこの黒布で覆ったボックスみたいなものは何ですか」

とたずねた。それは下手側座席の何分の一かをつぶして設けられた小部屋のような部分で、一階でいうと花道の揚幕あたりにあった。

「ああ、これは『鳥屋《とや》』ですよ」

条原は答えた。

「鳥屋?」

と聞き返した森江に、条原はうなずいて、

「そうです。一階の揚幕の奥にある小部屋もそう呼ぶので、こっちにあるのを『宙乗り鳥屋』と言ったりしますが、それでわかる通り、歌舞伎で宙乗りをするときに出入りするのがここなんです。あそこからワイヤを張り渡し、電動仕掛けで〝すっぽん〟——ほら、花道の舞台近くのあたりから役者がセリ上がる四角い切り穴があるでしょう。そこと往来したり、ゆうゆうと空中浮遊をしてみせたりするわけです。多くの劇場では三階席にありますが、虚実座《こ こ》は江戸時代の芝居小屋を模して二階までしかないので、あそこに設けてあるというわけです」

「すると、昔の芝居小屋にも、ああいう鳥屋があったと？」

「いえいえ」条原は首を振った。「江戸時代にも宙乗りはありましたが、今みたいなモーターとか丈夫なワイヤとか体を保持するハーネスなんてありませんでしたから、はるかに原始的で危険な手動式でした。『かけすじ』と呼ばれる仕掛けで、香川県にある現存最古の芝居小屋、旧金毘羅大芝居・金丸座で初めて復元されたんです」

「『かけすじ』――ですか」

森江は愛用の硬表紙のノートにペンを走らせた。

「それで今回のお芝居では、この鳥屋は使うんでしょうか」

条原は「いや」と、また首を振ると、

「今度の狂言では、宙乗りはやらないから使いません。だから、ああいう風に布でくるんであるわけです。ええ、このところずっとです。電源は切ってありますし、もし誰かが勝手に作動させたとしたら、われわれのいる調整ルームからでもわかるはずです」

「あの、屋体崩しのリハーサルのときも？」

森江がたたみかけると、条原はあのときのことを思い出したようにゾッとした表情を浮かべてみせながら、

「むろん、あのときもです」

そうきっぱりと答えた。

森江は「そうですか」とうなずいて、

「それで……答えにくいかもしれませんが、今度のお芝居はどうなるんでしょうか」

「さあ、それがわれわれにもわからんのです」

粂原はやや気を取り直すと、言った。

「僕らとしては、せっかくここまで形にしたものを今さら中止というのでは無念というほかありませんし、といって大学も内紛でえらいことになりかねない勢いだし……」

困り果てたようすの粂原に、森江は「僕はぜひ見たいです」と率直なところを言ってから、礼を言って別れた。

そのあとで、粂原にはもっと別のことを訊いておくべきだったかもしれないと思った。自分の何百倍も、舞台やそれを取り巻く劇場の構造にくわしい彼ならば、ひょっとして答えとは言わないまでも、ヒントぐらいはくれるかもしれなかった。

どうやれば、誰もいなかったはずの舞台の上に志筑望夢を忽然と出現させ、屋体崩しの下敷きにすることができるのか——そのからくりについて。

森江はハッとして立ち止まった。ふいにあることに気づいた結果だった。

それは、自分にはここ《虚実座》でしなければならないことがあるということだった。会っておかなければならない人物がいるということだった。

彼は下りかけた階段を上ると、同じ建物内にあって、一度は訪ねたことのある場所へと歩を進めた——洛陽創芸大学理事長・上念紘三郎の部屋へと。

粂原の話では今日も理事長室にいるとのことだった。とはいえ、あの魁偉にして怪異な風貌を思い浮かべると、そして何のアポも取っていないことを考えると、いきなり押しかけていいものかと身がすくんだ。

見るからに峻厳そうでしかも偏屈そうで、対面したとたん一喝されそうだ。いや、外から声をかけただけでヘソを曲げられ、二度と面談禁止となるかもしれない。

だが、ひるんではいられなかった。森江は重厚かつ古風な作りのドアの前に立つと、何度か呼吸をととのえ、さんざん逡巡したあげくにドアをノックした。

——返答はなかった。

もう一度ノックしてみる。だが、やはり何の反応もない。

いないならいないで、かえってその方が安心かもしれない。そんな気弱なことを考え、その場を立ち去りかけたとき、戸口のすき間から灯りがもれているのに気づいた。

やはり中にいるのか？　そう考えてドアノブに触れてみると、何と抵抗なく開くではないか。

ことここに至っては、尻込みしてはいられなかった。

「すみません、弁護士の森江と申します。理事長の上念先生はご在室でしょうか……」

言いながら室内に半身を入りこませた森江は、そっと視線をめぐらした。

以前見たときも印象的だった変わった形の洋酒ボトルの棚が、まず目についた。靴、髑髏、バイオリン……ほかにも面白いのがあったが、はて何だっけと首をかしげたとたん、彼の総身は凍りついてしまった。すぐ目の前に、車椅子にドッカと鎮座した上念紘三郎の姿があったからだ。

「あっ……失礼しました！」

そのまま後ずさりし、逃げ出そうかとも思ったが、まさかそんなわけにもいかない。しかたなく少しずつ前へ出ながら、丁重に許しを請うことにした。

「も、申し訳ありません。実は理事長にいろいろうかがいたいことがあって、やってきたのですが……どうでしょうか、ぜひ今度の一連の事件について、お話しさせていただくのはどうかと……あの、上念理事長？」

森江は、しだいしだいに畏怖を困惑と入れかえながら、目の前の人物に話しかけた。

だが、ここに来ても相手からは何の返事もなかった。まるで目の前にいるのは生身の人間ではなく、よくできた彫像であるかのように……。

「理事長！」

何ともいえない、いやな予感にさいなまれながら、森江はさらに声を荒らげ、車椅子めがけて歩を進めた。

彼の視野の中でぐんぐん大きくなってゆく上念紘三郎の顔には生気がなく、目はドロリと濁り、唇は妙な風にゆがんで、端からよだれさえ垂らしていた。

（し、死んでる？）

いや、それはいささか早計だった。上念理事長は死んではいなかった。それが証拠に彼の口からはかすかな息音がもれ、目を痙攣したようにしばたたいていた。だが、それ以上はほんのかすかだが体のあちこちを動かすようすが見て取れた。

だからといって、これは「生きている」と言っていいのか。ただの生ける屍《しかばね》ではないのか。

「上念さん！　上念理事長！」

呼びかけても、答えはなかった。そもそも聞こえているのかさえわからない。

唯一はっきりしているのは、このままにはしておけないということだった。

「条原さん！」

とドアの外に顔を出し、何度かどなってみたが、美術責任者はもういなくなったのか、それとも聞こえないのか何の反応もなかった。

外に出て人を呼ぼうか？　いや、ここにとどまった方がいいだろうと判断した。森江はその場から救急車を呼び、大学の事務局にも連絡して、あとはひたすら待ち続けた。

やがて、階下からサイレンやら足音やら、不安げに交わされる声やらが立ちのぼり、ホッと安堵したときだった。それらと異質な〝声〟を森江は間近で聞いたような気がした。

ふりかえると、そこにはさきほどと寸分違わぬ化石したような上念紘三郎の姿。いや、何かが違っていた。

（口の形だ！　さっきとは明らかに開け方が違う……）

そのことに気づいた森江は、耳を研ぎすました。確かに何か聞こえた。そして、理事長の口は——かすかだが動いている！

森江は躊躇なく、上念の口元に耳を寄せた。

少なくとも森江の聞こうという意思は伝わったのだろう。理事長は、おそらくは彼にとって渾身の努力で口をうごめかし、息遣いとも声とも、のどの軋りともつかない音響でもって、ある六音節を森江の耳に吹きこんだ。

それを聞き取った刹那、森江は自分でもびっくりするような大声で同じ言葉を復唱し、聞き返していた。

「……ですね！　そうおっしゃったんですよね？」

それに応じて、上念紘三郎はかすかに、ほんのかすかにうなずいてみせた。もしかしたら、ただ首がぐらついただけかもしれなかったが。

なおも彼の言葉を聞き取ろうと、相手に顔を近づけたとき、理事長の左手首が目に入った。おや……と目を凝らすと、そこには頑丈かつ大ぶりな機械式腕時計がはめられていた。バブルバックと呼ばれる裏蓋部分が丸くふくらんだ高級タイプで、しかしその時針と分針は全く見当違いな時刻を指していた。

(何だ、止まっているのか)

秒針が動いていないのに気づくと、森江は思わずつぶやいた。悪い癖で、何か時計を狂わせるトリックでも用いられたかと想像したが、単にゼンマイがほどけただけらしい。

ちょうどそのとき、大学関係者や救急隊員が理事長室に駆けつけた。その中には山村筥蔵や小佐川璃升、さっきまで劇場内にいた粂原奎太の顔もあった。

「森江はん、今のは……」

筥蔵の問いに森江が「そうです」と答えると、人々はハッとした目を見かわし、小さくうなずきあった。

どうやら理事長の言葉は、森江の叫びを通じて彼らにも届いたようだった。

その間の救急隊員たちの診立てでは、命永らえてこそいるものの、上念理事長はかなり強い発作に襲われて身体の自由を奪われているとのことで、当然ながら緊急入院と加療が必要だった。慎重を期し、理事長は階段から担架で搬送されることになった。ドヤドヤとそのあとを追う人々が去ったあとに、森江は一人の人物を見出した。

遅れて駆けつけたその男は、どこか孤愁を漂わせ、自分が拠って立つ場所を失ったかのように見えた。

「……小佐川歌名十郎さん」

森江春策は、相手の名をフルで呼んだ。ハッとしてこちらを見返した歌舞伎界の異端児――今はその面影を大半失っていたが――に向かって、こう続けた。

「上念理事長からのメッセージをお伝えします。マ・ク・ヲ・ア・ケ・ロ――『幕を開けろ』とのことでした」

花見小路割烹の場

祇園の中心を南北に走る花見小路通――北は三条通、南は安井北門通にはさまれた約一キロの街並みは、いかにも京都らしくもあり、いささか人工的でもある。

その一角の、ほんの数人で満席となりそうな小さな割烹に、三人の人物が顔をそろえ、この店自慢の天ぷらなどを賞味していた。

　森江春策と、彼をはさんで腰かけた菊園検事と来崎四郎である。ウーロン茶を遠慮がちにすする森江とは対照的に、検事と来崎はすでに微醺《びくん》を帯びつつ、しきりと彼に絡むことをやめなかった。

「結局、《虚実座》での公演は開かれることになったそうね。やっぱり理事長の『幕を開けろ』が効いたってとこかしら。森江さんが歌名十郎たちに伝えたという……」

　菊園検事は升にグラスを収めた〝もっきり〟で、何とやらいう日本酒を楽しみながら言った。

「それもあるけど」

　来崎四郎はといえば、何やら注釈付きで頼んだシャルドネをあおりながら、

「やはりあの天下り野郎の忽滑谷一馨があんなことになったのが、ことに劇団外の連中には効果絶大みたいだったぜ。そりゃそうだろう、世が世なら下々に玉砕を命じたあいった連中は、業界だろうが学界だろうがどうなろうと知ったこっちゃない。自分のフィールドにあったものをえこひいきして横車を押すというんなら、まだわからなくもないが、徹底的に食いものにしたあと焼き払って平気なんだから恐れ入るよ」

「それが今度は」

　菊園検事が、ほんのり目元を赤く染めながら言った。

「ひときわ貪欲で邪悪だったお仲間の一人が、嬲り殺しになったと知ったとたん、コマ送り映像で潮が引いてくみたいに、いなくなっちゃったんだから……まぁ別に食い物にする相手を見つけに行くだけかもしれないけど」

「そんなとこでしょうな」と来崎は応じて、「結局、この国において暴力はきわめて有効なのかもしれない。ただ、国民の大半がそのことを知らず、デモもストもしないで待遇が改善されると信じているだけで――おっと、そんな話より」

「事件の話？」

菊園検事が眉を上げた。来崎四郎はグラスを持たない方の手を振って、

「いやいやいや、こちらに着任して間もないのに、よくこんな店をご存じだったと思いましてね。さすがの探索眼だなと」

「探索眼は関係ないでしょ。単に飲んだり食べたりすることに、あなたたちより関心が強いだけ」

「なるほど……森江《こいつ》とだけ付き合っていたら、永久にここには来られなかったでしょうな。あらためて、お招きに感謝です」

「おだてないで。というより招いたのはあなたたちの方でしょ。私は場所を指定しただけで――それでどうなの、森江名探偵のお見立ては？」

「え？　あ、はい」

いきなり話を振られて、森江春策は食べかけた鱧《はも》の天ぷらをポロリと小皿に落としてしまった。

「見立てと言われても……どうにも犯人のなり手がいないなぁ、としか」

「何よそれ」

「早々と敗北宣言かよ」

菊園検事と来崎四郎に突っこまれ、森江は少しあわてたようすで、

「いや、そんなわけではなくて……その後の捜査の方はどうですか。何か新しい事実でも」

「何よ、逆襲する気？」

妙に据わった目で菊園検事が言った。残りさびしくなったグラスをもてあそびながら、

「まぁいいわ、教えてあげる。忽滑谷殺し当時の関係者の動きだけど、午後七時ごろから市内某所で小佐川歌名十郎、条原奎太その他、《虚実座》と南北劇の関係者が集まってミーティングという名の飲み会、飲み会という名の公演の可否にかかわる善後策検討会が開かれた。その後、かなりグダグダになりつつ複数の店を転々としたんだけど、九時半ごろにいったんお開きになったときには、全員がそろっていた。これはたまたま撮られた写真からも明らかで、新キャンパスの工事現場まで片道三十分として、ぎりぎり行き着くことはできても、脱出は不可能ということになるわけね」

具体的な地名や店名、細かい数字などはぼかしながらも、かなりあけすけに捜査情報を明かしてくれた。あらためて当夜の現場状況が確認され、午後十時以降はゲートの出入りが困難になり、塀を越えることも不可能になる点が念押しされた。

「なるほどね。それで、あの金髪デブ——じゃない西坊城猛については？　仮名文字新聞《われわれ》の調べでは、足取りがつかめなかったんだけど」

来崎が訊くと、検事はニヤリと笑いをもらして、

「そう？　こちらはバッチリ押えてあるわよ。あの『アート無罪』野郎は、京都《こっち》ではけっこうな高級マンション住まいなんだけど、そこにコールガールたちを連れこんで夜はずっとイチャイ

チャやっていた」

「ほう？　ならばアリバイ成立ですな」

来崎が言うと、検事は皮肉な笑みとともに首を振って、

「ところがそう都合よくはいかなくてね。あいつ、芸術団体のお偉方や役人連中を、極力きれいごとで言えば〝接待〟してたんだけど、本来ならそうしたスケベ親父たちにアリバイを証明してもらえるはずが、完全に拒否られてアリバイ不成立となってしまったのよ。おかげでだいぶ責めたて——じゃない調べることができたってわけ」

「それはお気の毒……」来崎が首をすくめた。「ということは西坊城はシロ？」

「あいにく、というよりは好都合にもそうとは限らない。〝接待〟の性質上、客同士はそんなに顔を合わせないし、まして西坊城の敵娼《あいかた》は亜硝酸系の薬物を服用してて、お相手がどうなったか、途中で丸太ン棒と入れかわってもわからなさそうなありさまでね」

「敵娼とはまた」

来崎がワインにむせ返りそうになりながら、口をはさんだ。だが菊園に一瞥《いちべつ》されると、

「……いや、その、なかなか文学的表現だなと思って。ま、とにかくそんなことで、新聞社《われわれ》にはうまく動きがつかめなかったというわけか」

とごまかしたあとで納得した。

そんな二人のやりとりを聞きながら、森江は黙々と箸を進め、さまざまなタネをつゆにたっぷり浸したりサッとつけるだけにしたり、何種かの塩や薬味を試してみたりしていたが、やがて顔

を上げると、

「で……忽滑谷元首席事務官については？」

と、どちらにともなく訊いた。とたんに、

「あれは……」

「あいつは……」

菊園検事と来崎四郎は同時に言い、さらに声を合わせて、

「どうぞ」

と互いに向けて言った。そこで「いや、そちらこそ」「いやいやいや」とどうでもいい譲り合いのあと、口を開いたのは来崎の方だった。

「忽滑谷は仕事柄、以前からしばしば洛創大には来ていた。ちょうどお前と新島君が東京にもどったのと入れ違いに京都に来て、定宿にしている東山の高級ホテルに長期滞在の部屋を取っていた。そこでじっくり大学乗っ取りの策を練り、実行に移すつもりだったんだろうな」

「金はあり、ホテルの方としても上客だったんでしょうね」

検事が言うと、来崎は何やら微妙な笑みとともにかぶりを振って、

「それが、必ずしもそうではなかったみたいでね」

どういうことや？　と森江が訊くより早く、

「ああ、その件ね」

菊園検事は不快そうに眉をひそめた。

「何のことです?」

と首をかしげる森江に、来崎は嘆息まじりに、

「まあ、他人のセクシャリティに口を出す時代ではないのかもしれないが、忽滑谷は少しばかり特殊な性的嗜好を有していたみたいなんだ。そのぅ、何と言ったらいいのか……」

「思春期子女嗜好《エフェボフィリア》ね」

菊園検事はあっさりと言ってのけた。

「何ですか、そりゃあ」

キョトンとして聞き返した来崎に、

「小児性愛《ペドフィリア》より少し対象年齢が上のやつよ」

菊園検事は一見あっけらかんと、それでいてどこか気まずさをにじませながら言った。あっけに取られたような、それでいて気まずくもあるような間のあとで、

「あの、それは」

森江春策が目をしばたたきながら言った。

「少女性愛《ロリータ・シンドローム》なのでしょうか。それとも少年性愛《ペデラスティ》の方で……」

いきなり本質的なところに切りこまれて、菊園は箸にはさんだ天ぷらをチョキンと切断してしまった。その片割れがポロリと落ちたつゆ皿から、飛沫が飛ぶのをよけながら、

「そ、それはまぁ、一応は異性愛《ヘテロセクシャル》の方だったようよ。東京でも京都でも、ホテルにティーンエイジの女の子を招き入れているのが目撃されていて、出入り禁止になりかけたこともあるみたい。

それで最近は外の狩り場に出向いていたというから、懲りない男よね」

「それで、事件当夜は？」

森江春策が訊いた。検事は「ええ」とうなずいて、

「その目的かどうかはわからないけど、夕方ごろから宵のうちの間にホテルを出て、そのまま帰らなかったことは確かかね。正確な時間はわからないけど……。捜査本部でも足取りを追っているけど、よほどうまく立ち回ったのかまだつかめていない。あの特徴あるご面相だから、それを隠すような変装をしてたのかもしれない」

「どっちにしても、その数時間後には新キャンパス建設現場で宙吊りになっていたわけですな」

来崎が言うと、菊園検事はあきれたように、

「そうなるまでの足取りが重要なんだけどね。私は直接、あの現場に呼び出された――あるいは忽滑谷の方が呼び出した可能性もあると考えている。そのうえで、犯人と争いになったあげく制圧された忽滑谷は、おそらく拷問目的で胸を何か所も切りつけられ、その結果、犯人にとって重要な何かを白状したかしなかったかは知らないけど、最終的にガイデリックで吊り上げられ、処刑された……」

せかせかとした口調がしだいに重くなり、やがて途切れる。そのあとに長い沈黙があった。しかし静寂ではなかった。

カウンター越しに、油のはぜる音や包丁の刻むリズムは響いていたし、グラスに酒は注がれ、炭酸は泡立ち、氷は軽やかにぶつかりあった。何より引き戸の向こうからは、黄昏《たそがれ》どきの藍色に

染められた雑踏の音がひっきりなしに聞こえてきていた。

「そういえば」

来崎がふいに思い出したように言った。

「忽滑谷って、ほかにも悪癖があって、出先で見つけて気に入ったものをヒョイと勝手に持って帰ったりするらしいんだ。一度、それで窃盗騒ぎになったこともあるらしい」

「ふーん」と菊園検事。「どこまでもロクな奴じゃないけど、でもそれでも首席事務官になるんだから、つくづく不思議な国よね」

そんな中、森江春策はそっと一冊の本を開いていた。実は、彼をはさんだ菊園検事と来崎記者が談議を始めたときも、折々にそうしていたのだが、彼をそっちのけで熱くなっていた二人は、いっこうに気づかなかったのだった。

しかし、このときはとうとう菊園検事に見とがめられてしまって、

「ちょっとあなた、何してるの。こんなときに本読みだすなんて失礼じゃない？　食卓で自分だけ新聞開いてるダメ父親じゃあるまいし」

「そうだそうだ。けしからんぞ」

と来崎も同調して、ヒョイと森江の手から本を取り上げると、

「『天明蝦夷探検始末記　田沼意次と悲運の探検家たち』？　何だこりゃ、今度の事件はおろか、歌舞伎とも鶴屋南北とも関係がないじゃないか」

と口をとがらせた。森江は弁解がましく、

「いや、あの……ちょっと個人的な興味があって」

「個人的興味って、それはこんなときにどうなの」

菊園検事はいよいよおかんむりだ。

「それがその、今度の事件というかあの芝居とも、大いにかかわりがありまして……おい来崎、面白そうに読んでないで返してくれよ」

森江はその本を来崎四郎から受け取ると、とりつくろうように、

「あの、そういえば」

と唐突に口を開いた。まず菊園検事に首を振り向けて、

「理事長……上念紘三郎氏はどうなりましたか。来崎、君は何か聞いてるか?」

「どうって……ねぇ?」

来崎が水を向けると、菊園検事もうなずいて、

「あなたが発見したときのままの状況……さらに今となっては、もはや生ける屍といっていいわ。脳はまだ生きている。だけど体は全く動かず、もう車椅子を操ることもできない。何しろ指一本、言葉一つもままならないんだから。できることといえば、かろうじてまばたきで意思を伝えるぐらい。まるで『モンテ・クリスト伯』のヴィルフォール検事総長の父・ノワルティエ氏のようにね。正直、むごいとしか言いようがなかったわね」

「確かに、ね」来崎が続けた。「ついこの間――おそらくはお前が見つける数時間前まで、特別製の電動車椅子を操り、特殊マイクとスピーカーを通じて号令を飛ばし、自動車を運転すること

さえできたのに、たった一度の発作が全てを奪い取ってしまったというわけさ」

「回復の見込みは？」

森江は、言ってもしかたがないとは知りながら訊いてみた。

「いや、それは……」

「おそらく無理ね」

来崎四郎が言葉を濁したあとに、菊園検事がピシャリと言った。さらに付け加えて、

「いかに不屈の精神を持っていると評判の上念理事長も、こうなっては職務を果たせない。唯一残ったと言っていい、目の動きを用いて意思伝達するシステムが、幸い洛創大にはあったので、それで大学関係者が会話してみたところ、実にあっさりと理事長辞任を申し出た。ただ……」

「ただ？」

「その条件として、例の演劇公演を予定通り行なうこと――それを見届けることができたら、いかなる処遇も受ける、とここまで宣言したのよ」

『『幕を開けろ』――というわけですか」

森江春策は、あらためてあのときの情景を記憶によみがえらせながら言った。

「そういうことらしいな」来崎が言った。「恐るべき執念というべきか、手ひどい試練にさらされて達観するところがあったのかもしれないな。だが、それならそれで、おれたちにも楽しみができたよ」

「え？　それはいったい……」

森江のとまどいをよそに、菊園検事が口を開いた。

「そう、この無惨絵めいた一連の事件において、幻の南北劇の上演は、クライマックス、フィナーレ、そして大詰めとなるべきもの。だとしたら……ね、来崎さん」

「さよう、検事殿。かの芝居『銘高忠臣現妖鏡』の幕が開くときまでには、これなる元わが同僚、森江探偵が必ず真実を見抜いてくれているでしょうとも！」

「三つの殺人の真相と犯人、事件の背景やトリックはもちろんのこと、できれば鶴屋南北がその芝居に託した秘密についてもね」

「だいじょうぶ、彼にならきっとできますよ」

「となれば、私たちもそろって『銘高』の観劇に行かないと」

「ああ、それはもちろん……お前の分をふくめてチケット三枚、手配頼んだぜ。いや、四枚か。ともか君を忘れたら、今度こそ怨まれるぜ」

自分をはさんで勝手に進められるやりとりに、森江が「へ!?」とあっけに取られたときだった。菊園綾子検事が、肩にポンと手を置いたかと思うと、

「というわけで、期待してるわよ、森江さん。何なら、手がかりを求めてイギリスへ渡る手もあるかもね」

来崎はその言葉に「イギリス……？」と小首をかしげたが、

「そうか、この事件の発端、鶴屋南北幻の台帳の出どころはロンドンなんだから、そこへ飛ぶのもアリだな。もちろん費用は自前でね」

その間、森江はからくり人形のように首を左右に振り、菊園検事と来崎四郎の顔を見比べていた。ややや間をあけてから、

「ええええーっ、そ、そんなぁぁっ!」

素っ頓狂な叫びが、すっかり暗くなった花見小路を駆け抜け、京の都の空高く吸い込まれていった。

二番目

六大洲遍路復仇《むつおおしまめぐりてあだうち》

序幕

『銘高忠臣現妖鏡』鶴ヶ岡八幡宮旗改めの場

——どこからか、お囃子の音が聞こえた。

最初は空耳かと思われた。しきりと吹きつける、変に生暖かい風のいたずらではないのかと。

あるいは本所七不思議の一つ、狸囃子のたぐいか。場所はだいぶ違っているが……。

だが、そうではなかった。しだいにはっきり聞き分けられるようになった音色は、締太鼓に大太鼓、そしてあの笛は……能管だろうか。

その調べも、多くの人にとって聞き覚えがあるものだった。それは「着到」——役者が楽屋にそろい、もうしばらくしたら開演することを告げる下座音楽なのだった。

ということは、この音の出どころは……？　と見回すまでもなかった。薄もやのかかったような視界の先に、いきなりヌッと現われた建物を見れば明らかだった。

板葺きの屋根に掲げられた櫓に大提灯、絵看板。そして正面入り口に立てられた名題看板には、

銘高《なもたかき》忠臣《ちふしん》現妖鏡《うつしゑ》

——の芝居文字が、墨痕淋漓《ぼっこんりんり》と記されていた。となれば、これは誰がどう見ても江戸の芝居小屋だ。だが、ここにそんなものがあるはずがなかった。

まるで、芝居町から三座のどれか一つをつまみあげ、ここにそっと下ろしたかのよう。だが、そんなことがありえようはずもない。

そう……これは言わば、一夜限り存在を許された、幻の劇場なのだった。

そして、この劇場に今、一人の観客が足を踏み入れようとしていた。

まだ芝居が始まっていないどころか、中に入ってもいないのに観客というのも変な話ではある。だが、その人物はあらかじめそうであることを約束されていた。

なぜといって、ここにある全てはこの人物のために作り出され、万端用意されたものであったから。

となれば、否やはなかった。その人物には、あるはずのない芝居小屋の、したがっているはずのない観客になってもらうほかなかった。

そうでなければ、そもそも何も始まらない。幕の開けようがなくなってしまう。

だが幸い、その観客は、吸い寄せられるように木戸口をくぐり、場内に入っていった——まさ

にこのとき、煮え返る地獄の釜のふたが開いたとは夢にも知らずに。

ふいにお囃子がやみ、拍子木の音が二つ鳴り響いた。チョーン、チョーン……。

＊

チョーン、チョーン……下座音楽がいったん鳴りやんだあとに、拍子木が二度打ち鳴らされた。「着到止め」の合図である。

まるで地獄の釜のように煮え返る劇場空間に秩序をもたらすのは、狂言作者の打つ柝の音だ。二丁、廻り、直し——役者という異界の住人たちに釜のふたがもうすぐ開くぞと告げ、用意はいいか、いっせいに飛び出して娑婆《しゃば》の奴らの度肝を抜いてやれとうながす。

相携えるように、再び鳴りだした下座音楽が、さらに気分を盛り上げる。演じる側と観る側を隔てるのは三色の定式幕一枚。それをめくり上げてしまわんばかりに舞台の熱気が高まったまさにそのとき、
チョーン、チョーン、チョン、チョン、チョンチョンチョン……

最初は長く、しだいに短く早く柝を打ち鳴らす「きざみ」が開幕を告げた。定式幕がサーッと引かれ、一転して明るく色鮮やかな世界が観客の眼前に広がった——。

「いよいよだ……」

森江は、われ知らずつぶやいていた。すでに何度も読み返した『銘高忠臣現妖鏡』、その大序である「鶴ヶ岡八幡宮旗改めの場」が、文字面とはまるで違う絢爛にして夢幻的な風景として展

開していた。

慣例に従い、「役人替名」を挙げれば、

桃井若狭之助安近　小佐川歌名十郎
高野武蔵守師直　山村筥蔵
高野武蔵五郎師夏　小佐川璃升
塩冶判官高定　…………
大星由良之助　…………
足利左兵衛督直義　…………
…………………………

(筥蔵さんが師直をやるのか)

森江春策は驚き、そして納得した。なるほど、あの人ならばこの芝居に描かれた師直の悲哀や、それに潰されないおかしみを演じてくれるに違いないと。璃升の師夏についても意外さと期待を同時に感じた。

歌名十郎はじめ多くの役者がそうだが、筥蔵もいくつかの役を兼ねていて、中でも「口上役」というのが目についた。どうやらこれは結末に登場するらしく、これも楽しみなことだった。

それ以外の大半はなじみのない役者だが、これらは洛創大の学生や演劇ワークショップの履修者、それに外部のプロアマの俳優たちによって占められていて、スタッフも同様だった。

これら全員が歌名十郎率いる《虚実座》の一座というわけだが、本来ならばそこにふくまれていなければならない名が一つ欠けていた。

〝シノ〟こと志筑望夢である。彼はもともと塩冶判官その他の大役に充てられていたようで、ほかにも演出助手としてもデビューを飾るはずだった。

その夢を断った出来事からいくばくかの時間が流れ、ようやく迎えたこの日に、森江は一種異様な興奮を覚えずにはいられなかった。

そして考えないわけにはいかなかった――ここに至るまでに起きたことの全てと、さまざまな人々の生と死、とりわけこの芝居を創り出した男の思いを。

彼が今いるのは舞台の上手袖で、そこからは今まさに『銘高忠臣現妖鏡』の大序の風景が華やかにくりひろげられていた。

舞台は、鎌倉・鶴ヶ岡八幡宮の境内――。

背景にはその社殿を描き、下手には季節にかかわらず黄色く色づかせるのがお約束の大銀杏《おおいちょう》を立て釣枝を下げる。上下に張られた見切りの幕には、足利家の「二つ引両」紋が染め抜かれている。

高二重と言って、他より二尺八寸高い台に据えた床几には、指貫《さしぬき》装束に烏帽子、太刀を佩《は》き笏《しゃく》を手にした人物が将軍家の名代として腰掛けている。

これが足利尊氏将軍の舎弟・直義公で、彼をはさんで一段下には師直・師夏父子、塩冶判官、桃井若狭之助がそれぞれ大紋姿で、家来たちとともに居並ぶ。

将軍家よりたまわった旗印を披露し、改めて忠節を誓う「旗改め」のことが説明されたあと、

「お召しに随《したが》い、高野武蔵守師直」

「塩治判官高定」

と双方の名乗りがあって、そのあと師夏と由良之助が、

「家中臣下の者ども付添いまして」

「まかり出ましてござりまする」

と平伏する。それを受けて若狭之助が、

「いざ、内見の品を」

とうながすと、一同そろってうやうやしく、

「ハッ」

「則ち師直の家宝、高野の白旗」

「高定の重器、塩冶の赤旗」

——と言いつつ、用意の唐櫃《からびつ》からスルスルと取り出した紅白の旗を押し立てる。

高野の旗は台本によると「日月五星」、大きな丸の周りに六つの小さな丸が描かれており、それぞれ太陽と月そのほかを表わすものだろうか。塩冶の旗には「三つ巴」が染め抜かれており、こちらが赤旗なのは「赤穂」を利かせたものだろう。

史実では両家とも家紋は「花輪違」、その混乱を避けるためか歌舞伎では、師直は「桐」、判官はモデルの浅野内匠頭と同じく「丸に違い鷹羽」紋とする場合が多く、現にこの舞台でも大紋は

そうなっていた。

観客の不審は、やがて不穏さを呼び寄せる。塩冶判官は師直に礼をつくすばかりか、その子師夏にまでも、

「音に聞く師夏様のご発明（利発、賢明の意）、これも妙見菩薩のご利益なれば、ぜひあやかりたし」

とほめそやす。あやかるだけでなく、わが旗印と取り換えてくれないかとまで言い出し、当然ながらにべもなく断わられてしまう。

ところが、そのやりとりを桃井若狭之助がじっと聞いていた。彼は直義が退出し、師直父子も立ち去ったあとで、

「コレサ判官殿、貴殿が旗印は藤原秀郷公の流れをくむといえども、よりふさわしきは武門の誉れたる日月五星。まして塩冶はその昔、高野の上に立つと聞く。しからば師直の如き成り上がりの野人に、かの旗掲げさせておくべきや」

などとそそのかす。あげく別れ際に「ア」と判官を呼び止めて、

「さのみこそや　真白き蘭――でござるぞ」

と謎めいたことを告げて去る。まるでその言葉の呪いにかけられたかのように、塩冶判官はしだいに狂気めいた様相を呈してゆく――。

「ついに始まったか……」

一心に舞台を見つめていた森江春策は、ふいにわれに返ると、何もかも未知な空間のただ中

で、思わずつぶやいていた。今いるのは舞台の上手袖で、そこからは『銘高忠臣現妖鏡』の表裏が一目で見渡せるのだった。

今、大序の出を終えた小佐川歌名十郎が、大紋の裾裁きも鮮やかにやってきた。その表情も所作も、この芝居の実質的な主役である桃井若狭之助安近そのままで、声をかけるはおろか近寄ることさえ躊躇された。

だが、森江の間近を通り過ぎようとしたとき、歌名十郎はふと立ち止まり、目は前方を見すえたまま言った。その一瞬だけ素にもどって、

「森江さん、あの約束は守ってくれるんでしょうな——この芝居がぶじ幕を閉じたら、あんたの知る全てを明らかにすると」

「もちろんです」森江は答えた。「これまでの三つの殺人の真相も何もかもを」

「そうですか……しからば御免！」

刹那の間に若狭之助の人格に還り、歌名十郎は足早に立ち去った。

それは前回歌名十郎に会ったとき、森江がかわした約束だった。その時点で彼に全てが見えていたわけではなかったが、上念理事長から託された言葉を守りたかった。

真相がどんなものであれ、それは『銘高忠臣現妖鏡』の公演に影響を与えかねないし、決して良いものではありえない。そこで森江は苦悩の末、自らの〈探偵〉としての責任において、推理を述べる時期についての決断をしたのだった。

（そう……たとえ歌名十郎さん、あなたが犯人だったとしてもね）

――一連の出来事からいくばくかの時間が流れ、ようやく迎えたこの日に、森江は一種異様な興奮を覚えずにはいられなかった。そして考えないわけにはいかなかった――ここに至るまでに起きたことの全てと、さまざまな人々の生と死、とりわけこの芝居にぶちまけられた鶴屋南北の思いを。

「さて、このあといかが相成りますことか……」

＊

「さて、このあといかが相成りますことか……」

一心に舞台を見つめていた鶴屋南北は、ふいにわれに返ると、彼にはなじみの空間のただ中で、思わずつぶやいていた。今いるのは舞台の下手袖で、そこからは『銘高忠臣現妖鏡』の表裏が一目で見渡せるのだった。

――一連の出来事からいくばくかの時間が流れ、ようやく迎えたこの日に、南北は一種異様な興奮を覚えずにはいられなかった。そして考えないわけにはいかなかった――ここに至るまでに起きたことの全てと、さまざまな人々の生と死、とりわけこの芝居にぶちまけられた自分自身の思いを。

（そう、あれは……）

あれは勝俵蔵と改名して二年目、天明三年（一七八三）九月のことだった。

三世鶴屋南北の娘・お吉と夫婦になり、子供も生まれたものの、いっこうに目が出ないまま木挽町の森田座に出勤していた。

つい二か月前、浅間山が大噴火を起こし、多数の死者が出るなど物情騒然たるものがあった。だからといって芝居の幕を開けないわけにはいかない。

演目はおなじみの『仮名手本忠臣蔵』。中村勘彌の由良之助・義平、沢村淀五郎の判官、そして師直は三国富士五郎で斧定九郎との二役という顔ぶれだった。やはりこういう時節には、新奇なものより見慣れた演目が喜ばれるのだろうか。

役者も観客もあらかたは見知った内容だけに、何ということなく堅調に舞納《まいおさめ》を迎えるはずだった。だが、下っ端の五枚目作者として小屋の雑用に追われていた彼は、一人の奇妙な客に気づいた。

そこそこ裕福らしい武士で、いるのはたいがい最上級の桟敷席。それでも妙にチャラチャラしたなりをして、趣味のよくないことはうかがえた。それぐらいなら珍しくもなかったが、その武士は殿中刃傷の場で異様な興奮を示した。

塩冶判官を執拗にいじめる師直に罵声が飛ぶのは珍しくもないが、その武士は異様に興奮し、奇声をあげ、舞台めがけて物を投げたのがほかの客に当たったりして、とんだ迷惑だった。

あげく二階から飛び降りようとしたところを止められ、芝居茶屋での手配を断わることになった。桟敷席はここを通じてでないと取れないので、まずは一安心だったが、今度は平土間の枡席で騒ぎを起こし、厳重に出入りを禁じることになった。

いよいよこれは乱心者というほかない。だが、見張りも強化したし、さすがにもうだいじょうぶだろうと小屋側では安心していた。

ところが、興行も終わりがけになって、芝居を後方から見ることになるので最も安価な、一階桟敷の「羅漢台」から舞台に躍り出たものがあった。

衣装を替え、頬被りをしていたので見逃されたらしいが、むろんそれはくだんの武士で、そのまま高師直に襲いかかろうとするところを、裏方や役者総出で大騒ぎの末、取り押えた。

相手の身分のこともあり、芝居者としては奉行所になるべく弱みを握られたくない。とはいえ、ことここに至っては届け出ないわけにはいかなかった。その際、

「拙者は藤姓足利氏の流れをくむ佐野家の嫡男、お上よりありがたくも新番士に任ぜられたる善《ぜん》左衛門政言《ざえもんまさこと》。武士の情けじゃ、成り上がりの奸物に一太刀、せめて一太刀っ……！」

同心たちに連行されるまでの間、そんなたわ言をわめき続けていた。

俵蔵──若き日の南北は考えこまずにはいられなかった。

世に芝居狂《シバキチ》は数限りもなくおり、役者の一挙手一投足に熱い視線を送り、贔屓のため、あるいは同じ衣装をあつらえるため大枚をはたくものは珍しくない。

そこまで行かなくとも、鸚鵡石《おうむせき》片手に声色の稽古に励む素人はそこらじゅうにいるし、日常生活のちょっとした一齣を芝居がかりでやりたがるに至っては、丁稚小僧にさえ珍しくないことだ。

さらには、心中劇が流行れば本当に心中するものが続出し、敵討ち劇が当たれば現実の敵討ちの悲惨さも忘れてあこがれる。中でも忠臣蔵の影響力は絶大だろう。

誰もが塩冶判官の悲運に泣き、大星由良之助らの義挙に感激し、かくありたいものと夢想する──現実の武士たちまでもが。

あいにく『仮名手本』を書いたのは竹田出雲・三好松洛・並木千柳（宗輔）というれっきとした大坂町人たちであり、この芝居は現実の武士たちへの皮肉な挑戦状でもあるのだが、それはもはや問題でないらしい。

塩冶判官高定は赤穂藩主・浅野内匠頭長矩であり、高武蔵守師直は吉良上野介義央であり、大星由良之助は大石内蔵助であることは、言わず語らず誰もが知っている。

劇中の師直が卑劣な悪役なのはそう書いてある以上まちがいないが、ということは実在の師直と上野介もそうだったことになってしまう。

判官が悲劇の人であり、追いつめられて刃傷に至ったからには内匠頭の凶行にも理があったことになり、実は名君との評判もある現実の上野介と吉良家の人々が、赤穂浪士に卑劣な夜討ちを受け、むごたらしく虐殺されたことも、今や正しいこととして受け取られている……。

そのことに疑問を抱きつつも、忠臣蔵の芝居はやはり震えが来るほど面白い。そこのところをとらえて、いつか自分なりの芝居を書きたいものだと念じていたところへの今度の騒ぎだ。

佐野善左衛門政言と名乗った男は、五百石取りの旗本で代々番士をつとめる家柄と、あとで聞いて驚いた。

それほどの身分でも芝居の魔力にはとりつかれてしまうものだろうか。そのあげく、あんな醜態をさらしてしまうものなのだろうか。

あらためて芝居というものの恐ろしさ、魔力を思い知らされた俵蔵だったが、ことはそれではすまなかった。

（そう、あれはあのあくる年……）

思いにふける鶴屋南北の目前で、さらに舞台は変わって――。

『銘高忠臣現妖鏡』扇ヶ谷塩冶館の場

思いにふける森江春策の目前で、さらに舞台は変わって――。

（おう、これがあの場面なのか……）

台本には「三方折り廻し」とあって何のことかと思ったが、背景に鉤《かぎ》の手に曲げた襖をめぐらしてあるのがそれらしい。床には畳を表わす薄縁を敷き、ほかに脇息、紙置台などお決まりの道具が並ぶ。

『仮名手本忠臣蔵』なら、ほかに桜の枝を活けた花籠を置き、顔世御前や国家老由良之助の息子、大星力弥などが控えて、緊迫した中にも豪奢なふんいきが漂うが、こちらは広間に判官一人。しかも何か荒れ果て、退廃的で暗鬱な空気がよどんでいる。

そこで独り酒をあおり、書物というと聞こえがいいが、草双紙のたぐい（そんなものが『太平記』の時代にあったかどうか、歌舞伎で気にする人はいない）を読み散らかす塩冶判官。何やら屈託ありげなようすだ。

……と、どこからともなく風の音とも鳥の声ともつかないものが聞こえてきたかと思うと、ふいにそれらにまじって、

「ア、さのみこそや真白き蘭……」

と奇妙な声でそう言った。判官はびっくりして、

「アレ誰やら人が」

とあたりを見回すが、誰もいない。本当は黒子たちが、あたりでいろいろな仕込みをしているのだが、芝居の約束上、彼らは存在しないことになっている。

だから判官にも、彼が呼び寄せた近侍の者たちにも見えないことになっていて、

「外に誰もおらぬのに」

と主従ともども小首をかしげる。家来たちにはそもそも、その声も音も聞こえていないので、いっそう要領を得ぬようすで立ち去る。するとまた、

「ア、さのみこそや真白き蘭」

と声がする。必ず「ア」という一声が加わるのが怪しいが、ということは何か意味があるのかもしれない。

そうしたことがくり返され、判官がおびえきったところへ、ドロドロと大太鼓が鳴らされ、朧と現われ出でたのは、鎧《よろい》姿もいかめしい塩冶の祖先の亡魂で、

「コレ高定よ。かの旗改めの折、桃井殿の口を借り、神意を伝えたを忘れたか。忘れたか……」

「エエエエ、それではあのとき、身共にかけられし謎は若狭之助殿の心にはあらずして」

「左様。今は何をか包み隠さん。なんじの使命語りつくさん上からは、心鎮めてよく承れ」

「ナな何と。その使命とは、使命とは……」

――そうしたやりとりの果て、塩冶判官はしだいに狂乱の様相を呈してゆく。

その一部始終を、森江春策は息をのみ、この芝居を読み解く立場から憑かれたようにながめていた。

（『さのみこそや真白き蘭』とはどういう意味だろう？　待てよ、直前の『ア』という掛け声を加えて『浅野御子《あさのみこ》』――塩冶判官のモデル浅野内匠頭のことだろうか。ならば『浅野御子ぞや真白き蘭』となるが、それだと後半がわからなくなってしまう。ああ、真白き蘭、真白き蘭とはいったい何……）

＊

（『さのみこそや真白き蘭』とはどういう意味かって？　あいにく直前の『ア』という掛け声を加えて『浅野御子』――塩冶判官の元ネタ浅野内匠頭のことと考えると、後半がわからなくなる仕掛けなのだよ。フフ、真白き蘭という言葉にとらわれてな……）

その一部始終を、鶴屋南北は息をのみ、この芝居を創り出したものの立場から冷徹にながめていた。

となれば、これまでの描写を生み出すきっかけとなった出来事を、思い起こさないわけにはいかなかった。

（あれはあのあくる年……ということは天明四年。確か三月二十四日のことだったな）

彼が勝俵蔵として引き続き出勤していた森田座では、当初の演目である『初暦《はつごよみ》閙《にぎわい》曾我《そが》』に追加して、二日替わりで道行浄瑠璃『梅川忠兵衛恋の飛脚』『おさん茂兵衛 情水上《なさけのみなかみ》』が上演されていた。

そのうち前者がかかっていたこの日、森田座はいつにない華やぎと晴れがましさの中にあった。桟敷席を埋めるのは美しいお女中たちで、舞台に負けず劣らずのきらびやかさだ。

その中心にあって、ひときわ目立つのは、綸子《りんず》の裲襠《うちかけ》をまとい、高々と結い上げた髷から一筋の黒髪を尾長にして垂らしたご婦人だ。その美貌――とりわけ大輪の花が咲き誇るような笑顔をかいま見て、たちまち目を奪われた俵蔵に、

「おい、俵蔵。あの美しい女性《にょしょう》がどなたか知っているか。あれこそは、今を時めく若年寄・田沼山城守意知様の奥方だよ」

そう説明してくれたのは、立作者の中村重助だった。

これにはさすがに驚かされた。田沼意知といえば、将軍家治公のお覚えめでたい切れ者の老中・意次の息子で、まだ三十路半ばというのに父を補佐する要職についている。

その奥方というのは、老中首座・松平康福《まつだいらやすよし》の娘。身分の別がいいかげんで、目上の者が目下にていねいな言葉で話しかけるなど言語道断と悪口をたたかれている田沼家の嫁にふさわしく自由闊達で、こうして堂々と芝居見物にも足を運んできたのだった。

だが、その自由闊達さが思わぬ形で報われようとは、誰も予測しなかった。

――発端は、芝居が佳境に入ったとき、にわかに桟敷席にわき起こったざわめきだった。

小屋の外はすでにとっぷりと暮れかかっていたが、戯場国《けじょうこく》は幕の下りるまで、世間一般とは切

り離されているはず。その暗黙の掟がふいに破られたのだ。

そのきっかけは、奥方一行の間にあわただしく交わされたささやきだった。すぐにやむかと思いきや、それはますます広がり、傍若無人なほど声高になり、あげくドタドタした足音や甲高い悲鳴らしいものまで混じり始めた。

演技をじゃまされた役者たちが鼻白んだように立ちつくし、ほかの客たちも何だ何だとばかり首をのばす。

と、そのときだった。ついさっきまであれほど朗らかだった表情はあとかたもなく、色青ざめ、魂が抜かれたように茫然となっていた。

ふいに、華やかな裲襠姿がぐらりと傾き、そのまま崩折れそうになった。

「奥方様！」

四方八方からのびた手に支えられ、あやうく倒れることは免れた。だが、もはや彼女は生気の欠けた人形も同然であり、お供の侍女たちや駆けつけた男の家来たちに担がれながら、桟敷をあとにした。

（いったい今のは何だったんだ……あの奥方に何が起こったというんだ？）

俵蔵はキツネにつままれたように、ポカンとしていた。歌舞伎作者のはしくれとして、何がどうなれば、どんな出来事が起きればあんなことになるのか想像してみようとした。

だが、真実は彼のひねり出したどんな解釈より思いがけなく、しかも残酷で酸鼻なものだった。あの奥方が、そんな運命を背負わなくてはならないとは、あまりに不条理だ――などと、つい考えてしまいたくなるほどに。

悲劇は同じ江戸の空の下、だが彼には決して踏み入ることのできない場で起きた。

本丸御殿刃傷の場

それは、めったなことではかいま見ることもできない江戸城の一角、本丸御殿——そのせいか何だか芝居がかり、作り物めいて見える。

将軍が夜を過ごす「大奥」、昼間の生活と執務の場である「中奥」、そして本丸の南側の大半を占める「表」こそは幕府官僚たちの政務の場であり、諸大名の控の間や黒書院・白書院、それに大広間など行事を行なう部屋もここにふくまれていた。

どこを見渡しても、堂々たる造りの広間ばかり。天井も廊下も左右の襖も、絢爛としてただ美しい。

今しもそのただ中を、いかにも高位らしく威儀を正した武士が静々と通り過ぎてゆく。

その姿には一分のすきもない。その顔には強い意志と深い知性がうかがえ、だがいささか疲れているようだった。

彼こそは、最年少の若年寄・田沼山城守意知——。その夕刻、一日のお役目を終えた彼は、先輩に当たる酒井《さかい》石見守忠香《いわみのかみただか》、太田《おおた》備後守資愛《びんごのかみすけよし》、米倉《よねくら》丹後守昌晴《たんごのかみまさはる》とともに、御用部屋から出てきたところだった。

そんな彼に腰をかがめ付き従う人々、膝を突いてうやうやしく見送る人々。聞こえるのは、かすかな衣擦れの音ばかり。しわぶき一つ、聞こえはしない。

いかにもものものしいが、これも日常。その実何ごともなく過ぎてゆく……はずだった。

――異変はそのさなかに起こった。

ちょうど御用部屋を出てすぐの新番所廊下を通り、殿中での警護に当たる新番組が詰める部屋にさしかかったときだった。

突如、わけのわからない叫びをあげながら、一人の男が飛び出してきた。彼もまた侍で、それなりの装束をまとってはいたが、田沼意知とは歴然として品位の、そして知性の差があった。

ひんむかれ、血走った目。奇妙な形に開かれ、よだれとも唾ともつかない液体をまき散らす口。何もかもが、比べるべくもなく愚劣で、哀れですらあった。

だが、男はどうしようもない差を、力ずくで埋めようとするように畳の上を疾駆した――その手をしっかと腰の刀にかけながら。

その意図は今や明らかだったが、もはや誰にも制止することはできなかった。

決してこの場でさらされるべきでない銀色の刃が空を切り、すぐ前を行く意知めがけてたたきつけられた。

粟田口二尺一寸の大刀が、驚いてふりかえった意知の肩先を切り裂いた。

たちまち噴き上がる血柱、肉を裂き、骨の砕けるいやな音。彼はそのまま隣の桔梗の間に逃げこもうとしたが、男はさらに二の太刀を振り下ろした。

幸いその刃はそばの柱に食いこんだが、男は力任せにそれを外すと、あわてる人々の間をかいくぐって意知を追った。

男は今度こそ彼を仕留めようとしてか、まっすぐ腹を狙って突っこんだ。意知は果敢にも鞘でこれを防いだが、両股に二太刀も深傷を負ってしまった。

意知がその場に倒れこんでも、男はなおも執拗に凶刃をふるうことをやめようとしなかった。

「殿中である！　皆のもの出あえ、その刀を、その刀を早う！」

大音声とともに、背後から男をガッキと羽交い絞めにした武士があった。何と齢《よわい》七十を数える大目付の松平対馬守で、これにはいかなる狂乱も抵抗も、どうしようもなかった。

その声に応じ、目付の柳生主膳正が男の刀を奪い取った。

これをきっかけに、ようやく周囲の人々が躍りかかって男を取り押えたものの、そのときすでに本丸御殿桔梗の間は血なまぐさい惨劇の場となりかわっていた。

そんな中で、男はひたすら叫び続けていた。さきほどまでとは違って、言っていることは聞き取れたが、意味がさっぱりわからないという点では大して変わりはなかった。

「拙者は藤姓足利氏の流れをくむ佐野家の嫡男、お上よりありがたくも新番士に任ぜられたる善左衛門政言。武士の情けじゃ、成り上がりの奸物、田沼山城にどうかもう一太刀、とどめの一太刀をっ……！」

——それが、森田座での騒ぎに先立って起きた惨劇だった。

折しも舞台では、父師直と別れ、足利館の松の間に一人たたずむ師夏めがけて、

「覚えがあろう」

と塩冶判官が、衝立の陰から斬りかかる緊迫の瞬間だった。

本来なら、度重なる侮辱に我慢に我慢を重ね、ついに堪忍袋の緒を切った判官もしくは内匠頭が、さらなる悲劇に落ちてゆく展開だ。おなじみの忠臣蔵三段目とは大違いだが、それは当たり前。ここに描かれているのは、全く別の時代、まるで別の人物の出来事なのだから。

——あのとき桟敷席の奥方に伝えられたのが、師夏ならぬ夫・田沼意知の命にかかわる災難とあれば、あの騒ぎも周章狼狽も当然のことだった。

今をときめく若年寄であり、権勢並ぶものなき老中・田沼意次の嫡男が、ところもあろうに千代田の城の本丸御殿で、一介の新番士に斬りつけられ、瀕死の重傷を負った。

あまりにとっさの、しかも起こるはずのない椿事であったせいもあるだろうが、ぎりぎりまでは誰も助けには入らなかった、このことは武士として不届きというので処罰の対象となったものの、あとに不信と不審を残した。

不審といえば、善左衛門の動機こそ不審であった。直後からさまざまな臆測が流れ、成り上がりものの田沼意知が家柄を糊塗するために、佐野家の系図を預かったまま返さなかったとか、本来は佐野家の家紋である七曜紋の旗を分捕られたとか、あるいは幕政を壟断《ろうだん》し、士道を紊《みだ》す田沼父子に天誅を下すためであったとか……。

一番もっともらしいのは、「善左衛門が意知に賄賂を贈って出世を頼んだのにうまくいかなかっ

たから」もしくは単純明快に「乱心」であったが、なぜかこれらは世間の喜ぶところではなかった。

さらにいっそう不審であり、何より不幸であったのは、その後の意知だった。

何か所にも重傷を負った彼は、ただちに下部屋《したべや》に運ばれ、外科の御番医師二名の治療を受けた。だが、それはまことにお粗末なもので、傷口を縫うこともせず、血止めをして卵を薬としてつけ、傷口をふさいだだけだったという。

そのあと意知は、登城に用いた駕籠《かご》に乗せられ、神田橋の田沼邸に運ばれた。

あの若い奥方はもとより、父・意次をはじめ周囲が受けた衝撃は計り知れないものだったに違いない。そしてそれは、深い痛苦と悲しみに変わった。一時は命に別状はないと伝えられたにもかかわらず、意知は助からなかったのだ。

幕府からの公表は四月二日で、その間に意知から若年寄辞職の願いや、将軍家治からの見舞いの言葉などがあったように装われたが、実際には刃傷の二日後、二十六日に亡くなっていたという。

一方、下手人の新番士・佐野善左衛門——そう、森田座で再三騒ぎを起こした男だ——は、小伝馬町の揚屋《あがりや》に送られた。吟味の末、乱心の末の凶行ということになり、四月三日には評定所から切腹が申し渡された。善左衛門はまだ二十八歳だった。

あまりにも突然で、不条理な悲劇。とりわけ、あの美しい奥方はこの目で姿を見ているだけに痛ましくてならなかった。この世には何とむごい不幸が起きるのかと、無常な思いがした。

だが……本当にむごく、そして吐き気をもよおすばかりにおぞましい出来事は、むしろそのあとに起きたのだった。

田沼山城、深手じゃないが
あ痛身痛し、切られて逃げらる
イヤ佐野善左で血はざんざ
よい気味じゃにえ！

おらは主殿を憎むじゃないが
さんざ、一人息子も殺された
イヤ佐野善左で血はざんざ
よい気味じゃにえ！

田沼山城、切られたそうの
殿中、疵は浅いが出られまい
イヤ佐野善左で血はざんざ
よい気味じゃにえ！

前年あたりから流行りだした「イヤサの水晶で気はさんざ」の替え歌で、街々をはやして回る異形のものたち。わざわざ田沼邸の門前まで行って、聞こえよがしに大声をはりあげる輩もいた。

街角では、田沼家の七曜紋を描いた酒樽の古筵をかぶった乞食が、ダッと駆けだしたところを、鍾馗《しょうき》さまに扮した相棒に「悪魔遁《のが》さじ」と斬り倒される。それを見て、みなみな大喝采というありさまだった。

かと思えば、「斬られたは馬鹿年寄と聞くとはや　山もお城も騒ぐ新番」「山城の城のお小袖血に染みて　赤年寄と人は言うなる」などという落首も大流行りだった。

あまりにも理不尽に、むごく、志半ばで殺された田沼意知に同情するものは、誰もいないかのようだった。それどころか、決して高いとは言えない身分から一国一城の主となった人物の御曹司を最悪の不幸が襲ったことが、うれしくて楽しくてしようがないとしか思えなかった。

しめやかに行なわれた意知の葬儀には、通行人から石が投げられた。罵声が飛び、例の替え歌が大合唱される中を、田沼意次とその一族家臣は黙々として進んで行った。それがまた憎しみと嘲笑を誘った。

南北――あのころの俵蔵もまた、その一人となっていてもおかしくなかった。あの奥方が、絶頂からどん底に突き落とされるところをこの目で見てさえいなければ。

田沼父子とは正反対に、佐野善左衛門の人気は大したもので、〝世直し大明神〟とあがめられ、亡骸《なきがら》が葬られた寺には参詣客が引きも切らぬありさまだった。おかしなことに善左衛門の死の直後、それまで騰貴を続けていた米その他の諸色《しょしき》の値段が下落した。庶民たちはそれさえも彼のおかげのようにありがたがった。

まるで聖人のような扱いに、『仮名手本』上演の際の狂態を知る俵蔵は鼻白むばかりだった。

そう……全てはあのとき始まった。自分が下っ端ながらかかわった芝居が一人の人殺しを生み出し、あの美しい奥方や多くの人々が不幸になった。

あの男は忠臣蔵の芝居を見て、自分が塩冶判官のつもりになって、罪もない師直ならぬ意知を殺した。それだけではない、世の人々は芝居とは似てもつかない現実の出来事を芝居に当てはめ、佐野善左衛門が正義の人であり、田沼父子が極悪非道の輩だと思いこんでしまった。

つくづくと芝居というものの恐ろしさ、罪深さというものが身にしみた。こんなものに自分は夢を抱き、つらくみじめな下積みに耐えてきたのかと何とも言えない思いがした。

それから一年、勝俵蔵の名は芝居の世界から消えた。口うるさい女房のお吉はあっけにとられていたが、亭主の打ちしおれたようすを見ては、あまり文句も言わなかった。

幸い世話する人があって、狂歌の会に参加し、その世話方や下働きとして、わずかな金を稼いだ。俳号というか狂号ももらえて、これはご面相を見たままの「眉毛《びもう》」となった。

だが、それ以上にありがたかったのは、身分の高下を問わず交流する人々の末席に加えてもらえたことで、これによって彼の世界は一気に広がった。その顔ぶれというのは、

旗本で勘定組頭の土山宗《つちやまそう》次郎《じろう》

戯作者・恋川春町《こいかわはるまち》実ハ駿河小島藩士の倉橋格《くらはしいたる》

煙草商で文人の平秩東作《へづつとうさく》

先に長崎に出役し俵物御用をつとめた青島俊蔵《あおしましゅんぞう》

諸国行脚の経世家にして部屋住み侍・林子平《はやししへい》

仙台藩の江戸詰め藩医・工藤平助《くどうへいすけ》
浮世絵師の喜多川歌麿
——といった、実に錚々《そうそう》たるものだった。

そして、そこへさらに一人、最年少として加わっていたのが、あの「天徳」なのだった。

もちろん、このころの彼は天竺徳兵衛になぞらえられるような存在ではなかったし、そもそも南北自身、まだあの芝居を書いてはいなかった。

当然そのころは本名で呼んでいたし、名に「蔵」がつくこともあって、俵蔵や青島俊蔵と並べて「三蔵」と呼ばれたりした。だが、後にその実名を出すには大いにはばかりがあるようになって、もっぱら「天徳」と呼ぶことになった。いつのまにか、そちらの方が慣れてしまったこともあり、だからここでもその名で呼ぶことにしよう。

その「天徳」の素性はよく知らないが、いわゆる書生であったことはまちがいなく、杉田玄白の天真楼——そのころは大槻玄沢の芝蘭堂はまだなかった——に学んだり、蘭画家の司馬江漢のもとに出入りしたりしていた。ほかに本草学やゼオガラヒー（地理学）とかいうものを学んでいたらしい。

とはいえ若輩者ということで、その会では自分同様もっぱら聞き役だったが、学問の下地があるだけ興味は深かったらしく、それがその後のとある行動につながったのかもしれない。

とにかく先に挙げたような知識人たちの話は面白かった。

土山宗次郎というお旗本は、各地の産物や商人たちの動向などに非常に明るく、侍には似合わず計数の才にも恵まれている半面、大変な通人でもあって、吉原は大文字屋の誰袖《たがそで》を千二百両で身請けしたというので大評判になった。

そんな土山と親交のある文化人といえば、後に蜀山人《しょくさんじん》の名でも知られる狂歌師にして御家人・大田南畝《おおたなんぽ》が有名だが、この集まりではめったに顔を見ることがなかった。きっと会の性格が少し異なっていたのだろう。

そのかわりに知り合うことのできた恋川春町、平秩東作といった戯作者たちは、口を開けば警抜な言葉が飛び出し、底知れぬ教養を感じさせた。

春町は黄表紙の挿絵も手がける洒脱さの中に、武士の品格がかいま見えたし、父は武士とはいえ今は商人の東作は、獄中死して誰も引き取り手のなかった平賀源内の遺骸を埋葬するなど剛直な一面を持っていた。

ちなみに青島俊蔵という人は、いかにも生まじめな役人のように見えて、現にその通りなのだが、何とその源内の弟子だったという。また林子平は見るからに朴訥《ぼくとつ》な田舎侍のように思っていたが、そのときまさに『三国通覧図説』なるとてつもない著作をものしつつあったとは夢にも知らなかった。

こうした人々の中心にいたのが、工藤平助だった。彼は名医として有名なだけでなく漢学・蘭学など万能の学者で、諸大名から歌舞伎役者、芸妓幇間に至るまで多方面に交友を持ち、異国人も江戸来訪の折には築地の屋敷を訪ねたという。晩功堂という学塾も開いており、「天徳」はその門人でもあったことが、この会への参加につながったようだ。あるいはその逆だったかもしれないが……。

工藤平助は、北方へのロシア人進出について調べた『赤蝦夷風説考』が田沼意次・意知父子の目にとまり、土山は意次の懐刀ならぬ懐算盤というべき存在。絵師の歌麿その他の人々も田沼時代の開放的な空気の中でのびのびと活躍できていただけに、合間合間の話は自然と田沼家のこと、とりわけ山城守意知の悲劇に触れることになった。

「意知様という方は」

工藤平助は、一応はあたりをはばかりながら、しかしきっぱりと言ったものだった。

「まことに善人であった。実にご発明な方で、わしの北方に関する著書にいちはやく注目し、御父主殿頭《とのものかみ》様に進言してくださったのも実はあの方であったよ」

すると、土山宗次郎が大きくうなずいて、

「さよう。幼名をご尊父同様、龍助と言われたのにふさわしく、天に向かってどこまでも飛翔していかれるご器量のはずが、あのようなことになられたのは、主殿頭様だけでなくわれわれ改革派、いや、日本国全体にとっての不幸であった。それが、あの乱心者のせいで……」

それが誰をさすかは、明らかだった。

「イヤサのなにがしですか」恋川春町があっさりと言った。「あのときの騒ぎはひどいものでしたな。あの歌については信じられないような噂を聞きましたが、まぁそれはいくら何でもありえないとして、田沼家の方々も本当にお気の毒だった……」

「しかし民衆の支持は絶大ですぞ」と林子平。「拙者は民草の声というのは正しいものだと思っていたが、わからなくなってしもうた。あの男の切腹後、どうしたはずみか物の値段が下がったことも大きかったのでしょうが」

「その件ですが」平秩東作が声をひそめた。「あの男が切腹したあとに、何者かが人為的に相場をあやつったとしたら……田沼様の人気を下げ、おのが利益につなげるために、公金をつぎこみ、物価を下げたのだとしたら？」

えっ、そんなことが？　という驚きと恐れが広がった。まさかそんなことがあろうはずが……という願いを込めた視線が、経済の専門家である土山宗次郎に集まる。

「いや、ないことではない。民から召し上げた税をつぎこめばできないことはないし、それをやりかねない人物も確かに一人いる」

土山が、いつもの豪放磊落《らいらく》さを引っこませながら言った。そのあと酒杯をグイッと口に運ぶと、

「だが、用心は肝要でも、いたずらに心配することはない。まだまだ希望の灯は消えてはおらぬのだからな。というのも主殿頭様におかれては、意知様のご遺志を継いで、例の件、いよいよ実行のご決意をなされたぞ」

「え、ではあの計画が！」

と叫んだのは青島俊蔵だった。

とたんに、シッと土山宗次郎が制し、一同は黙りこんだ。そのせいで、南北は森田座での目撃体験を口にしそびれた。

そんな中で、めったと口を利くことのない絵師の歌麿が筆を走らせる音だけがサラサラと響い

ていた。彼はいつもこんな風に、黙々とここにいない美女の絵を描いているのだった。

新参者の南北には、その〝計画〟なるものが何かはわからなかった。気さくで親切な人たちだったので、訊けば教えてくれたろうが、なぜかはばかられるものがあった。

ただ、そのとき南北は見たのだ――あの「天徳」がその瞬間、端座したまま袴をグッとつかみ、うつむけ気味の顔に喜悦と決意の表情を刻んでいるのを!

それから数か月後、〝計画〟は早くも実行に移され、「天徳」は南北の視野から消えた。

彼だけでなく、土山宗次郎や工藤平助、青島俊蔵の欠席が目立つようになり、林子平はまた旅に出てしまった。そんなこんなで、例会が開かれるのもしだいに間遠になったのだが、なぜそういうことになったかは南北にもあとで知れた。

――天明五年(一七八五)四月、老中田沼意次が北辺事情と蝦夷地開拓の調査を目的とする探検隊を派遣した。隊は東蝦夷班と西蝦夷班に分かれ、青島俊蔵は前者に加わってクナシリ、エトロフにまで渡ったし、後者は初のカラフト探検を敢行した。

全てはこの国と民を富強にするためだった。いたずらな質素倹約をやめ、学問も芸術も自由にした方が社会が活性化することを実証したばかりか、税収を農民だけに頼るのをやめ商人階級から運上金を取り立てることを思いついた意次は、蝦夷地開発に関しても信じられないような先進性を持っていた。

まず鎖国下にもかかわらずロシアとの交易を公認しようとしたこと。次に調査に当たってはアイヌの人々を和人と平等に扱い、むしろ松前藩による搾取を告発する立場を取ったこと、さらには身分制度のもと、きびしい差別を受けていた人々に蝦夷地入植をすすめ、それと引き換えに常民の身分を保証することにしたのだ。だが、これらの方針が保守層の強い反発を生んだのもまた当然の話だった。

調査活動は翌年にも行なわれ、早々に東蝦夷班が出発した。前年は出発が遅れたため海が凍結するなど限界が生じたことを反省したもので、各方面でさらに大胆で危険な踏査が行なわれた。その結果、多大な収穫を得ることができたものの、痛ましい犠牲を出すことにもなってしまった。

それは前年からソウヤにとどまり、再度のカラフト探検を目指した西蝦夷班で、彼らを待っていたのは北部蝦夷地のすさまじい酷寒だった。それは彼らの想像を絶するもので、アイヌの人々が暮らす茅蔽《かやおお》いの小屋で、彼らのような毛皮一つ持たず、栄養補給の手段も知らずに越冬することは、自殺行為にほかならなかった。

初のカラフト渡航という壮挙に成功した幕府派遣の普請役・庵原弥六、同行の松前藩士・柴田文蔵、さらに彼らの下役や通詞たちが次々と病に倒れ、苦しみの果て命を落としていった。土地のアイヌ人が飛脚となって松前に走ってくれたが、往復二か月はかかった。

その間も悲劇は続き、三月になってソウヤで合流した別の隊員が見たのは、すでに葬られた死者たちと気息奄々《きそくえんえん》と生きながらえたものたちの無残な姿だった。

そうした犠牲を乗り越えて、田沼父子とそれをとりまく在野の人々が立てた〝計画〟は継続された。目的はひたすら飢饉に苦しむ人々や慢性的な幕府の赤字財政を救うため。だが、彼らの努力は報いられるどころか、何の役に立てられることもなかった。

――天明六年八月二十五日に、田沼意次に厚い信頼を寄せていた十代将軍家治が薨去《こうきょ》。何とその翌々日に意次は老中を罷免されてしまったのである。次いで減封、財産没収――ついには江戸屋敷の明け渡しまで命じられた。

意次蹴落としの陰謀は、彼が天災や飢饉に対応すべく必死に奔走している間に着々と練られていた。大地震やそれにともなう人々の困窮すら、政権奪取を狙う者たちにとっては踊りだしたいほどの好機だったのだ。

合わせて、これまで田沼家と結んでいたものたちが、いっせいに手を引き始めた。あの奥方は、父の松平康福の命で離縁させられ、実家に引きもどされてしまった。その後の消息は知る由もない。あっという間の凋落であった。そこに大いなる力と、ある人物の意思が働いていることは疑いがなかった。

田沼意次とその子意知が行なおうとしていた政策は、全否定された。中でも蝦夷地調査は即刻打ち切り、隊の面々は罷免され、あるものは江戸にもどり、あるものは現地に居残った。

こうなると、例の会などはたちまち雲散霧消してしまった。しかたなく――というより、自分の居場所は結局そこにしかないと腹を決めて、南北は十一月の中村座の顔見世で作者部屋に復帰したのだった。

そして、運命の日が来た。天明七年六月十九日――この日を境に世の中は狂い始めたのだが、世の人々は佐野善左衛門を〝世直し大明神〟と崇め奉ったときと同様、浮かれ騒いでいた。

まず十一月、田沼失脚後、閑職に追いやられていた土山宗次郎に公金横領の容疑がかけられた。無実を訴えて容れられず、やむなく逃走した彼は、平秩東作に一時かくまわれていた。だが結局は捕縛され、十二月五日、切腹さえ許されず斬首された。

田沼意次はすでに隠居し、遠江《とおとうみ》国相良藩主の座を孫の意明《おきあき》に譲っていたが、度重なる減封の駄目押しのように陸奥国下村一万石に追いやられた。

翌天明八年、最盛期には五万七千石を誇った相良城が、幕命により破却された。それはもう徹底したもので、一月十六日に人足三百人で大手御番所・冠門・南角櫓の取り壊しに始まって、ときには九百人近い人足を動員しながら、二月五日までの間に御殿、長屋、役宅、塀に至るまで残らず破壊してしまった。

こうして、家中では誰にでも分け隔てなく接し、万事話し合いで決めることで知られた田沼の居城は文字通り跡形もなく粉砕された——ちょうど今、舞台で展開されている「鎌倉師直館の場」、その大屋体崩しそっくりに。

そのわずか数か月後の七月二十四日、全ての功績を消し去られた田沼意次は、かわりに無数の汚名と屈辱を背負わされたまま亡くなった。享年七十であった。

(しかも、それではすまなかったのだ。こんなにむごく理不尽でも、それだけでは満足できなかったのだ、あのお方には……)

鶴屋南北は、客席を見やりながらつぶやいた。

そう、さらに悲劇は続いた、しかも勝俵蔵時代の彼のすぐ身近で。

——まず世相を面白おかしく風刺することに長けた恋川春町こと倉橋格に、お上から呼び出しがあった。春町は病気を理由に固辞し続けたが、その後、寛政元年（一七八九）七月七日に死亡した。表向きは病死とのことだったが、自刃したという噂がもっぱらで、同僚上司によってたかって殺されたという説もあった。

同じ年、蝦夷地クナシリで、和人の暴虐に耐えかねたアイヌ民族の蜂起があった。その調査のため再び蝦夷地に渡ったのは青島俊蔵だった。

先に調査記録を『蝦夷拾遺』としてまとめた彼の報告は、専門家として最良のものだった。だが、この内容を猜疑心をもって見るものがあった。

それは蝦夷地を支配する松前藩の不正を隠蔽するものであり、そもそも旧田沼政権がアイヌに融和的な態度を取ったことが、今度の暴動の原因だったというのだ。そしてその背後にはロシアがいるのだと。死と隣り合わせで蝦夷地を調べたものたちは、みな外夷《がいい》の手先なのだと。

俊蔵は投獄され、遠島が宣告されたが、低劣な獄中での生活、しかも完全な冤罪でのそれに苦しみぬいたあげく、執行前に死亡した。外交通を気取った被害妄想のせいで、むざむざ有用な人材が殺されたのだ。

さらに寛政三年、林子平が出版費用を自己負担し、自ら版木を彫ることまでして刊行した『海国兵談』が幕閣でもないのにご政道に口を出し、一般民衆によけいな知識を与えるものとして発禁・版木処分の処罰を受け、あわせて前著『三国通覧図説』まで禁止処分にされた。

子平はその後、兄のいる仙台に強制送還され、有名な「親も無し　妻無し子無し板木無し　金も無けれど死にたくも無し」の句を詠み、「六無斎」と号した。二年後の寛政五年、ひっそりと死を迎えた。

『海国兵談』に序文を寄せた工藤平助は、連座させられるのではと心配されたが、幸い咎めはなくてすんだ。だが、彼が中心となった自由闊達な学芸の交わりは、しだいに窒息させられていった。公儀が認めた以外の「異学」へのきびしい禁圧と、ゆるみかけた身分秩序の再強化のもとでは許されるはずもなかった。

ひとり喜多川歌麿は、度重なる出版取り締まりや表現規制をかいくぐり、浮世絵師として活躍し続けた。歌麿はもっぱら遊里や市井の美人画を描いたことから、南北とは接点がなかったが、その盛名には接していた。

だが、南北が『天竺徳兵衛韓噺』で立作者・勝俵蔵としての地位を確立しようとした文化元年(一八〇四)、歌麿はその絵の内容が不埒として手鎖五十日の刑に処せられ、その衝撃で心身を病み、二年後に亡くなった。

結局歌麿ほどの人も、お上の弾圧を逃れることはできなかったのだ。その間に、あの「狂言仕組丼ニ道具衣裳心得方被仰渡」のために勝俵蔵から鶴屋南北にならざるを得なかった。

それからさらに歳月が流れた。あの狂歌の会から数えれば、かれこれ四十年。そしてついに、めったなことでは動じない鶴屋南北を驚倒させる出来事が起きた。

――あの「天徳」が帰ってきた。

二幕目

『銘高忠臣現妖鏡』師直屋敷討入りの場

——あの「天徳」が帰ってきた。

そうとしか表現のしようのない舞台であった。

文字面ですら十分に衝撃的なその場面は、道具方の自慢の腕によって、さらに目の覚めるものとなっていた。いや、途中までは確かに、おなじみの討ち入りの場だったのだが——。

花道奥の揚幕がサッと開かれ、吊り手の金輪がシャリン！　と鳴る。そこから現われたのは、おなじみの火事装束を身にまとい、背中にはそれぞれの姓名を記した金色の短冊を結びつけた一団だ。

〽会稽の雪にかがやく短冊も、黄金花咲く年の暮れ、大星由良之助先に立ち、つづく矢間《やざま》に岡佐藤、兜頭巾に黒羽織、忠義の胸当打ち揃う、義を金石の面々に、文武智略の大竹に、つりをかけやの跡おさえ、なに大鷲の出立ばえ、背に仮名書きの合印、勇ましかりける次第なり。

――と床の浄瑠璃に、名と姿を詠いこまれた義士たちが、雪布を敷き詰めた花道をのっしのっしと進み来る。由良之助の手には采配が握られ、かたわらには若い義士が陣太鼓を持って付き従う。

この間、紙の雪は激しく降りしきり、それを表わす大太鼓の音が鳴り続けている。

やがて舞台の上に勢ぞろいした面々は、大槌、手槍、十文字槍、半弓など携えた得物も多彩。目前の師直屋敷を攻めるには、いかにもご大層に見え、この分では赤子の手をひねるように瞬時にたたきつぶしてしまえるに違いなかった。

そもそも、この芝居では師直には討たれる理由がなく、どう考えても塩冶浪人たちが弱い者いじめをしているように見えるのだが、忠臣蔵とはそもそもそういう芝居ではないのか――そんな作者の声が誰の耳にも聞こえてきそうな気がした。

と、そのときだった。雪音がいつの間にか調子と響きを変え、水の音――それも海や川が波打つようすを表わしたそれへと変わっていった。

それがさらに調子を高め、耳を聾《ろう》せんばかりになったとき、揚幕が再び開かれた。そこから、実にとんでもないものが出てきたのだ。

それは何と、一艘の大船だった。

と同時に、花道の雪布がクルクルとめくられ、下から別の紋様が現われた。それは青地に白く、あるいは黒く水の流れやしぶきを表わした〝浪布〟で、船はその上をしずしずと進んでゆくのだった。

確かに、『仮名手本』では別の語りに、

〽柔よく剛を制し、弱よく強を制するとは、張良に石公が伝えし秘法なり。塩冶判官高定の家臣大星由良之助、これを守って既に一味の勇士四十余騎、漁船《りょうせん》に取り乗って……先手《さきて》跡舟《あとふね》段々に、列を乱さず立ち出ずる。

——とあるぐらいで、鎌倉の稲村ヶ崎から上陸して師直屋敷をめざすことになっている。だから近くに海があり、船が漕ぎ寄せることができたとこじつけられなくはない。

だが、前代未聞の珍趣向であることも、まちがいなかった。そもそも四十七士が到着したあと、誰がやってきたというのか。そこから先が、さらに奇想天外なのだった。

船上にスックと立ち、腕組みしつつ前方をハッタと見すえる男。これがまた装束美々しい義士たちに負けず、大星由良之助にも劣らない貫禄の持ち主だった。

——頭は五十日鬘《ごじゅうにちかずら》、髭青々として見るからに精悍。何より異風だったのは、そのいでたちだった。象牙鈕釦《ボタン》に柿色紬《つむぎ》紐付きの筒袖と股引を着込み、その上から黒天鵞絨《ビロード》の襟を掛けた不思議な紋様入りの厚司《アッシ》をまとっている。おまけに腰には、錦袋に収めた刀をぶちこんでいた。

忠臣蔵にこんな登場人物がいるわけがない。だが、芝居を少しでも見る人なら、彼が何者かは明らかだった。誰もがその名を知っていた。

「天徳」——天竺徳兵衛だ。

異国に渡り、不思議な諸国をめぐり、珍奇な見聞を積み重ねて命からがら帰国した船頭。だが、その正体は、日本の国に恨みを抱き、これを転覆させようとする妖術使いだった。

こんな奴が突如姿を現わしては、せっかくの討ち入りも台なしで、

「アーラ怪しやな、陸《おか》に揚がりし鯨と見れば人の乗る船」

「夜討ちの邪魔する不届き者、門出の血祭りにしてくれん」

「おうよ、覚悟ひろげェ」

「コレコレ、余の者には目な懸けそ。取るべき首はただ一つ。ただ師直を討ち取られよ」

驚き騒ぐ義士たちを由良之助が押しとどめるが、そんなことで騒ぎは収まらない。

やがて船は舞台に乗りつけ、ちょうどそこへ屋敷内から、高野家の人々が何ごとかと飛び出してきた。

天竺徳兵衛は、莞爾《かんじ》とした笑顔とともに彼らを手で制し、

「南無ふわんたすマゴリヤ、守護聖天ぎやまん呉須斗《ごすと》！」

と、大蝦蟇の妖術を使うときとはちょっと違った呪文をとなえて印を結べば、ドロドロという太鼓の響きが、荒波高波の砕け散る音に変わった。

舞台にも素早く浪布が広げられたかと思うと、たちまち大きく盛り上がり、激しく揺れ動き始めた。それればかりか水鉄砲の仕掛けで、本水《ほんみず》もあちこちから噴き上がる中で、

「ワワワワ、ハテこれは面妖な」

「堅き地面がたちまちに、水と変じて沈みゆく」

「助けてくれエ。拙者は泳げぬ」

こうなっては、誇り高き義士たちもどうしようもなく、水の中にのみこまれてゆく。ひとしき

り鳴物が激しく響きわたり、それがハタとやんだかと思うと、サッと浪布は左右に引かれ、全てがあとかたもなく消え失せている。

師直屋敷の人々が驚きあきれて、

「これは」

と叫ぶのに徳兵衛が答えて、

「わが妖術のなせる業」

と九字を切り、「ムム」と笑いだすのを柝の頭に、

「ムムハハハハハ……」

と哄笑するのに合わせて、師直屋敷まるごとが龕灯返《がんどうがえ》しとなり、さらに物語は意外な方向に転がってゆく……。


「何だろう、この奇想天外な綯い交ぜ、大胆不敵な書き替えの趣向は……」

一人の作者が生み出した光景を、森江春策は観客冥利《みょうり》とばかりながめながら言った。

「鶴屋南北以外の誰に、こんな——いっそ無法とでも言いたい筋立てが書けるだろうか」

その顔には、何か一心に考えこむ表情が浮かんでいた。この場面に込めた意味は何か、背後にどんな出来事があったか、言い当ててみよと挑みかかられた気がしていた。

「どうだえ、この奇想天外な綯い交ぜ、大胆不敵な書き替え趣向は……」

おのが筆先が生み出した光景を、鶴屋南北は作者冥利とばかりながめながら言った。

「このわし以外の誰に、こんな――いっそ無法とでも言いたい筋立てが書けるもんかい」

その顔には、何とも言えぬ不敵な笑みが浮かんでいた。この場面に込めた意味は何か、背後にどんな出来事があったか、言い当ててみよと挑みかからんばかりに……。

＊

常陸国大津浜異人上陸の場

その出来事とは――『東海道四谷怪談』上演の一年と二か月前、水戸藩領内で起きた前代未聞の事件であった。

文政七年五月二十八日（一八二四年六月二十四日）常陸国の北端、大津浜に十二人ものイギリス人が上陸したのだ。

その数年前から、近海に異国船の影がちらついてはいた。それが近年にわかに需要を増した鯨油のための捕鯨船団などとは知る由もないまま、遠目にながめるほかなかったが、一部の漁民がこっそりと接触し、交易めいたことをしているとの噂はあった。

その日も沖に複数の船影が見えてはいたのだが、まさかそこからボート二隻で漕ぎ出した異国人たちが堂々と入りこんでくるとは誰も予測しなかった。

当然、大騒ぎになって、大津浜一帯を知行地とする水戸藩附家老《つけがろう》・中山備前守の手勢が駆けつけて、十二人全員を捕えるのに成功した。彼らは鉄砲や銛《もり》、刀などを携えていたが、特に抵抗することはなかった。

彼らは当初近くの民家に収容されたが、脱出を図ったものがあったため、洞穴に押しこめた。その後、沖合の本船が威嚇のためか砲声を発したり、船員の引き渡しを求めて五艘の船を出して接近したりしたが、拒否されたため引き下がった。

水戸藩庁や隣接の藩から加勢が駆けつけ、現場一帯に陣を張った。

まず取り調べに当たったのは、水戸彰考館の会沢正志斎と飛田逸民だが、彼らは当然語学力皆無で、近年北辺を騒がすロシア人が襲来したのだと勝手に思いこんでいた。

彼らにとっては残念なことに、地図を見せながらの身振り手振りで彼らがイギリスの船乗りであることはわかったものの、強い偏見から彼らには領土的野心ありと決めつけ、処刑すべしと断じていた。

幸い会沢と飛田にはそうする権限がなく、水戸藩からの報告を受けて、江戸から代官古山善吉とオランダ語大通詞の足立佐内、吉雄忠次郎らからなる一行が到着した。会沢たちの取り調べに遅れること七日、六月十日のことであった。

通詞たちはオランダ語を自在にあやつるほかに、英語の読み書きをすでに学習していた。彼ら幕府役人の到着で、ようやく意思の疎通が可能になり、

――其方共《そのほうども》、不残《のこらず》諳危利亜《アンゲリヤ》人なる哉《や》。

「左様に御座候、ロンドンを出帆仕《つかまつ》り十八ヶ月に相成り申し候」

――其方共の人数や如何《いかん》。

「十二名に御座候。内船長両人有之、余は不残水夫にて御座候」

――当初の報告にては上陸の人数十三名と聞及びしが、余人の之有《これあり》候哉。

「十二名にて相違御座無く候。其は何かの勘定違ひかと心得候」

――何用有之、此《この》地方へ上陸致したる哉。

「船に敗血病人（壊血病患者）御座候に付、果実、野菜、阿蘭陀草様のもの、並びに羊鶏等得度《えたく》候に付、上陸仕り候」

――元船は何船にて有之候哉、沖に元船何艘《なんそう》程有之候哉。

「鯨漁の船にて御座候、類船三十艘御座候て所々に散在いたし有之候」

といったようなことで、侵略や略奪の意図はないことが明らかになった。イギリス人たちは捕鯨船長二人と水夫十人、年齢は四十歳から十九歳ということもわかった。

彼らの拘束は十数日に及んだが、その間、村人と物々交換をしたり、いっしょに歌ったり踊ったり、相撲を取ったり絵を描いたりして過ごした。幼子連れの漁民を見て涙ぐむ姿を見て、きっとこの異人にも子があるのだろう、人情というものは変わらぬものだと感じ入る一幕もあった。

――御免にて御帰しに成り候節は、橋船にて元船江帰らるる哉。

赦免されて帰されるとして、お前たちの艀《はしけ》で本船にもどれるのかという問いには、

「何卒御免を相願ひ候、随分元船江相帰り申し候」

という殊勝な回答があった。とはいえ、文政元年と五年に浦賀へのイギリス船の来航があり、その帰帆の際、「今後は二度と日本に近づくな」と厳命したにもかかわらず、守られなかったのは問題だった。

そこで「お前たちはこの件を知らなかったのか」とただすと、「知りませんでした。今後はその決まりを守りますし、ほかの捕鯨船にも伝えます」と答えた。

とにかく病人を治療するためのやむをえない着岸ということで、英文で記した申諭書とともに、米二斗、リンゴ三百五十、ビワ四升、大根五百本、サツマイモ三十二本、鶏十羽、莧菜《ひょうな》、青梅、梨、ネギ、酒五升樽などを与えて出発を許した。

これが六月十二日のことで、あいにく雨天で沖合がひどく暗かったので、「その方らの船でそのまま本船まで帰れるか」と訊くと、「大丈夫です」と答えた。

そこで、ぶじに送り返したというから、大騒動の割には友好的な解決がついたと言えるだろう――同じ年の八月、薩摩藩領の宝島に上陸したイギリスの捕鯨船長が藩士に射殺され、死体が塩漬けにされて長崎に送られたのに比べれば。

だが、大津浜のイギリス人も、幕府側の的確迅速さと語学力がなければ、どうなっていたかわからない。というのは、彼らに対する穏健な処置を水戸藩側は事なかれ主義、弱腰と非難するものが多かったからだ。

とりわけ彰考館総裁の藤田幽谷の憤怒はすさまじく、船員たちを斬るべしとの強硬策を藩主に進言した。幽谷の言い分では「たとひ通詞にて言語文字は相分り候共、真実の虜情は相分り申間敷」、つまり語学力はあっても無駄で、自分たちはそんなものがなくても異国人が敵だとわかるというのだ。

紅毛碧眼《こうもうへきがん》の異貌の人々に同じ人情を感じ取った村人とは大違いだが、時の水戸藩主・徳川斉脩《なりのぶ》は冷静賢明な君主で、「から学者は畏れすぎ、武人はあなどりすぎ様に有之」と進言を却下した。

そのことに怒った幽谷はとんでもない暴挙に出た。息子の東湖に、

「汝速やかに大津に赴きて……もしその放還（イギリス人の解放と帰船）の議決を審《つまびらか》にせば、直ちに夷人の舎に入り、臂力《びりょく》を掉《ふる》ひ、夷虜を鏖《みなごろし》にすべし」

と命じ、刺客として放ったのだ。とうてい正気の沙汰ではない。

幸運なことに、藤田東湖が現場に到着したときには、ボートはとっくに離岸したあとだった。藤田親子が、異人と幕府にコケにされたといきり立ったのは言うまでもなく、彼らは次代藩主の斉昭を、神がかりな思想の持ち主に育てることに専心してゆく。

そんな一齣をはさみながら、大津浜事件は——異国船打払令や尊王攘夷運動などの火種を残しながらも——落着した。

だが……ここに誰も知らない事実があった。

それは、大津浜に上陸したのが、実際には十三人だったということだった。

そして、この計算の合わない一人が忽然と姿を消し、しかも見つかることがなかったのは、彼がこの国の民衆にまぎれて区別のつかない——早い話が、日本人そのものだということだった。

それからどこをどう巡ったのか、その翌月、彼——十三番目の男は江戸の芝居町に姿を現わした。

鶴屋南北が立作者をつとめる市村座は、折しも八月興行の『妹背山婦女庭訓』の準備が真っ盛り。これはおなじみの演目として、二番目狂言の『色成《いろになり》田《た》利《り》生組糸《しょうのくみいと》』が新作だけに仕掛けや支度が大変だった。

今度の芝居は、幕が開くと「芝居楽屋口の場」で、いきなり舞台の上に芝居小屋を再現するという趣向。ようやく二枚目作者として育ってきた花笠魯助がいい知恵を出してくれたと思ったら、

「作者は作者でも、紙の本に刷られる作者になりたい」

と言い出してやめてしまった。

そのことが痛手でなくはなかったが、だからといって幕を開けないわけにはいかない。相も変わらず芝居国の軍師として、老いを感じさせない活躍を見せていた鶴屋南北のもとに来客があった。

人を驚かせても自分が驚くことはめったにない——少なくとも外に表わすことのない南北だったが、このときばかりは違っていた。目を真ん丸に見開き、極太眉を文楽人形みたいにうごめかし、よろよろっと後ずさった。

「あ、あぁたは……!」

いつもは皮肉っぽくゆるめるか、不敵に引き締めるかしている口がアングリ開いて、そう言うのがせいいっぱいだった。

「お久しぶりです。土山様も春町先生も東作先生も、それから林先生に工藤先生、歌麿師匠まで

亡くなって、あの会の生き残りは、私と俵蔵さん――おっと、今は鶴屋南北とおっしゃるのでしたっけ、われわれ二人だけになってしまったようですね」

その客は、南北に劣らず年月と風雪を刻んだ顔をほころばせながら言った。

「何と、これはまぁ何てこった、何というお人と会えたこった……」

鶴屋南北は幽霊を見たような恐れとともに彼を見つめ、だがそれはすぐに懐かしさと喜びに変わった。南北は言った。

「ほんにほんに、お互いよくもまぁ生きのびましたな！　私もあぁたも、ねぇ……」

その言葉に続いて、相手の名を呼びかけたときだった。

「しっ、どうかわが名だけはご内聞に」

その客は、唇に人さし指を押し当ててみせた。どうやら〝黙れ〟の異国式合図らしかった。

何をご大層に、と思うわけにはいかなかった。彼は恐ろしい国禁を犯した身であり、その存在自体が許されないものだったからだ。

「……委細承知」

生来短気で、言葉や行動を寸前で押しとどめられるのが何より嫌いな南北も、これにはうなずかずにはいられなかった。

――その晩、亀戸から移り住んだ深川・黒船稲荷の南北宅で、南北と彼とは積もる話に時を忘れた。

年上の女房お吉は亡くなり、娘たちや弟子が時たま出入りして身の回りの世話をするわび住まい。そこで彼が話したのは、長く数奇な「異国巡り」の物語だった。

「それでオロシャからあちこち巡ってフランス国へ渡られたと。ほう、そこで知り合ったのが達増夫人……女細工師にして興行人とは大した女傑もいたもんですな。ところが、日本《こちら》でいう寛政元年に国ぐるみの一揆がおきて、国王や妃が首をはねられる騒動に……それもぎよたんとかぎろちんとやらいう首切りのからくりで？

ほう、ほう……それで、その達増夫人とやらも、あやうくその首切り台に掛けられるところをからくも逃れ、その後いろいろあってイギリス国に渡って生人《いき》形の見世物一座で大評判を取った……これはますます恐れ入った。この女丈夫はむろんのこと、それについていったあたにもね。

する と、やはりエウロッパにも芝居があるのですな。ことにイギリスは盛んで、そこかしこに小屋がある、と。というのも、この国には他国に知られた狂言作者の大名人がいて……ほう、いったいどのような？

……ちょっと待ってくださいよ、気に染まぬ婚礼を強いられての祝言の席で、花嫁が仮死の毒薬をのみ、いったんは墓に葬られたあと、よみがえって好いた男と——ですと？ それだけ聞くと、まるっきり私の『心謎解色糸』じゃありませんか。ふむ、私のは『服ませるが最後の助、忽ち往生かんまみ陀仏』の毒薬と『天水を以て服ませた毒を消す妙薬』の組み合わせだが、そのシェークスピアだかシャラクセーヤだかいう作者先生の書いたのでは、一種類ですむのがお手軽でいい。しかもそちらの男女はもとから好いた同士で、そのあとさらに行き違って、とんだ相対《あいたい》死《じに》にて幕となるというのだから、だいぶ違いますな。

とはいえ、そのシャラクセーヤ先生、ずいぶん血みどろの無惨絵芝居が好きで、とかく舞台の上に死体の山を築きたがるとは、だいぶ話せるお方と見えますな。あいにく万里を隔て、しかも先方は家康公と同じ年に亡くなったとあっちゃ、会うこともかないませんが。

そしてあぁたは、達増夫人のところで鍛えた蠟細工やからくりの腕が買われて、ひときわ血なまぐさい狂言で切られた腕やら舌やらの仕掛け、それに殺し場の道具立てを手伝った……と。いや、これは恐れ入った！

それがどうして、わざわざ鯨捕りの船に乗りこんで、はるばる日本に？　やはり永の年月の間に里心がつきましたか。え、それだけではない？　はぁ……ええ、確かに〝あのお方〟はとうに隠居されたし、田沼家も主殿頭様のご四男・意正様が昨年、遠州相良のお殿様に復帰して悲願を果たされまして、一件は落着。あぁいや、私は何一つ終わっちゃいないと思いますし、現に何も片付いてはいないと考えていますがね……ええっ、いま何と言いました？　まさか、そんな……！」

話はつきることなく、さらに続いた。そして、この一夜が明けようとしたとき、彼の新しい名前が決まった。

「天徳」――天竺徳兵衛と。確かにこれほど彼にふさわしい呼び名はなかった。

その後まもなく、「天徳」は、鶴屋南北の芝居作りにおける重要な一員となった。仕掛けとたくらみに満ちた南北の芝居は、これまでも多くの有能な協力者に支えられてきた。

たとえば大道具は十一世長谷川勘兵衛《はせがわかんべえ》、細工は鉄砲町の人形屋政、福井町の勘治、そして南北の兄で生家の紺屋を継いだ海老屋庄八も知恵を貸してくれた。さらに羽二重がつらで歌舞伎の扮装を進化させた鬘師《かつらし》の友九郎——といった人々だ。

そこに加わった「天徳」の働きは目覚ましいものがあった。何しろ、ほかに誰も知るもののない異国仕込みの幻戯《トリック》や奇巧《ギミック》を持ちこんだのだから、観客の度肝を抜かないはずがない。

——南北の芝居では、切支丹バテレンの妖術が用いられている。

という噂が立ったのも無理はなかった。

もっとも、彼が提案した中には、ふだんの興行では実現不可能なものもあった。何しろ巨大なギヤマンの一枚板が入り用とあっては、とうてい無理だったが、「天徳」の解説を聞けば聞くほど魅了されてしまい、何かの形で使えないものかと南北を悩ませた。

だが、「天徳」が日本に持ち帰ったのは、こうした技術や知識だけではなかった。途方もない秘密がそこにはふくまれていて、それは南北と彼につながる人々に大きな衝撃を与えずにはおかなかった。

(とにかくあのときは驚いたぜ……正直聞かなきゃよかったと後悔したが、聞いちまったものはしかたがない)

南北は心につぶやき、折しも「師直屋敷討入りの場」が龕灯返しの大仕掛けを経て、すっかり様相を変えたのを見届けると、あごを撫でながら、

「さてと……お次は『異国巡りの場』か。いよいよ天徳ご当人の出番というわけだが、どうかしっ

かりと舞台相勤めてくださいよ」

そう言ったあとで、また不敵な笑みを浮かべると、

「ねえ、森江さん」鶴屋南北は呼びかけた。「この私が『銘高忠臣現妖鏡』という芝居にこめたものは、かんじんのお客にちゃんと通じますかね。言うまでもなく、あぁたは万事承知でしょうから、説明の要はありますまいがね」

『銘高忠臣現妖鏡』異国巡りの場

「ねえ、南北先生」森江春策は呼びかけた。「あなたが『銘高忠臣現妖鏡』という芝居にこめたものは、少なくとも僕という客には通じましたよ。言うまでもなく、僕はあなたではないのだから、説明が万全とは言えませんがね」

——折しも舞台では、異国趣味満点な大道具小道具、奇抜で巧緻な仕掛けを用いての天竺徳兵衛の異国噺が始まっていた。

「すでに歌名十郎さんたちには話しましたが……これは壮大華麗な告発劇であり、世界を股にかけての放浪を余儀なくされた一人の男の一代記でもあるのです。

この芝居には天竺徳兵衛の名で登場する、その人物の名はあいにく不明ですが、確かなのは彼が天明年間の蝦夷地探検隊に参加し、アイヌの人々やロシア人と信頼関係を築いたこと。そのうえで国後島《くなしり》から択捉島《えとろふ》を経て、オホーツク港から帝政ロシア領に入り、そこからヤクーツク、

イルクーツク、クラスノヤルスク、ダンスク、エカテリンブルク、ペルミ、カザンを経てモスクワ、そしてついに帝都ペテルブルクに到着し、そこで歓待を受けたあと、クロンシュタット軍港よりデンマークのコペンハーゲンに渡り、ヨーロッパ各地を経めぐったあとフランスで革命に遭遇し、その後はイギリスに落ち着いたものの、最終的には勇魚捕りすなわち捕鯨船に乗って日本に帰ってきた――ということです。

そう、この長い旅路こそが、あの謎の外題『六大洲遍路復仇』の指し示すところ。具体的には書かれず、演じられることもなかったけれど、『銘高忠臣現妖鏡』とは表裏一体の芝居だった。江戸後期には、何度か異国の捕鯨船の来訪が報告されていますが、いくつかの条件を重ね合わせれば、どれに乗ってきたかは絞りこめるものの、とりあえずは断定を避けておきましょう。

その彼が、鶴屋南北《あなた》とどんな場で知り合い、どんな形で再会を果たしたのかもまた想像の域を出ませんが、とにかく深い縁で結ばれていたのは確かでしょう。加えて、帰国した彼には、あなたの芝居作りにとても有益な技術があった。

何しろ彼は、達増夫人《たっそぶにん》――蠟人形館で有名な、かのマダム・タッソーのもとで働いたというのですから！

ひょっとして彼から聞かれたかもしれませんが、マダム・タッソーというのは、とにかく波乱万丈の人生を送った人で、解剖模型作りを得意とした医師クルティウスのもとで母親が家政婦をしていたことをきっかけに蠟人形作りを学び、たちまち才能を開花させました。ルソーやヴォルテールの蠟人形を作ったり、ルイ十六世の王妹エリザベートに仕えてヴェルサイユ宮殿で暮らしたりしたと思ったら、それがたたってフランス革命でギロチンにかけられかけたものの、腕を買われて危うく逃れ、今度はルイ十六世やマリー・アントワネット、ロベスピエールのデスマスクを作るはめになる。

もっとも、三十四歳でフランソワ・テュソーという男と結婚するまでは、旧姓のグロシュルツで活動していたのですが、その後、ロンドンに渡って作ったのが革命時代の体験を生かした恐怖の部屋《チエンバー・オヴ・ホラーズ》。まもなくナポレオン戦争で帰国できなくなったことからイギリスに腰を据え、以降は英語読みのマダム・タッソーとして全世界に知られるようになったのです。

彼は、彼女のもとで得た知識と技術をあなたに提供したわけですが、ことによったらイギリスにいたときから、すでに演劇にかかわっていたかもしれません。もともとあなたという友人がいたのですし、シェークスピアにも『タイタス・アンドロニカス』という血みどろな無惨絵劇があったことですしね。

ところでこのマダム・タッソーですが、彼女は当時の有名な舞台魔術師《ステージ・マジシャン》のポール・ド・フィリップスタールとも関係があったそうで、別名ポール・フィリドールでも知られたこの人物は、幻灯機《マジック・ランタン》を使った幻想ショー、〝ファンタスマゴリア〟の達人でもありました。

天竺徳兵衛が『南無さったるまグンダリギャ』のかわりにとなえる『ふわんたすマゴリャ』とは、このことですね。となれば、この続きの『守護聖天ぎやまん呉須斗』の意味も見えてきそうですが、これはあとの話としましょう。

ともあれ『銘高忠臣現妖鏡』は、鶴屋南北とマダム・タッソー仕込みの彼との合作といっても過言ではない作品でした。そして、忠臣蔵が『太平記』の世界を借りて元禄赤穂事件を描いたように、この芝居は忠臣蔵と見せかけて、全く別のドラマを描いたものでした。

僕の助手兼秘書である新島ともか君が、自分自身のために作った人物対照用の早見表があるのですが、それに書き足せば、こういうことになるでしょう。

吉良上野介義央　高武蔵守師直　田沼主殿頭意次
　　　　　　　　高武蔵五郎師夏　田沼山城守意知
浅野内匠頭長矩　塩冶判官高定　佐野善左衛門政言
徳川綱吉　足利尊氏　徳川家治

そう……師直ではなく子の師夏が襲われた足利館の刃傷は、殿中松の廊下ではなく、本丸御殿桔梗の間での田沼意知殺害事件、鎌倉師直館の屋体崩しは赤穂城の明け渡しではなく遠州相良城の破却、そして塩冶判官は浅野内匠頭ではなく新番士の佐野善左衛門——となれば、実在のモデルはいないと思われてきたある人物の正体も、もはや明らかでしょう。

その人物は冒頭から登場し、早くもその野望の一端をのぞかせている。『旗改め』とは、善左衛門が意知に自家の七曜紋——劇中では日月五星の紋と呼ばれている——を奪われたとの風評を踏まえたものですね。そもそも出自にこだわらない田沼家の人間が、今さら旗印だの系図だのをほしがるわけがないのですが……。

ちなみに塩冶の赤旗に染め抜かれた三つ巴は佐野氏の紋ですし、意知事件をモデルにした山東京伝の黄表紙『時代世話二挺鼓《じだいせわにちょうつづみ》』で、善左衛門になぞらえられた藤原秀郷のそれでもあるという凝り方です。

あ、そうか……判官こと善左衛門が儀式のあとで授けられ、その後も幻聴に悩まされる『ア、さのみこそや真白き蘭』という謎の言葉、あれは『浅野御子ぞや真白き蘭』と読んではいけなかったんだ。『ア』は目くらましで、『さのみこそやましろきらん』――『佐野御子ぞ山城斬らん』、つまり佐野の御曹司は田沼山城守を斬る使命があるという暗示……！　となれば、もはや一片の疑いもさしはさむ余地なく、

桃井若狭之助安近　　松平越中守定信

――と、こうなるわけですね。つまり全ての黒幕はかの松平定信。そうでしょう、鶴屋南北先生！」

*

白河藩三代藩主・松平定信――八代将軍吉宗の孫という誇りと、にもかかわらず将軍になれなかった怨みを抱えたこの男は、田沼の重商政策を憎み、意次がもたらした時代の自由な気風を嫌い、とりわけ身分秩序が有名無実化されようとしていることに憤って、一度は自ら殿中で意次と刺し違えようとさえしたという。

しかし、どうせなら自分の手を汚したくはないし、意次を殺してもその政策は息子の意知によって引き継がれるだろう。ならばいっそその子意知を殺せば、憎むべき仇敵から後継者とともに生きる気力をも奪い取れる――そんな卑劣な計画の手先に使われたのが、現実の自分への劣等感と妄想に近い自尊心にとりつかれた佐野善左衛門だった。

その後も田沼意次は信念にもとづく政策を遂行し、蝦夷地開発のための探検隊派遣にまで踏み切るが、ついに失脚。天明七年（一七八七）六月十九日、松平定信が老中首座に就任した。

その後、意次を失意にまみれた死に追いやるまでの苛烈な処置は、定信の異常な執念を感じさせるものだったが、その牙は田沼時代を支えた人々にも、その中で芽をのばしかけたものたちにも次々向けられた。

有名なところでは版元・蔦谷《つたや》重三郎《じゅうざぶろう》の財産半減、戯作者・山東京伝の手鎖五十日だが、それらはまだ軽い方だった。あるものは斬首され、自刃を強いられ、獄死し、筆を折らされ、扶持米を失い、死んだような不遇の後半生を送らされた。不審な死や失踪に至っては数えきれないほどだった。

田沼時代の経済通たちは収賄の罪を着せられて追放され、以降の人事は徹底的に私情にもとづくものとなった。中でも江戸北町奉行に抜擢された柳生主膳正久通は無能で有名で、

――前任の石河土佐守政武なら一年でできる仕事を、百年かかっても終えられまい。

と評されたほどだった。にもかかわらず勘定奉行に昇進した彼は、ひたすら遅くまで城に居残ることで忠勤を見せびらかしたため、部下たちが帰れず往生したほどだった。

ちなみに柳生主膳正は、意知暗殺のとき目付として現場に居合わせ、佐野善左衛門から刀を奪い取った。異例の昇進はその功績によるものだったか、あるいは高齢の大目付・松平対馬守によって善左衛門が取り押えられるまで手を出さなかったことが評価された結果だったのかもしれない。

定信政権の下、特定の学問以外は「異学」として排除され、農民が読み書きを習うことも禁じられた。質素倹約という名の貧困が賛美され、結果として誰もが物質的な意味だけでなく、精神的にも貧しくなった。

そんな中で奇妙なことがあった。彼の政策には「寛政の御改革」という魅力ある呼び名があらかじめ用意されていたことだ。加えて、田沼時代をまるで悪夢であったかのように誹《そし》り続け、後世に悪評を残させるなど情報操作には熱心だった。

そのことと意知暗殺時に「イヤ佐野善左で血はざんざ」の歌があまりにもすみやかに広まったことや、佐野善左衛門の切腹直後に物価が一時的に下がったことにも何やら臭うものがあったが、これといった確証はない。

ただ興味深い事実として、定信が制定した昌平坂学問所の学問吟味で、あの大田南畝が首席合格となり、支配勘定にまで上りつめたことがあった。斬首にされた土山宗次郎に比べ、その取り巻きだった南畝の強運はいっとき取りざたされたが、文人としての名声がそれを覆い隠していった……。

なお文政六年（一八二三）に息子定永が桑名藩に移封されたが、定信は江戸にとどまり、庭園づくりと文雅風流三昧の日々を送っていた。今さら詮索しようにも、その勢力はいまだ隠然たるものがあった……。

《虚実座》稽古場の場

「師直が田沼意次で師夏が意知、塩冶判官が佐野善左衛門、おまけに若狭之助が松平定信だぁ？　まさか、そんな趣向が隠されていただなんて……森江さん、そりゃ本当なのか？　確かな根拠もなしに言ってるのだとしたら、あんたが正気を失ってるってことになるぞ」

小佐川歌名十郎は、森江春策の話を聞き終えるや、あらがうように言った。時はややさかのぼり、『銘高忠臣現妖鏡』の開幕も間近に迫ったある日のことだった。

稽古もたけなわといったさなかの《虚実座》を訪ねた森江春策は、それまでに知り得たところを語った。ちなみに、事件の真相解明の時期についての歌名十郎との約束はこのときだった。

「もちろん根拠はありますよ」森江は答えた。「そして、この芝居がそもそも何のために——というか誰のために書かれたのか、僕にはわかってきたような気がします」

その瞬間、彼らの背後で展開されていた地獄の釜が煮え返るような騒ぎが、はるかに遠ざかった。スタッフたちの喧騒も槌打つ響きも、役者たちの声や足踏みも消えて、暗い空間にただ二人話しているかのようだった。

「それは——どういうことですか」

歌名十郎は不覚にも、いつもの傲岸さを失いながら訊いた。

「全ての鍵は、南北の弟子だった花笠文京が書いた、あの〝謎の一幕〟ですよ」

森江はあくまで淡々と言った。続けて、

「――あれは舞台の上ではなく、現実に演じられることを目的に書かれたものだったのですよ」

「げ、現実に？」

歌名十郎は、もう驚きを隠そうともしなかった。

「そう、あの台本でまずおかしいのは、『庭に面したる奥座敷。四方に床の間、違棚に襖、屏風など』うんぬんという説明のうち『四方』という表現です。舞台なら上手と下手、そして正面奥の『三方』でなければならない。客席の側が四枚目の壁で隔てられているというのはありえないことで、これは不特定多数の観客に見せるために書かれた芝居ではないことを意味します」

「いや、確かにその点に引っかかってはいたんだが……」

悔しそうな歌名十郎を、森江は「そうでしょうね」となだめながら、

「では、誰のために書かれた芝居なのか――と問われれば、答えは簡単明白です。舞台の上に、というよりは中にいるたった一人の人物のために、ですよ。この台本で言うと、太田了竹ですね」

「あの藪医者の！」

「もちろん、『仮名手本忠臣蔵』から役名を借りただけで、本名は別にあったはずです。藪かどうかはわかりませんが、このご仁も医者であったかもしれず、だとしても決して誠実な人物でなかったことは確実です。ともあれ、この一幕の中に仕掛けられたさまざまなからくりは、観客で

はなく了竹を脅かし、驚かせるために書かれていることがわかります。最初はそのようすを観客に見せて笑わせるためかと思ったのですが、そうではない。この一幕には観客がいないからです。

たとえば『雨戸の節穴より写し絵を灯しか』けたところで、それを見ることができるのは了竹だけです。さらに変なのは『あくまで白を切るときには』とか『猶のばしあるときには』とか、相手の反応を見ながら芝居を進行するような書き方をしていることです。つまり、写し絵すなわち幻灯機も呼遠筒《ルウフル》も、蠟細工の師夏の亡霊も赤いガラス板とケムリ玉を使った偽の火事も、了竹に何かをさせるための道具として用いられているのです」

「その、何かとは……」

歌名十郎は、ゴクリとのどぼとけをうごめかした。森江春策は答えて、

「それは、この中で『師夏の亡魂』がはっきりと語っているではありませんか。了竹が隠し持っているらしい針と糸を手に入れるためですよ」

「針と糸……ということは手術ですか」

「そうです。了竹は、それらを『御番医師・尼乃了淳殿ならびに見葱師峻安殿』から盗んだと告発されていますが、この二つの名前の漢字を変えながら検索してみたところ、意外にあっさりと正体が判明しましたよ。足利ならぬ徳川幕府の御番医師・天野良順、峰岸春庵——そして、この二人の名がそろって歴史に登場するのは、田沼意知が江戸城本丸御殿で佐野善左衛門に斬りつけられたときです。そして、史料によれば、このときなぜか常備してあるはずの針と糸が見当たらず、意知の傷口を縫い合わせることができなかった……」

「それで、ひょっとして助かったはずの命が？」

「その可能性は大です。やむをえず卵か何かを使った血止めが施されたものの、命には別状がないというのが当初の判断でしたから」

「にもかかわらず、意知は死んだ？」

「ええ、その後、容体が急変して」と森江。

「それは運の悪い……いや、待てよ。森江さん、これはひょっとして？」

歌名十郎はハッとしたようすで訊いた。森江はうなずいて、

「そう……あるはずの針と糸が切れていたのは、何者かの故意。そして、縫合のかわりに使われた処置にも、何らかの悪意が混入していたとしたら？」

「ま、まさか！」

歌名十郎はそう叫んだきり、絶句した。森江はそれを受けて、

「僕もまさかとは思います。でも、少なくとも、この〝謎の一幕〟の作者はそう考えていたようで、それを立証するために『針と糸』と『療治の品』を出せと要求している。ということは――。太田了竹の名で呼ばれているこの男――かりに某《なにがし》としますが、彼は佐野善左衛門が田沼意知に斬りつけることを知っており、あらかじめ御番医師の備品である針と糸を隠しておいた。もちろん誰かの命令でね。それだけではなく、春庵・良順両医師がやむなく行なった血止めの卵に毒を混ぜた。この二段構えの悪計のため、意知は助かるはずの命を失ってしまったのではないでしょうか。

某は、自分にこの悪事を命じた人物の裏切りを恐れ、後日の証拠として、これらの品を自宅に保管しておいた。それから何十年もたってから、それを捜しにくる人間が現われようとは夢にも思わずに」

「そりゃそうだろうな」と歌名十郎。「ん？　待てよ。すると、この〝謎の一幕〟そのものが、そのための狂言だったとでも？」

「そういうことです」森江はうなずいた。「だから、この芝居が現実に演じられることを目的とし、たった一人の観客のために書かれたと言ったわけです。

その上演手順というのは、おそらくこうです。――まずは、連日連夜飲んだくれている某を薬入りの酒で前後不覚になるまで酔わせ、ひそかにどこかの空き地に運びこむ。そこには書き割りを四方に立て、申し訳程度の屋根と床をしつらえた小屋が立っている。

何しろ舞台装置ですから、どこに穴をあけようと隠し戸をつけようと自由自在。そのかわり、ふだんのように〝すっぽん〟や廻り舞台を使うわけにはいきません。幽霊なら井戸からヌーッと出たいところですが、壁からの登場となったのもそのせいでしょう。

そうとも知らず、薄ドロドロの太鼓や赤ん坊の泣き声を模した擬音に起こされた某は、ここが自分の住まいだと信じて疑いません。そのため一流の道具方が、某の部屋をそっくり模して書き割りを描いたのだから、当然の結果といえるでしょう。

寝ぼけ眼に加え、薬の効果がまだ残っていた某は、幻灯《うつしえ》の映像や怪しい声、煙などの波状攻撃を受け、びっくり仰天したに違いありません。そこへ元の台本の固有名詞を読み換えて、

『われ田沼山城守意知が本丸御殿にて手疵を受けし折、御番医師・天野良順殿ならびに峰岸春庵殿より、なんじが盗み取りし針と糸じゃ。両医師の指図とは別に、なんじがわれに施せし療治の品じゃ。而して、それらの所業をなんじに命じし者についての書付じゃ』

怨念ものすごく訴える幽霊が現われ、『出せ〱』と迫られては、たまったものではなかったでしょう。何しろ某にとっては、悪事のごほうびと引き換えに、何十年間も後ろ暗い思いをさせられてきた代物なのですから」

「なるほど……だが、事件から何十年もたって、なぜ今さらそんなものが必要になったんだ」

歌名十郎は納得しつつも、鋭く突っこんだ。

「まさに何十年もたってから、何らかの真実が明らかになったからでしょう。たとえば、はるか遠方に旅立ったまま、長らく消息を絶っていた人物が意知事件についてのある情報を握っていた。いや、もしかしたら知っていたからこそ、遠方に旅立たねばならなかったのかもしれない。それがひょっこりと江戸に帰ってきて、その情報をもたらしたことで、あらためて真相を知りたいという動きが生まれ、動かぬ証拠を手に入れる必要が生じたとしたら……」

「とはまた、ずいぶんと想像力過多な話だな、森江さん」

歌名十郎は軽く笑い、そのあとハッとした表情で、

「それが……もしかして、この芝居の『天徳』か？」

「そうかもしれません。歌名十郎さんもなかなか想像力過多のようで、助かります」

森江春策は微笑し、続けた。

「ともかく、ここが作者・花笠文京の工夫のしどころで、とにかく某をおどしつけ、自ら意知殺しの証拠品のありかを暴露させなくてはならない。そしてその試みは成功し、某は本来の隠し場所に相当する部分を開こうとした。いや、書き割りだから開くわけはないのですが、とにかく手で触れ、中を確かめようとしてしまった。まんまと、自ら秘密の隠し場所を明かしたわけですね。そこまでさせられれば大成功で、すぐに黒子が飛びこんで、某を一撃で眠らせた。そのすきに、某の自宅に向かって右の品々を捜し出すものと、書き割りの偽の住宅を解体するものに分かれ、元通り何もなくなった地面の上にムシロを敷き、某を横たえて、あと白浪と立ち去った……という次第です」

森江春策が語り終えたあと、やや間をおいてから小佐川歌名十郎は感に堪えたように言った。

「そうか……そういうことだったのか。道理で、この一幕が今度の芝居の中にどうにも収まらないはずだ。板の上で演じるには、何とも変てこな感じがしたはずだよ。まさか、現実のまっただ中で、たった一人の観客のため上演された芝居だったなんて——いや、ちょっと待てよ」

彼は頭に一撃を食らったように、額から頭頂部にかけてを手のひらで覆った。そのまま森江をキッと見すえると、

「森江さん、ひょっとして『銘高忠臣現妖鏡』そのものが——？」

「そうです」森江春策は答えた。「あなたが演じる桃井若狭之助その人——たった一人、彼に見せるためだけに書かれた作品なのです。六大洲すなわち世界を遍路《めぐ》った果てに復仇《あだうち》すべき相手として！」

「ということは、つまり……？」

歌名十郎は混乱しつつも、何かをつかみかけているようだった。森江は答えた。

「ただ一人の観客であるその人物に『銘高忠臣現妖鏡』を見せることそのものが、『六大洲遍路復仇』の上演となる。だから、あの二番目狂言には題名だけがあって、中身は不必要だったんですよ」

「そういうことか……正直まだつかみきれていないんだが、一つだけわかったことがあるよ。四世鶴屋南北――あんたは何という人だ！　何と恐ろしくて途方もない芝居者だ……」

歌名十郎は心底驚き呆れ、それ以上にむしろ痛快そうに言った。そのあと森江春策の顔をグイとのぞきこむと、

「そうだ、さっきの約束通りなら、これは真犯人に見せつけてやる芝居でもあるわけだな。最後の幕を引くまで、あんたが真相を明かさないからには！」

ことさらな大声でそう言ったとき、それまでめいめいの作業に没頭していた役者やスタッフたち――山村筥蔵や小佐川璃升、条原奎太らがハッとしてこちらをふりかえった。

そのときとっさに大道具の陰に巨体を隠したものがあった。西坊城猛だった。その滑稽な姿を目ざとく見つけると、

「おやおや、『解脱衣楓累《げだつのきぬもみじがさね》』の羽生村《はにゅうむら》与右衛門内じゃあるまいし、大詰に向けて役者の全員集合かい？　さあさあ、そんなことより始めた始めた！」

小佐川歌名十郎は笑いを爆発させ、それをきっかけに人々は忙しく立ち働き始めた。そこから

場面はぐるりと巡り、再び『銘高忠臣現妖鏡』初演の日へと立ち返る。

——そしてついに、浅葱幕が切って落とされた。

『銘高忠臣現妖鏡』大詰の場

——そしてついに、浅葱幕が切って落とされた。

「はて、妙なことになったものだ……」

その観客は、目まぐるしく変転する舞台に目を奪われながらも、さきほどから小首をかしげずにはいられなかった。

その日は、いつも通り築地の浴恩園《よくおんえん》、大塚の六園《りくえん》、深川の海荘《はまごてん》など、庶民の税を投じ贅を凝らした自慢の庭園を舟で巡り、詩に酒に花にと風流清雅を楽しんでいた——はずだった。

ところが、まどろみからふと覚めれば、舟は見知らぬ地に着いていて、まわりには誰もいない。何となく仙境に迷いこんだような気がして、気ままに周囲を散策してみた。

すると、どこからか笛や太鼓の面白げな調べが生暖かい風に乗って流れてきて、つられて歩いてゆくうち、薄もやの中からぽっかり現われたのが一軒の芝居小屋——すなわち今いるここだった。

一度はこんな場所に行ってみたいと思いながら、とうとうこの歳まで来てしまった。これが最後の機会かもしれないとなれば、否やはない。そのまま中に招じ入れられ、どうやらかなり上等な席に案内された。

場内は薄暗く、ほかに人がいるんだか、いないんだかも区別がつかない。何もかもいぶかしいことばかりだったが、すぐに芝居の面白さに引きこまれると、ほぼどうでもよくなってしまった。

そのくせ、今さら小首をかしげてしまったのは、舞台に見入れば見入るほど、自分が何を見せられているのかわからなくなってきたからだった。

（いったい、これは何の芝居であるのか。見たこともなければ聞いたこともない……全くもって、見当もつかぬ）

その観客は嘆息まじりに、つぶやかずにはいられなかった。それも無理はなかった。

『銘高忠臣現妖鏡』――忠臣蔵の物語であるような、そうでもないような摩訶不思議な展開に魅了され、と同時に八幡《やわた》の藪知らずに迷いこんだような不思議な感じにとまどわされた。師直と判官の旗改め、塩冶館の怪しい声、足利館の刃傷、判官切腹、師直館の破却――さらにいろいろあって、あの奇想天外な「異国巡り」の場に至ったとき、困惑は頂点に達した。

「今のはいったい何であったのだ。夷島《えぞがしま》などと昔めかしてはいるものの、オロシャだのアンゲリヤだの、『太平記』はもとより忠臣蔵の時代とだって食い違っているではないか。これでは、まるで……」

よほど律儀で生まじめな性格なのか、その観客はつぶやかずにいられなかった。急な場面転換に用いられる浅葱幕が切って落とされたのは、まさにその瞬間だった。

（おう、これはどこかの御殿とでもいうような……）

かわって出現したのは華やかな広間で、今や宴たけなわといったところ。その中心にいるのは桃井若狭之助で、取り巻きの諸大名や文人、画家に囲まれてわが世の春を謳歌していた。

彼らの話によると、何と若狭之助は師直にかわり足利家執事に任じられ、出頭第一として将軍のお覚えもめでたいところまで上りつめたようす。今は息子に跡目を譲り、風流にして悠々自適な日々を送っているが、その権勢と名声は今も変わりない。

取り巻きたちの会話からわかるのは、若狭之助が塩冶判官をそそのかして師直の息子・師夏を襲わせ、さらに権謀術数を重ねた結果、師直を滅ぼし地位を得たということ。また彼らの多くが、かつては官職ほしさに師直に近づいたらしいことだった。

にもかかわらず、今は口をきわめて憎体《にくてい》に罵っている。そうした悪口雑言を聞くにつけ、若狭之助は上機嫌になり、ますます酒杯を傾けるのだった。ところが……。

そんなさなか、忽然と出現した天竺徳兵衛によって、華やかな酒宴は一変する。

どんな妖術を使ったのか、若狭之助らには少しも気づかれぬまま広間を横行し、大名たちの鼻をつまんだり髷を引っ張ったり、あげく杯や刀を奪い取ってしまったり。

その姿は彼らに見えないものだから、てっきり隣席の者の悪戯《いたずら》と思いこんで、

「エイここな無礼者、こちらが我慢しておれば図に乗りおって、そこへ直れ」

「何を小癪な、貴公の方こそ慮外きわまる狼藉《ろうぜき》の数々」

と言い争ううち、あちらでもこちらでも大喧嘩になってしまったり、

「アレアレ、わが刀が杯が、宙に浮いて飛び歩きよるわ」

などと子供のようにおびえたり。さんざんそうした騒ぎをくりかえしたあげく、

「南無ふわんたすマゴリャ、守護聖天ぎやまん呉須斗《ごすと》！」

と例の呪文をとなえ印を結ぶと、こはこれ不思議、明るくきらびやかな宴席はたちまち闇に包まれ、壁は崩れ梁は落ち、床は破れて、まるで化け物屋敷と化してしまった。

しかもそれだけではなかった。徳兵衛がさらに呪文をとなえると、若狭之助を除き客たちがたちまち白骨と化し、醜い化け物と姿を変じてしまったのだ。

これには、さすがの桃井若狭之助も驚きかつおびえて、

「ヤア、これは狐狸の仕業か、さてまた死霊の祟りか」

と刀を抜いて斬りかかるのだが、これはどうしたことか、妖怪変化《へんげ》たちは朦朧として神出鬼没。刀はいっこう利かないばかりか、若狭之助とぶつかってもスルリと通り抜けてしまうのだった。

＊

「あの、森江さん、これは……？」

歌舞伎座や松竹座なら何万円も取られそうな《虚実座》の上席でささやきかけたのは、今度は置いてけぼりを食うまいと雇い主《ボス》にくっついてきた新島ともかだった。

「ああ、あの亡霊たちね」

森江春策も小声で答えた。舞台裏で進行を見守っていた森江は、休憩をはさみ、ともかたちの

いる席に回ってきていた。この終幕「桃井館幽明宴の場」ばかりは、そちらで見なければ意味がなかったからだ。

「あれは田沼父子や土山宗次郎、恋川春町、青島俊蔵といった人々の非業の最期を表わしてるらしいです。その前の取り巻き連中は松浦静山《まつらせいざん》や林述斎《はやしじゅっさい》に菅茶山《かんさざん》、絵師の谷文晁《たにぶんちょう》らで……」

すると、ともかは「いえ、そっちじゃなくって」と森江をさえぎって、

「あの亡霊のトリックのことなんです。大昔のお芝居なのに、どうしてあんなことが可能なんですか」

「ああ、それなら」森江は答えた。「舞台と客席の間には斜めにガラス板が立てかけられていて、真下の奈落には亡霊に扮した役者がいる。そこに光を当てるとガラスに反射して、舞台に忽然と現われたように見えるわけです」〔付図参照〕

「いわゆるペッパーズ・ゴーストってやつだな」来崎四郎が口をはさむ。「その名で知られるようになったのは十九世紀半ばだから、それより相当早いが」

「しっ、静かに！」

菊園検事が、いらだったように唇に指をあてた。そのあとぽつりと、

「なるほど、それで『ぎやまん呉須斗』——ガラス仕掛けの

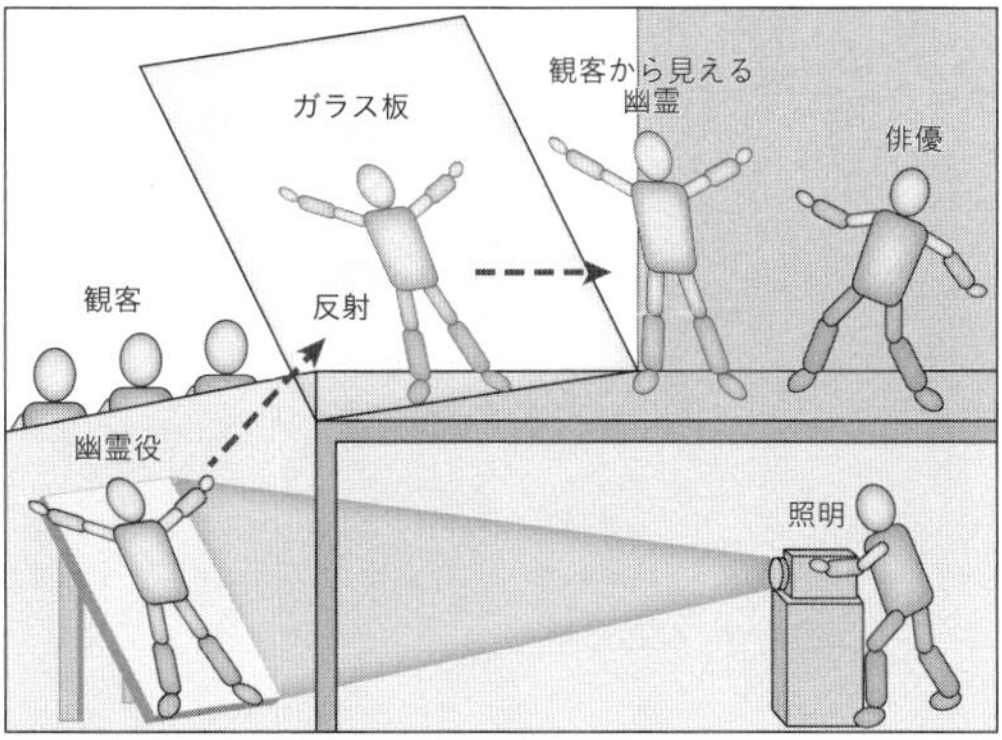

幽霊《ゴースト》というわけね。どうせなら年代なんか無視して『ぺっぺる呉須斗』とでもすれば面白かったのに」

――それぐらいのやりとりはかき消してしまうほど、客席にはざわめきと悲鳴が交錯していた。そんな中で、

（そういうことです、菊園さん）森江は内心つぶやいていた。（そして、この幕には初演当時だけの、たった一人の観客のためだけの趣向が仕込まれていた。マダム・タッソー直伝の精巧な蠟面を用いて……）

　舞台では、入れかわり立ちかわり現われるさまざまな幻影に、桃井若狭之助が悩まされるさまが、恐ろしくもまた夢幻的に描かれていた。

　そこへ躍り出た天竺徳兵衛が、異国の大刀を持って若狭之助に斬りかかる。すでに悪の本性をむき出しに、面貌も一変した若狭之助が応戦し、ここに華麗にして凄絶な立ち回りが始まった。あるいは息をのみ、あるいはたまらずに声をかける観客、ますます狂瀾怒濤《きょうらんどとう》してゆく殺陣《たて》、激しくかき鳴らされる音曲――それら全てが頂点に達したとき、舞台にまばゆい光が満ち、一切の音が声が、そして幻影が消え失せた。

　とたんに両者がパッと離れ、鮮やかに見得を切ると、

「たとえこの場は別るるとも、また重ねての再会には」

「いずれの政道正しきか」

「賛否は未来」

「裁きは後世」

「まずそれまでは」

「方々さらば」

と言い合うところへ、口上役が出て、

「東西！　夜もおいおいに明けますれば、現妖鏡《うつしえ》の種板も尽き、灯も消し時。まず今日《こんにち》は」

それに合わせて一同声をそろえ、うやうやしく正座し手を突いて、

「これ切り――」

鳴物があらたまり、拍子木がチョンチョンチョンチョンチョン……と打ち鳴らされ、めでたく幕となった。

……それはまさに、一場の夢の終わりにほかならなかった。

江戸前朝まだきの場

……それはまさに、一場の夢の終わりにほかならなかった。

その観客――先の老中首座にして将軍輔佐、左近衛権少将《さこのえごんのしょうしょう》、今は隠居し号して楽翁こと松平定信は、顔にポツンと垂れた水滴の冷たさに身震いしながら目を覚ました。

夢うつつのうちに、チョンチョンチョンチョン……という拍子木の音を聞いていたと思ったら、それはチュンチュンチチチ……と鳴く鳥たちの声だった。

夜はまだ明けきらないが、生きとし生けるものたちはすでに目覚めている。澄みきった風も、青黒くうねる海までもが、ついさっきまでとは違う生命感に満ちていた。

「うう……これはたまらぬ、気色の悪い」

起き上がろうとして、着物がぐっしょり濡れているのに気づいた。それもそのはずで、彼は水辺の草を褥《しとね》に眠りこんでいた。

体は冷え切っているのに、頭は朦朧として熱っぽい。動きたくはなかったが、ここにじっとしているわけにはいかなかった。

見回せば、見覚えのある舟が荒縄で木に舫《もや》われ、近くの水面で揺れていた。その向こうに広がるのは江戸前の海の満々たる水また水。一帯にいくつかの庭園を持つ身には、決して未知の風景ではなかったが、かといっていつもとは見る方角が違っていた。

いったいどうしてこんなところにやってきたのか、いや連れてこられたのか。あの舟に乗った記憶はあるのだが、その前後がどうにもあいまいで思い出せない。

確かいつもの仲間と、清談に時を忘れたことは覚えているが……いや、あれはさらに前日だったか。

かろうじて覚えているのは、菅茶山が『筆のすさび』にも書いた、空飛ぶ機巧《からくり》を作って世間を騒がせ、処罰された備前岡山の表具屋幸吉なる男の後日談だった。この幸吉、いったんはまじめに働きながら、こりずにまた空を飛び、しかも今度は成功したものだから死罪に処されたという評判だった。

「その真偽はともかく」茶山は辛辣に言った。「拙が先にこの愚人につき記しましたように『人のせぬ事をするはなぐさみといへども一罪なり』、お上のご仁慈にて自製の翼を壊されただけで許されたというのに、はてさて下凡のものは度し難し。田沼主殿が閣老の座にありしころは、かような身の程知らずな町人がいたものですが、まだ絶えてはいませぬでしたか」

「まことに、まことに」松浦静山が言った。「あの田沼め、私がご公儀のお役に立ち、微力ながらご政道に参画せんと官職の斡旋を頼みに行ったとき、すぐに面会したうえ、この方が話しやすいでしょうと小部屋に通しおった。嵯峨源氏の血を引く平戸藩主たる私をかくも軽く扱いしこと、いまだに許せぬ。そうした事柄を後世に伝えるべく、日々『甲子夜話《かっしやわ》』の執筆にいそしんでおる次第で……」

すると、「異学の禁」で最も恩恵を得た、林家《りんけ》八代当主の林述斎が口を出して、

「いつも仰せの通り、あの悪しき夢のような時代は二度とくりかえさぬようにしなくてはなりませぬ。百姓町人に、ものを考えるのは自分たちの仕事ではないこと、また考え方を決めるのは誰かということを思い知らせる必要がありまする。

……は？　三男の耀蔵でございますか。おかげさまで鳥居家の婿養子となり二千五百石、ますますお上のため働くことでござりましょう」

などと、いつものごとく盛り上がったのだが、時代の変化とともに顔ぶれも変わり、加齢のせいかどこかむなしさを禁じ得なかった。そのあとに、あの芝居見物があり、はたして何が夢で現実か、曖昧模糊となっていた。

ともあれ、昨夜のあの体験はいったい何だったのか……と海から目を転じれば、朝もやの向こうに一軒の建物が見えた。それは、昨日吸い寄せられた芝居小屋とそっくりだった。

疲労と寒気と、空腹にさいなまれながら、彼はその建物に向かって歩いた。歩くにつけ、あの芝居小屋で見せられた芝居の一幕一幕が脳裏によみがえった。

何とも奇怪至極な内容だった。いかにも華やかで面白そうな展開につい見入っていると、いつのまにか何かチクチクと心を刺す針が感じられた。

それはしだいに痛みを増し、いきなり横面を張られるような衝撃もあれば、ズシリとのしかかって胸を締めつけるような重みにも変じた。

それらはやがて、奇妙な感覚へと彼をいざなった。自分は確かに客席にいるのだが、舞台の上にも自分がいるような気がしてきたのだ。

そこでさまざまに謀りごとをめぐらす人物が、何だか自分自身のような気がし、過去の己れを芝居仕立てで見せられているような変な感じがしてならなかった。

もとよりそんなはずはなく、自分のしてきたことはみな正しく、後ろ暗いことなど何一つないと信じてきた。だが、芝居が進むうち、一枚ずつ虚飾の衣が剝がされていった。

ちょっとばかり頭のどうかした若者をそそのかし、人殺しの罪を犯させる。むろん、その結果は当人に負わせる。わが子を失って嘆き悲しむ老人を追いつめ、全てを奪い去る——形や名前は変わっていても、あるいは直接描かれることはなくとも、それら一つひとつに身に覚えがあった。

彼は自分の所業を逐一告発されていくような不快と恐怖を感じ、かえってそのゆえに席を立つことができず、舞台から目を離すことができなくなってしまった。

そして、さまざまな思いにさいなまれ、それでもようやく耐え抜くことができたと思った終幕、彼はとんでもないものを見てしまった。

それは桃井若狭之助が天竺徳兵衛の妖術に悩まされ、ついに斬り合いとなる寸前のことだった。そのとき彼は見てしまったのだ――あの芝居の中で大悪人とされた若狭之助が、自分そっくりに変貌しているのに！

ギョロリとした落ち着きのない目、癇癖そうな口元、妙にむくんだ顔面に何とも言えない嫌悪を感じてまもなく、それが自分自身のものであることに気づき、衝撃を受けた。

それが、精巧に作られた蠟細工の仮面をかぶった結果とは知るはずもない。まるで舞台が実は大きな鏡で、そこに映じた自身の姿を見せられたかのようだった。

しかも、その周りには異形の者たちがウジャウジャとわいて出ている――ということは、鏡のこちら側にいる自分のそばにも、同様な化け物どもがひしめきあっているということではないか。

（そんなはずはない、そんなことがありえようはずはないのだ……）

彼は必死でそう念じながら、芝居小屋らしき建物に向かって歩いた。いや、走った。そこでいったい何が起きたのかを確かめたい一心で、ときによろけ、ときに足を滑らせながら進み続けた。

だが、その先で彼を待っていたのは、芝居小屋は芝居小屋でも、すでに朽ち果てて崩れかけ、かろうじて形を保っている廃墟も同然の建物だった。

「こ、これは……」

彼はかすれた声でうめき、危うくその場にへたりこみそうになった。一夜の奇妙な記憶が、恐ろしい怪異談となって襲いかかってきたかのようだった。

あいにく彼は知る由もなかった――今ここにあるのは、さる芝居好きの豪商が、別邸の庭に造らせた建物で、長らくかえりみられることもなかったところ、昨日は一夜限り復活したということを。

そして彼は気づくことはなかった――自分は昨夜、自分が奪い続け、窒息させてきた人々の「自由」と「表現」によって復讐されたのだということを。

彼はさまよい続けた。周囲はゆっくりと明るさを増し、湾を囲んだ八百八町のにぎわいが立ちのぼり始める。

かつて、彼はこれら全てを支配していた。少なくとも支配していたつもりだった。江戸百万の市民のさらに向こうに広がるこの国の一切合財、山川草木に至るまでの運命を握り、〝善導〟していたはずだった。

それまで彼は、自分と自分に近い身分以外の人間に「心」があるなどと思ったことはなかった。武士はもちろん、大名でさえも少し格が下がれば、もう共感ができなかった。

まして下層の者たちにも、怒りや悲しみや痛みがあろうなどとは、想像すらできなかった。自分が彼らの暮らしをよくしてやろうとしているのに、ふさわしい生き方を与えてやろうとしているのに、それを嫌がるなどとは信じられなかった。

だから彼は田沼意次を憎んだ。おぞましい虫のように嫌った。人間とも思っていない存在が、政治に参与し、国を動かすなど許されないことだった。まして、その手下の土山宗次郎ごときに至っては……。

美しい茶室に迷いこんだ虫はただちにたたきつぶし、あとかたもなく掃き清められなければならない――だからそうしただけのことだった。

彼は学問を好み、芸術を愛した。絵筆をとり、たわむれに草双紙のたぐいを書きかけたこともあった。それは、自分がそうしたことを許された存在であるからで、そうでない輩には身の程違いを思い知らせる必要があった。

だから彼は林子平を罰した。彼の『三国通覧図説』や『海国兵談』は優れた著作だとわかっていたが、幕閣でもない民間人が「猥成儀異説《みだりなるぎいせつ》」を「処士横議」することは許されなかった。だから彼が手ずから彫った版木は没収され、たたき割られなければならなかった。

武士でもない庶民に至っては、むろん論外であった。彼らには考える力がなく、そもそもその必要がないのだから、きびしく禁じる必要があった。

いや、最初は優しく諭せばいいのだ。民百姓が机に向かい、文字を学ぶのは無用なのだと。そんなことは全部自分たちが引き受けるのだからと。

――言ってきかなければしようがない。厳しく本分を、身分の別というものをたたきこむまでのことだ。

だから彼には、どんなに容赦のないことでもできた。知る必要のないことを知った青島俊蔵ら蝦夷地探検隊員は、たとえ彼らが田沼に派遣されたものでなかったとしても、葬り去る必要があった。彼らがどれほどの自然の猛威に立ち向かい、苦難に立ち向かったとしても、その事実は彼を少しも感動させなかった。

ほとんどの場合、あえて力をふるう必要はなかった。周囲はそんな彼のことをよくわかってくれていて、戯作者・恋川春町こと小島藩士の倉橋格に呼び出しをかけただけで、勝手に死んでくれた。いや、彼の意向をくんだ周囲のものたちが死なせてくれたようだったが。

とにかく彼にとっては、わずかな例外を除いて、天下万民全てに共感できなかった。まして引退後、お気に入りのものたちに囲まれて日々風流に過ごす余生は、ますますそれ以外の世界を見えなくさせた。

自分が傷つけ、苦しめ、人生を台なしにしてきた人々について思いやる機会は永久に訪れない——はずだった。あの廃墟のような小屋に迷いこみ、そこで一つの芝居を見るまでは。

彼にとって初めて見るたぐいのものだった歌舞伎は、自分以外の人間にも魂があり人生があり、怒りや誇りがあるということを教えた。そして自分という存在が敬愛され尊崇されている外側で、煮えたぎるような怒りや憎しみにとりまかれていることも。

今や全ては変わった。だが、そのことに彼が気づくのは、もう少したってのことだった。


——取り巻きの大名や文化人たちとのいつもの宴のあと、いつのまにか姿を消した、先の藩主〝楽翁様〟が発見されたのは、そのさらに数刻のちのことであった。

それから数日、彼は高熱と悪夢に苦しめられ、やがて平癒したものの、その人格は一変していた。少なくとも、これまでのように自分の外の世界を見ることはもうできなかった。

松平定信はその後も生きのびるが、文政十二年二月、自慢の庭園の一つである大塚の六園が焼亡、続いて起きた三月の大火で桑名藩の上・中・下屋敷もろとも浴恩園が失われた。

その際、寝たきりの〝楽翁様〟は屋根と簾《すだれ》つきの大きな駕籠に乗せられて運び出され、避難民の通路をふさいで悪罵を浴びた。

このとき桑名松平家と越前福井藩の武士が、何人もの町人を邪魔だと斬り殺したこともあり、辛辣かつ下世話な落首が市中に飛び交った。

「越中が抜身で逃る其跡へ　かはをかぶって逃る越前」

「ふんどしと　かはかぶりが　大かぶり」

何にも操られない民衆たちの純粋の怒号を、彼はどんな気持ちで聞いたろうか。

その二か月足らず後、五月十三日申の刻、松平定信は死んだ。死後も彼の生涯は栄光と讃辞に彩られ続け、その賛否と裁きが改まるにはいささかの時間を必要としたのだった。


――幕――

大切

《虚実座》謎あかしの場

――暗闇の中に、そこだけ明るく区切られた四角形があり、そこには黒・柿色・萌葱《もえぎ》三色の縦縞模様が映し出されていた。

それは、おなじみの定式幕で、ついさっき大喝采のうちに閉じられたばかり。もっとも実物ではなく、ホームシアターのプロジェクターから投影されたものだった。

同じく劇場内のカメラと直結したスピーカーからは、しばらくの間、退出する客たちのざわめきが聞こえていた。その多くは驚きや衝撃を語り、大半は好意的なものだった。

もし、よほど耳のいい人が聴覚を研ぎすましたなら、

――あれっ、森江はどこへ行った？

――さっきまでいたはずですけど……トイレかな。

——そうお？　どうせまた何かコソコソ動いているんじゃないの。

こんな会話を聞き取ることができたかもしれない。

やがて客は出払ったと見えて静かになり、舞台とその周辺には、スタッフらしい姿がちらつき始めた。撤収タイムの始まりか——と思われたとたん、カメラの前を何かが横切り、ふいに舞台からの中継映像が途切れてしまった。

ややあって、ホームシアターのスクリーンが上方に巻き取られ始めた。だが、画面はブラックアウトせず、プロジェクターも点灯したままだったので、たまたま向こう側にいた人物の顔が照らし出された。

「わっ」

そのまばゆさに頓狂な声をあげたのは、森江春策だった。

ほどなく映写ランプが消え、入れかわりに控え目ながら照明がついたので、室内のようすが明らかになった。

理事長室は、いつもの峻厳で沈鬱な空気に満ちていた。とりわけそこに寒々としたものを加えているのが、真正面に半ばシルエットと化して鎮座する上念紘三郎であるのは明らかだった。

今すっかり巻き上がったホームシアター用のスクリーンを芝居の幕とするなら、いずれが舞台でいずれが客席か。役者はどちらで客はどちらか——にわかには決め難かった。

とりあえず口を開いたのは森江だった。もっとも、上念には今やそれすら困難なだけに、そうならざるを得なかった。

「いかがでしたか。今のお芝居。僕はとてもよかったように思うんですが。とにかくこれで、歌名十郎さんをはじめとするみなさんの苦労は実ったわけですし、何より理事長のご意思も貫徹することができました。

ちなみに、僕の連れの人たちの特に女性陣は、璃升君の魅力にかなり参ってしまっていましたよ。あんなに若くて、あんなに美しく愛らしく、あんなに存在感のある役者がいるのだな、と。『俳優』というのは〝人に非ずして優れしもの〟という字解きがありますが、そんなこじつけを信じたくなったりもしましたね。

さて……すでにお聞き及びかもしれませんし、いずれお目にとまるかもしれませんが、『銘高忠臣現妖鏡』という芝居はずいぶん不思議な成立事情を持っています。鶴屋南北という作家が何十年もの時を経て、数奇きわまりない運命をたどった一人の人物とめぐりあい、田沼意知殺害事件の真相を江戸庶民の思いとともに、とある元権力者にぶつけた——というのですから。

しかも本来だったら、歴史の闇の中に消えてしまうはずのその脚本が、さらに不思議な運命としか言いようのない形でよみがえり、現代の僕たちの間に波乱を巻き起こしました。でも、奇跡とか偶然とかいうのは、この芝居の台帳がたどった旅路の部分だけです。鶴屋南北という人が『銘高忠臣現妖鏡』を徹底して理詰めで書き上げたように、三つの命が失われた悲劇には、何一つ不可能だったり不可解だったりする点はないのです。

どうでしょうか、上念理事長？　この場で一連の事件についての僕の推理を披露させていただいていいでしょうか。お許しいただけるとありがたいのですが……」

ややしばらくして、車椅子の上で、理事長がほんのかすかながらうなずくのが確認された。森江は続けた。

「ありがとうございます。あ、その前にうかがっておきたいことがありまして……キャンパス内にこの《虚実座》のような劇場を建てられ、ご自身の執務室もここに置かれたぐらいですから、理事長の演劇ことに歌舞伎への情熱はなみなみならないものだと感心していたのですが、実は自ら舞台に立っておられたことがあるのですってね。

それも山村筥蔵さんと同じ『学士俳優』として——ただ、筥蔵さんがそのまま歌舞伎界にとどまったのに対し、理事長は早めに見切りをつけられ、実業の世界に転じた。そしてさまざまな仕事を手がけ、辛苦と成功を重ねられたあと、ついに洛陽創芸大学の開学に至られたわけですね。

ただ……大学の理事の一人で、理事長の学士俳優時代を知る方によると、かつて志と覚悟を持って飛びこんだ歌舞伎役者を断念されたのには、ずいぶんひどい仕打ちを受けたことがあった結果だそうで……何でも舞台用のおしろいの中に劇薬が混ぜてあって、皮膚にひどい炎症を起こすことになったとか。

明らかに、伝統とは無縁のところから横入りしてきた若者への悪質な嫌がらせですね。幸い、深刻な傷や痣《あざ》にはならなかったものの、これ以降、舞台に立つのが怖くなってしまったのも無理からぬことです。当時、同期で特に親しい仲間二人と〝三羽烏〟を組んでいたそうですが、結局残ったのは筥蔵さんのみというのも寂しい話ですね。

そう考えると、理事長が《虚実座》と、そこの芸術監督に招いた小佐川歌名十郎さんへ寄せた期待、託した夢の大きさは容易に想像がつきます。それがいい方にばかり作用するとは限らなかったでしょうが……。

理事長には今さらな話ばかりで、つい前置きが長くなりました。では、まずは志筑望夢君殺しの解明から始めるとしましょう。はは、何だかこれでは一人芝居のようですが、ご勘弁ください」

語る森江の背後で、ドアがスッと開き、また閉じられる気配があった。だが、かれはそのまま続けた。

「〝シノ〟の愛称でみんなに親しまれた志筑君の死体が、師直館の残骸の中から忽然と出現した――一見不可能のように見えて、そうではありません。屋体崩しのまさにその瞬間、彼がそこにいればいいのですから。歌舞伎ではおなじみの宙乗りをしたみたいにね。しかし、あの悲劇が起きたとき、宙乗りの仕掛けは使われておらず、二階席の鳥屋は閉鎖され、ワイヤも張られてはいなかった。でも、この江戸時代の芝居小屋の要素を取り入れた《虚実座》にはそれにかわるものがありました。『かけすじ』〔付図参照〕がそれです。

これは客席の上空、花道の真上あたりに設けられた通路のようなもので、天井から逆さに生えた木の橋のような形をしています。橋板に当たるごく狭い部分には切れ目が入ってお

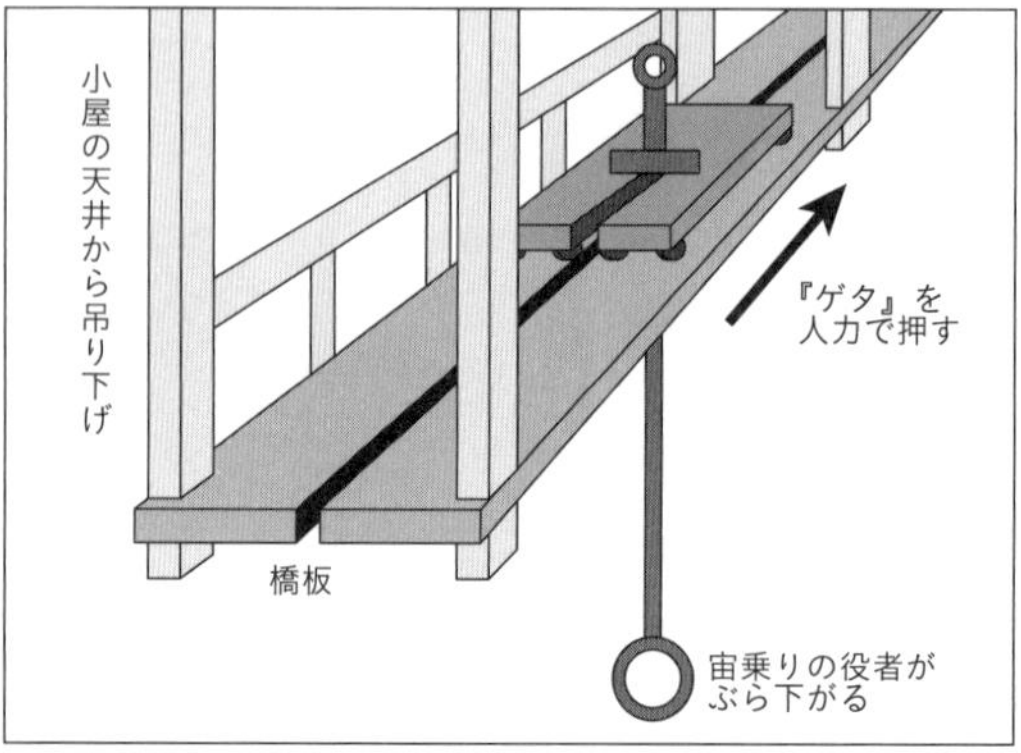

り、そこを通して下ろした縄から役者を吊り下げ、橋板の上にいる裏方が、縄とつながった〝ゲタ〟と呼ばれる車輪のついた板を押して人力で移動させる。〝ゲタ〟は切れ目をはさんで左右の橋板にまたがっているので、これが落下ストッパーともなる――というものです。

何だかロープウェイや懸垂式のモノレールに似ていますが、役者にとっても裏方にとっても非常に危険で、幕末の名女形・三世沢村田之助が後に手足を失う脱疽《だっそ》をわずらったのも、かの『かけすじ』からの転落事故で負ったケガが原因だったそうですね。

むろん、シノ君を宙吊りにする必要はなく、裏方用の通路を這いずって彼の体を押してゆき、師直館の上空で屋体崩しに合わせて突き落とせばよかったわけです。大事なのは度胸とタイミング、そして『かけすじ』を這いずってゆく力です。極端な話、足が不自由でも腕の力さえあれば、実行可能なトリックだったのです」

そこまで語ったところで、森江は息をととのえた。車椅子のシルエットからの反応は特にない。

そのことにはめげず、彼は再び語り始めた――。

「では、その次の秋水里矢さん殺しについてはどうか。彼女の事件で最も特異で、同時に歌舞伎的でもあるのは、彼女の死体が遺棄された神社の境内にまきちらされていた紙の雪です。自分の犯行をディスプレイするにしては地味であり、隠すには無意味というほかありません。どちらの目的にとってもあまり効果的とはいえず、もし何か影響を残せたとしたら、それは〝ご町内ダスト・バスターズ〟――あの一帯の掃除を引き受けているお年寄りたちを困らせたことぐらいでしょうか。ただでさえゴミの集めにくい砂利敷の上に、あんなものをまかれてはたまったものではありません。

掃くか拾うか、それとも何か機械を引っ張ってきて吹き飛ばしでもするか。実際あそこを元通りにするには相当苦労だったようですが、その結果、いささか厄介な状況が生じてしまいました。もし、あの紙吹雪の下に何かの痕跡が——足跡であれタイヤ痕であれ残されていたとしても、それらは全部消し去られてしまっただろうということです。

どんなに上手にホウキを使い、トングのたぐいで一つ一つ摘み取ったにしても砂利を一ミリも動かさないわけにはいかないし、その下の土も無傷というわけにはいかない。むろん重量級の車両が通過の際につけたタイヤ痕などは、そう簡単に消せないでしょうし、そもそもあの境内には入りそうにない。

逆に、靴をはいていたにせよ裸足にせよ、ふつうに歩いただけなら砂利にはそうそう足跡はつきそうにありませんし、だったら紙の雪をまき散らす必要もないわけですね。なのにあらかじめそんなものを持ちこんできたからには、犯人は徒歩でもなく車両でもない、砂利敷の上に特定しやすい痕跡を残してしまいそうな手段で境内に進入してきたことになります。

たとえば——車椅子とかね。そしてそこに腰掛けたまま、被害者の首を捕え、腕の力と被害者の体重を利用して絶命させることも不可能ではない……」

ハッと緊張する気配があった、ただし前方ではなく彼の背後から。森江はしかし、そちらをふりかえりもせずに続けた。

「そして第三の忽滑谷一馨殺し——あいにく生前には会ったことはないし、あまり親しみを持てるようなタイプでもなさそうなので敬称略とします。この元教部官僚の死体が発見されたのは、起伏の激しい工事現場ではありましたが、内部には板敷きの通路がめぐらされており、死体を吊り下げたガイデリックと呼ばれるクレーンの操作ブースまでは、徒歩だろうが軽車両だろうが楽々と到達することができると思われました――もちろん車椅子でも。

現場はそれほど厳重ではないとはいえ、出入りに制限があり、中も複雑な地形になっていたわけですが、大学関係者――ことに新キャンパス建設計画について責任を負う地位にあるものなら、あらかじめ情報を持っていたでしょう。そして、前半生においてさまざまな職場を転々とした人なら、その過程でいろいろな技能を身につけていたとしても不思議ではないし、その中にクレーンの操縦がふくまれていても荒唐無稽とは言えないでしょう。

忽滑谷殺しの特徴は、その不必要なまでの残虐性ですが、中でも理解に苦しんだのは、死体を彩っていたおびただしい血の出どころです。その大半はとうとう最後には首をポロリと落としてしまった切創によるものでしたが、それ以外に胸にいくつもの傷があった。その理由がわからなかったのですが、ふと思い出したことがありました。

それはコーネル・ウールリッチの『一滴の血』という短編で、カッとなって戦争土産の日本刀で女を斬り殺してしまった男が、壁に飛び散ったおびただしい血を消すために茶色のペンキを塗りたくり、ほかの一切の証拠も隠滅したはずが……という話なのですが、そのウィッティな結末は別にして、犯人の行動はきわめて常識的なものです。そこで考えたのは、

血の跡を消すためにペンキを塗る――その逆はありえないだろうか？

ということでした。つまり、血以外の何かが付着したのをごまかすために、あえて死体を血まみれにしたのではないか――そう思いついたのです。しかし何のためにそんなことをする必要が？　たとえばそれが、場所や人を明確に指し示してしまうものであったとしたら、そして血の色によって覆い隠してしまえるものがあったとしたら――そこでさらに思い出したのが、忽滑谷には盗癖というか寸借の性癖があったということです。もし忽滑谷が何か――おそらくは赤い色をしたものを盗み出し、それを自分の体や衣服に付着させてしまう失敗を犯したのではないか……。

そういえば上念理事長、この部屋には変わった形の酒のボトルがいっぱいあって、僕も下戸ながら目を引かれたんですが、その一本に少女の姿をかたどった中に赤いお酒を入れた壜がありました。なぜか二度目に来たときには見つからなかったんですが、もしそれを失敬していったのが忽滑谷一馨だったとしたら？　彼には思春期子女嗜好《エフエボフィリア》という性癖があったそうで、それもあって少女形のボトルを自分のものにしようとしたというのは、ありそうな話でしょう。

そんなこととは知らない犯人は、忽滑谷の自由を奪うべく襲いかかったが、その際、彼が胸ポケットか内ポケットにしのばせておいたボトルを割ってしまった。その結果、彼の着衣には赤いシミができ、肌にはガラスの切り傷ができてしまった。これはあまりにも明確に、忽滑谷がこの理事長室にいた事実――少なくとも上念理事長とのかかわりを示唆してしまう。そこで、あの一見不必要な流血が必要となってしまったわけです。

ところで理事長、あなたは先の発作を起こされる前は自ら自動車を駆り、どこへでも出かけておられた。特殊仕様の自家用車のおかげで、乗り降りも自力ででき、多機能を備えた車椅子によって、どんなことでもやってのけることができた……」

そこまで言ったときだった。

「おい、森江！」

背後でいきなり大声がしたかと思うと、森江春策は強い力で肩をつかまれた。来崎四郎だった。

ふりかえると、さっきまで並びの席で『銘高忠臣現妖鏡』の大詰を観劇していた三人が、いつのまにか——おそらくはさっき気配がしたとき——理事長室に入ってきていた。

「お前本気でそんなことを言ってるのか。上念理事長が全ての事件の真犯人だなんて、そんな話信じられると思ってるのかよ」

「そうよ、あなたらしくもない」菊園検事が言った。「あなたの話は、犯行に関するトリックについては一応筋道だけは通ってる。でも、それ以外のことは何一つ説明できてないじゃない。動機も、殺人行為以外の不可解な出来事も何もかも」

新島ともかの反応だけは少し違っていて、森江の目を見ながら腹が盛り上がっている妙なジャスチャーをしたあと、胸の前でバッテンを作ってみせた。

森江は彼女にうなずいてみせてから、

「何だ、君らも来てたのか」

と来崎たちに言った。

「来てたのか、じゃないよ」菊園検事はおかんむりで、「あなた、今の自分の推理が正しいと思ってるの？」

「今の推理、ですか？」

森江はきょとんとして、聞き返した。

「僕はそんなもの披露した覚えはないんですが」

どういうこと？　と菊園検事が気色ばみ、身を乗り出す。

「どういうことも何も、上念理事長には犯行が不可能だからですよ」

森江が言うと、来崎四郎はのどに何か詰まったような声で、

「だってお前……」

「確かに上念理事長には、これまで話したように一連の犯行が可能だった——あの不幸な発作が起こる前ならばね」

森江の答えは、しかし来崎たちを混乱させただけだった。

「お前、いったい何を……」

「ここはちゃんと説明してもらいましょうか」

そう詰め寄られて、森江は「わ、わかりました」とうなずくと、

「僕がこの同じ部屋で、体の自由を奪われた上念理事長を発見したとき、一つ妙なことに気づいた。理事長の腕時計の針が止まっていたことです。見ると、それは機械式であると同時に裏ぶた部分が分厚くふくらんだバブルバック・タイプで、これは自動巻き時計であることを意味していた。それが止まっているということは、その持ち主が腕を振らなくなってかなり時間が経過したことを示す以外の何ものでもない。

ふつうの自動巻き式だとパワーリザーヴ——つまり主ゼンマイが完全にほどけてしまうまで約四十五時間というのが多いが、理事長のしていた腕時計はどうなのか記憶を頼りに調べてもらったら、高級なだけあって何と約百六十八時間とのことだった。いわゆる七日巻きというやつですね。

もっとも自動巻き時計のゼンマイは、必ずいっぱいまで巻かれるとは限らないので、それより短い時間で止まってしまうと考えた方がいいが、とにかく忽滑谷一馨殺しのときはもちろん、秋水里矢さん殺しのときにもすでにゼンマイを巻く力が働いていなかった可能性が大きい。志筑望夢君殺しのときには……微妙かな。そこで考えられるのは、理事長が発作を起こし、体の自由を失ったのは、考えられているよりずっと前だったのではないかということになる。もしそうだとすると、被害者を膾切りにしたうえでクレーンで吊り下げるとか、絞殺したあとで神社に死体を遺棄し、境内を紙の雪まみれにするのは無理ということになってしまう……」

「ま……そりゃそうだな」

来崎四郎が腕組みしながら言った。間髪を入れず、

「じゃあ結局」

菊園検事が語気を荒らげ、だがすぐにトーンを落として、

「いいわ、続けて」

森江春策はそれを受けて、

「了解です……では結局誰が、ということになりますが、ここで僕は忽滑谷殺しで気になっていたことを思い出しました。それは、ガイデリックのブームと呼ばれる部分から吊り下げられた死

体が描く軌跡と、その下に描かれた血痕が微妙にずれていたことでした。僕の見たところでは、死体が北と南の間を揺れ動いていたとすると、血痕は北北西と南南東の間に走っているように見えました。だとすると方位差は二二・五度ですが、もうちょっと狭かったような気もするので円周の二十分の一、一八度としておきましょう。

　そのときから、どうも何かに似ているような気がしてならなかったのですが、あとで気づいたんです――これはフーコーの振り子だと」

　あっ、と菊園検事が甲高く声をあげた。一方、来崎はというと、

「フーコーの振り子……って何だっけ」

と頼りなかった。菊園検事があきれたように、

「地球の自転を示す物理の実験じゃないの。できるだけ長い糸の先に、できるだけ目方のある重りをぶら下げて揺らすと、一日中でも振り子運動を続ける。ところが、その間に地球は自転し続けているが、振り子の振動面は変わらない。結果的に、振り子は時間経過とともに揺れ方向をずらしてゆく――というあれよ」

「そういうことです。北半球では時計回り、南半球ではその反対にずれてゆき、緯度が高くなるほど回転角度が大きくなり、赤道上ではゼロになる。もっとも、ほんとはもっといろいろな要素が絡んで、専門家でも理解が難しいらしいんですが、とにかく今はその点は素っ飛ばすことにします。とにかくクレーンから吊り下げられた死体であっても、理屈の上では振り子以外の何ものでもなく、したがって物理法則が適用されるわけです。

つまり――死体振り子の揺れ始めと現時点のズレを測定すれば、どれだけの時間が経過したか算出できるわけです。緯度θの地点で振り子の振動面が三六〇度回転するのに要する時間Tは、

$$T=\frac{24}{\sin\theta}$$

ですから、現場を北緯三五度〇分とすると41.84272312051536hで、四十一時間五十分三十三秒、一時間当たり八・六〇三度となり、方位差は一八度とすると二時間ちょっと。僕が洛創大の新キャンパス予定地に着いたのは午前零時を回っていて、そのあと忽滑谷の死体と遭遇したわけですが、逆算すると彼の下で地球という廻り舞台が動き出したのは午後十時過ぎということになります」

「それだと、セキュリティが作動するのに間に合わないんじゃない。かりに入るのがその前だったとしても」

菊園検事が言った。森江はうなずいて、

「そうなりますね。でも、それを気にせずに脱出する方法があったとしたら？　ガイデリックで持ち上げられて、大きく揺れ出した忽滑谷の死体にしがみつき、その反動を利用して塀と赤外線装置より上に飛び上がってしまうとか」

「おいおい、まさか」来崎が口をはさんだ。「まるでターザンみたいにピョーイと脱出したなん

て言いだすんじゃないだろうな」

「どうしてそう考えてはいけないと？　操縦ブースのある側から、ガイデリックのマストをはさんだちょうど反対側の近くには塀があり、その向こうには伐採を免れた木がいくつも生えていて、そこの枝に飛びつけば、幹づたいに塀の外に出られるようになっていたよ。そうですよね、菊園さん？」

「確かに——確かに」

菊園検事は、やむを得ず認めるとでもいう表情でうなずいてみせた。

「でも、そうすると、アリバイの問題が……」

「そうなりますね」

森江春策はやや硬い声になりながら言った。

「犯行時間——この場合は死体のセッティング時間ですが、それが遅くなることによって、その晩市内某所で飲んでいた『銘高忠臣現妖鏡』のスタッフ・キャスト陣のアリバイがなくなってしまう……」

「いや、待ってくれよ」

来崎四郎はすっかり混乱していた。こめかみのあたりをペンの尻でガシガシとかきながら、

「結局、誰が犯人——というよりは実行者なんだ。お前は一連の事件に関して、上念紘三郎が犯人であることを前提として語っておきながら、同時に彼には不可能だったと言う。そしてまた今度はアクロバットまがいの脱出劇があったと言い出した。いったいどういうことなんだ？」

「それは」

森江春策はやや間を置き、心なしか震える声で言った。

「犯人が上念理事長の意思を代行し、体の自由を失う前の彼になりかわって行動したということだよ」

そのとき、理事長室内の空気が凍りついた――というのは決して過言ではなかった。

来崎たちが気づくと、彼らの背後にはいつのまにか《虚実座》の関係者たちの姿がいくつもあって、中でも扮装を解いたばかりの小佐川歌名十郎の姿は、異様なほどの迫力に満ちていた。カッと目を見開き、息をはずませていた。

「あの日――というのは僕が初めてここに来て、みなさんに会った日ですが……あ、新島君、例の資料をこれへ」

後ろを見やり、声をかけると、無言のまま立ちつくしていた新島ともかが、魔法から解けたように人垣をかき分けてきた。その手には一冊のファイルがあった。

受け取った森江は、それを軽く一瞥しただけで、

「あの日、あのとき、この同じ部屋で起きたことを僕なりに再構成してみましょう。ちょうど舞台稽古や打ち合わせを終えて、師直館の屋体崩しの準備が進められていたころ、ここを訪ねたものがありました。志筑望夢君です」

背後で息をのみ、驚きがはじける気配があったが、森江はかまわず続けた。

「その目的は、そのころしきりと噂されていた、小佐川歌名十郎さんの芸術監督解任について、

その真偽を質し撤回を求めるためでした。一介の学生としては出過ぎた真似という以前に、そもそも発想しない行動のはずですが、彼にはその資格が、少なくとも自覚があった——歌名十郎さんの実の息子としてね」

何か見えない重いものが、ドスンと落ちかかったような気がした。

「それは一部では噂されている事実のようでしたが、僕にはどうも気になってならないことがありました。彼がなぜ〝シノ〟と呼ばれているかです。苗字と名前の最初の文字を拾ったと言えば理屈は通りますが、どうも不自然です。そこで気がつきました——歌舞伎で〝シノ〟といえば信《し》太《だ》の森。そこに住む葛葉《くずのは》の狐と安倍保名《あべのやすな》の間に生まれた童子丸は、後に安倍晴明となったことにね。つまりこの呼び名には、隠れた父子関係の暗喩があり、当事務所の新島君の調査もそれを裏付けている……」

その指摘は、葬儀の夜の歌名十郎と望夢の母のやりとりをただちに思い出させるものだった。

森江は続けた。

「これも調べによれば、かつて学士俳優として夢破れた上念理事長と、歌舞伎界の異端児・歌名十郎氏のタッグはきわめて友好的であり、何より野心的なものだったが、近年しだいに齟齬《そご》をきたすようになっていた。既存の劇界からはみ出したといっても、歌名十郎氏は綿家という血統の一員であったことが、しだいに両者を乖離《かいり》させていったのでしょう。そこに、『アート無罪』を掲げるメディアゴロの西坊城猛や教部省につけこまれるすきを生んだわけですが……。

それと、今度の芝居の師直・師夏のモデルとなったのは、田沼意次・意知父子ですが、そこにも何か皮肉な暗合があったような気がしてなりません。意次がいかにわが子を買っており、政策継続のためにはやむを得なかったにせよ、性急に若年寄の地位につけてしまったのは、いささかやりすぎではありましたから。

　ともあれ志筑君は若者らしい無謀さと正義感でもって、父親の解任を止めようとした。しかし、この日本という国には血統、血縁というものに台なしにされた人生が死屍累々としていることには思いもよらず、おそらく何かちょっとした行き違いで相手を激昂させてしまった。そして争いになり、格闘に至った結果は双方に致命的なものとなってしまいました。

　望夢君は死亡もしくはそれに近い昏倒状態となり、上念理事長は心身への極端な負担がたたって発作を起こし、あるいは起こしつつあったのです――おそらくは望夢君に自分がしてしまったことの結果を知り、それを何とか処理しようとしたさなかに。

　ところが、その直後、現場にたまたま来合わせたものがあった。理事長のことをよく知るその人物はすみやかに事情を察し、かろうじて聞き取れた指示に従って、本来だったら上念理事長自身がやるつもりだった処置を代行しました――劇場に特設された『かけすじ』を用いたトリックの一部をね」

「ちょっと待って」

　菊園検事が口をはさんだ。だが、なぜかすぐに言いよどんで、

「その話はあとでいい。続けて、森江さん」

　と引っこんだ。来崎四郎は「え？」と、とまどい顔で周囲を見回したが、少なくとも新島とも

かはその意味を解しているようだった。

「わかりました。では、そうさせてもらいましょう」

森江春策はうなずくと、さらなる解明にとりかかった。

「さて、志筑望夢君の死は、遠く東京にも衝撃を走らせました。いうまでもなく秋水里矢さんです。彼女が大急ぎで京都に駆けつけたのには、彼の死を悼むことのほかに個人的な事情がありました。秋水さんから依頼を受けてからというもの、どうにもしっくりこない点がありました。それは、彼女と歌名十郎さんの相対喧嘩につきあわされているのではないかという疑いです。

つまり、秋水さんは自身が発見した鶴屋南北の幻の台帳を、合意のうえで歌名十郎さんに提供したのではないかということです。なぜそんなことをしたかといえば、彼女は国劇会館調査研究センターの一員であり、その成果は当然組織に帰属すべきものだったからです。国劇会館による『銘高忠臣現妖鏡』の復活上演はいずれ行なわれるとしても、異端児扱いの歌名十郎さんにゆだねられる可能性はほぼゼロ。にもかかわらず彼女は、歌名十郎と彼の《虚実座》にこの芝居を上演してほしかった。おそらくは彼に強い好意を感じ、強いきずなで結ばれていたゆえにね。そこで、表面上は幻の台帳をめぐって争っているよう取りつくろわねばならず、そのために僕が雇われたわけです……。

おそらく彼女は、洛創大内部で教部省がからんだ動きがあること、歌名十郎さんの芸術監督解任が画策されていることを知っており、志筑君の死に上念理事長が関係しているのではないかと考えた。そこでひそかに会見を申し入れたのですが、そのため選ばれたのは、望夢君の通夜が行なわれている葬祭会館から遠からぬ場所でした。彼女は京都行きを誰にも知らせず、誰にも会うつもりはありませんでしたが、やはり、かいま見るぐらいはしたかったのでしょう。それで会館の近くに行き、結果的に僕に見つかってしまった。よりによってまやかしの依頼をもちかけ、見せかけの訴訟合戦に巻きこんだ僕にね。

その後の追っかけっこと、僕が冷蔵倉庫に放りこまれた顚末《てんまつ》は一種のアクシデントみたいなものですが、うっかりすると僕は凍死していた可能性もあるわけで、秋水さんには殺意にも似た強い決意があったのではないかと今にして思います。とにかく自分が京都に来たことを知られたくなかったし、理事長との接触に関してはなおさらそうだった。

そして……ここからは多分に想像が入るのですが、理事長と直接対峙した秋水さんは、相手がすでに常態でないことを見破ったのではないか。それに意を強くして歌名十郎さんの芸術監督留任について詰め寄り、場合によっては幻の南北作品の引き上げまで示唆した。そしてその際、望夢君の死についても追及したのではなかったでしょうか。

そのように双方が対立緊張を高めた結果、第二の悲劇が起きた。理事長はかろうじて相手の首を腕にからみ取ったが、それ以上はどうしようもなかった。そのとき誰かが——その誰かとは、かろうじて手指ぐらいは動かせた理事長自身でもありうるわけですが——車椅子の操作ボタンを押した。理事長の車椅子は、そうすることによって高低や角度を自由に変えることができ、秋水さんの体はそれに引きずられて宙に浮いた。その結果、全体重が首にかかり、ここに力なき理事長による絞殺が成立したわけです。

さて、この際行なわれたちょっとした偽装工作について触れておきましょう。僕が閉じこめられていた冷蔵倉庫から発見された、秋水里矢さんの真珠のピアスの片割れ。あれは本来、八十隈神社の紙の雪の下から発見されるべきところ、理事長の車椅子もしくは自動車内に落ちているのが見つかったのではないかと想像されます。今さら現場に捨てに行くのも危険ですし、始末に困ってしまった。それで、僕の救出にまぎれて倉庫内に投げ入れたのでしょう。

そして第三の忽滑谷一馨殺し。さっき話した少女形のミニボトルが起こしたアクシデントから考えて、犯行場所はこの部屋かもしくはその周辺。そのあと、いったん生かしたまま緊縛拘禁しておき、アリバイを作っておいてから新キャンパス建設現場に運び、そのあとはさっき説明したとおりです。この殺人が先の二つと異なるのは、彼を排除しなければならない明確な動機があり、殺意があったことです。これまでの歌名十郎さんへの敵視が一気に逆方向に向いたのは、忽滑谷とその一派が自分を陥れようとしたことに気づいたのと、先の二つの死への贖罪《しょくざい》の意図もあったのでしょうか……そうであってほしいのですが」

森江春策は、そこまで言うとため息をついた。人々はその続きを待ったが、彼はなぜか口を開こうとはしなかった。ひどく疲れたようすだったが、それ以上にこの続きを話したくないかのように口ごもっていた。

「……やはり、話さなくてはいけませんかね。なるべくなら、ここから先には触れたくなかったのですが、やはりそうはいきませんよね。では……。

結局、上念紘三郎理事長の意思を代行し、発作以前の彼が行なったような犯罪空間を現出させたものは誰なのか――。

その人は、師直館の屋体崩しが行なわれる直前、黒子の装束を着て場内を走り回っていました。言うまでもなく、このときすでに理事長室に横たわっていた望夢君がまだ生きているように見せかけるためです。そして素早く変装を解くと、僕という部外者への解説役を買って出て、いっしょに事件を目撃することまでしました。

その人はまた、秋水里矢さんの真珠のピアスの片割れを、冷蔵倉庫に投げこむ役も担いました。そのためには、秋水さんによる僕の閉じこめという偶発的な出来事を知っていなくてはならないが、それが可能なのは、僕が持っていた配布物をもとに葬祭会館に行った連絡を受け、確認に駆けつけてくれた人だけです。

そして、その人は、あの洛創大理事会で、心は生きていても、それ以外の自由を全てを奪われた上念理事長にかわって忽滑谷一馨と教部省の策謀を粉砕した……理事長がもともと特殊マイクとスピーカーに発声を頼っていたのを利用し、そこに音声を飛ばすことでね」

「何……だと」

来崎四郎がうなるような声をあげた。

「じゃあ、あの大芝居は全て傀儡師《くぐつし》、いや、むしろ腹話術師のしわざだったっていうのか！」

「もちろん」森江は答えた。「自動巻き腕時計のパワーリザーヴをどれぐらいに見積もるべきかは難しいとしても、理事会の時点ですでにゼンマイを巻き上げることは行なわれなくなっていたのは確実だ。そんな彼にかわり、弁舌をふるうことができたのは、そのときそばにいてサポートしていたのは――？」

森江の声は、なぜか苦しげに、小さくなった。と、そのとき、

「わてだす」

優しく柔らかな声とともに、車椅子の向こうから、スッと立ち上がった人影があった。

は、笘蔵さん……ざわめきが起きる中、老歌舞伎俳優は、穏やかな微笑みとともに森江たちを見返した。

その立ち姿は美しく、扮装こそ解いていたが、あの芝居の幕切れで演じた口上役そのままの飄逸な風味を漂わせていた。

「そう、全てわてがやったことだす。あの日、たまたま理事長室を訪《たん》ねて、中からの大きな物音に驚いて入ったところ、望夢君が倒れてるのに気づいた。上念は、今から思えばすでに心身に変調を来しとったのか、茫然としていて、なすすべもないようやった。かろうじて何が起きたかを聞き取った私は、とにかく彼の犯行であることを隠し、かといってほかの誰も犯人にしないために知恵を絞った。その結果思いついたのが『かけすじ』を使う方法やった……。

最初は、わてが死体を処理するつもりやったが、上念はどうでも自分がやるという。腕の力だけで這いずっていけるという。わても一瞬、『よもや足の不自由な彼にできるはずがない』という先入観から捜査の目をごまかせるのではと考えてしもた。自分でやったわけでもないことの後始末をやることへの逡巡もあったのかもしれへん。

けど、それはまちがいやった。あのときすでに彼の体内で発作は進行しとった。騒ぎのさなか、

いったん『かけすじ』に通じる場所に駆けもどると、彼はその中途に倒れており、どうにか引きずり出してみたものの、上念はもうもとの上念ではなくなっていた。狭い通路の中を望夢君を押しながら這ってゆき、最後に突き落とすという苛酷な重労働が、彼の中の大事な部分を壊してしもてた……」

一呼吸、二呼吸置いてから山村筥蔵は続けた。

「あとのことは森江はん、あんさんが推理しはった通りだす。秋水里矢いう女の耳飾りを冷蔵庫に投げこんだのも、車がスモークガラスなのをええことに、あたかも上念が運転しているように装ってハンドルを握ったのも、彼の言葉を何とか聞き取ったうえに自分なりに勉強して、理事会で陰ぜりふをつけたのも、それからあの忽滑谷という、二足歩行の毒虫を呼び寄せて殺し、その始末をつけたのも、何もかもこのわてがしたことだす」

そのあとに、長い静寂があった。それを破ったのは、何ともやりきれなさそうな森江の声だった。

「――そうではないでしょう」

「え」

筥蔵だけでなく、いくつもの口から、あっけに取られた声があがった。森江は続けて、

「お気持ちはわかりますが、そうではないと思いますよ、筥蔵さん。――もしあなたの言う通りだったとしたら、忽滑谷殺しを終えたあと、ガイデリックの操作までは百歩譲るとしても、そのワイヤを空中ブランコのようにして現場を脱出したのもご自分だと主張することになりますが、それでよろしいのですか？　いくらお元気で動作も敏捷だとしても、今もそうしたことが可能で

おられるとは思えないのですが」

「いや、それはあの……」

さっきとは打って変わり、にわかに口ごもった山村筥蔵。と、そのとき、車椅子の陰から、もう一つの人影が立ち上がり、何の屈託もない声でこう言った。

「あ、それ僕です」

その人影は言った。

「やめなはれ……やめんかいっ」

筥蔵がそれまでの落ち着きを失いながら言った。だが、その人影は、まるで歌でも口ずさむような明るく軽快な調子で、

「というか、それ以外のこと——たった今、筥蔵さんが自分や理事長がやったとおっしゃったことの全ては、実は僕のしわざなんです。僕をかばってのことなんです。たとえば……」

そう言いかけたとき、後方で声があがった。いや、叫びといった方がよかったかもしれない。

「璃升！」

声の主は小佐川歌名十郎だった。

「嘘だろ？　嘘だと言ってくれ！」

「たとえば」

璃升は凄みのある微笑とともに、歌名十郎を見すえると、

「ノゾム君のまだ息があったかもしれない体を『かけすじ』に押しこみ、突き落としたのも実は

僕です。芝居は実力だ、情熱だと反逆ポーズをとりながら、結局は血筋によって彼を選んだことへの復讐をこめてね」

「！」

歌名十郎は絶句した。だが、森江はそこへすかさず、

「それはありえませんよ、璃升君」

「ありえないってどうして。僕はあのとき自分がどこにいたか証明できないし、ということは、どこにいた可能性もあるってことですよ」

キッとなり反駁した璃升に、森江はさとすように、

「いや、君は少なくともあの時点ではこの事件にかかわってはいなかった。君はこう証言しましたね――『僕、ノゾム君が師直館の上にいるのを見たんです。あの大屋根のてっぺんに、まるで大蝦蟇を召喚しそこねた天竺徳兵衛みたいに立っているのを！』と。でも、実際には『かけすじ』から突き落としたんだから、そんな風に見えるはずがない。ではなぜ、そんな嘘の証言をしたかといえば、実際には見てもいない犯行の瞬間を誤解をもとに想像していたからだよ。

いや、君が全くかかわっていなかったわけではない。理事長が志筑君の死体を『かけすじ』に運びこむところか、筥蔵さんが理事長の体を運び出すところを見、あとの死体発見騒ぎを知って、『かけすじ』がトリックに使われたことは見当がついた。だが、そこで君はとんだ誤解をしてしまった。『かけすじ』とは、本来そこから観客の頭上に吊り下げた役者を空中移動させるもの。君は志筑君がそのようにして運ばれたものと思いこんでしまい、屋体崩しの事件をより神秘的に

し、捜査を混乱させるつもりで『大屋根のてっぺんに立っていた』などと証言してしまったんだよ」

「…………」

璃升の顔から、凄愴美のようなものが消え、子供っぽい驚きと悲しみが描かれた。そのあとにひどく長々しい沈黙と静寂があり、誰もがその空気に耐えられなくなりかけたとき、

「あの、上念理事長」

それを破って、森江春策の声がした。

「事件について話しだせばきりがないので、ここはこのあたりでお預かりとして、申し訳ありませんが、その車椅子を少し移動していただけませんか。……いや、わかっているんです。僕が最初にここに来たときに足を引っかけましたが、ちょうど今おられる真下に四角く段差になったところがありますよね。それは理事長専用のリフトですよね？　ちょうど歌舞伎のすっぽんのように、そこだけが上下して、あなたの車椅子を地上から運搬するようになっているのですよね？　たぶん限られた人しか知らないのでしょうが、あの日僕が理事長室《ここ》であなたを発見したとき、この建物のエレベーターは調整中で使えなかった。にもかかわらず、ここにおられたということは、何らかの移動手段があったということです。おそらく発作以後のあなたには、笘蔵さんや璃升君が交代で、つきっきりのケアをしていたのでしょうけど、あのときはたまたま二人ともいなかった。まさか東京に帰ったはずの僕がいきなり訪ねてくるなんて思わなかったでしょうし……。

それはともかくとして、車椅子を移動してください。もっと早くに気づけばよかったんですが、僕も今まさに現在進行形の犯罪には注意してなかったもので……とはいえ、自分が裏切られ

ていたことに気づいたあなたが、忽滑谷一馨が抹殺されたあと何をするだろうかということは、〈探偵〉として把握しておくべきだった……」

モノローグのように言ったあと、森江は強い調子で、

「さあ、車椅子をどけて！　専用リフトの扉の上から！」

そう声を放ったとき、車椅子のシルエットで何かきらめくものがあった。それは上念紘三郎が、かろうじて自分に許された自由である目の動きによって、車椅子を操作した瞬間だった。

筥蔵と璃升のサポートも受けつつ、車椅子は静かに後ろに下がった。ほどなく、その下に隠されていた床板——と見えて実は専用リフトの電動扉が開き、ゆっくりと上がってきたものがあった。

それは、金髪を振り乱し、デブデブした巨体を変な風にねじ曲げて横たわっている西坊城猛の姿だった。まるで押しつぶされたガマガエルのようなみじめな姿だったが、なぜそうなったかはすぐにわかった。

リフトの荷台が理事長室の床まで上昇していたにもかかわらず、扉を車椅子が押えていたために、サンドイッチにされるかプレスをかけたようになっていたのだ。全身を骨折し、内臓も圧迫されて虫の息だったが、とりあえず生きてはいた。

——あとでわかったことだが、西坊城は理事長室に呼び出され、彼の悪業や不正に関する証拠を突きつけられた。思わずそれを奪い取ろうと駆け寄った瞬間、車椅子が後退し、そのままぽっかり口を開いた竪坑《シャフト》に転落した。そのあと荷台が上昇したため、あやうく圧死寸前まで追いこまれたということだった。

さっき新島ともかが森江に無言で報告したのは、「西坊城猛の姿がどこにも見えない」ということだった。そのことに嫌な予感を覚えてはいたが、まさか上念紘三郎がその足下に踏んまえていようとは、ぎりぎりまで思いつかなかったのだ。

「救急車を、早く！」

森江春策は西坊城のもとに駆け寄ると、叫んだ。その視線をすぐそばの車椅子に転じると、

「こっちが先だ！」

——このグロテスクな一齣を経て、事件の解明と告発は唐突な終わりを迎えた。

三たび森江法律事務所の場

「はい、はい……わかりました。いや、おしかりはごもっとも。確かに『森江春策という男は謎だけ解いて、一番やっかいな部分——誰の何を裁き、裁かないかについては丸投げして逃げた』と言われれば一言もありません。ええ、もちろん菊園さんには協力しますとも。……はい、はい」

ようやく帰り着いた事務所のデスクで、森江春策はしきりと電話回線の彼方に頭を下げていた。

「ええ、もちろん弁護は引き受けますよ。ええ、きっちり責任は取ります。唯一残念なのは菊園さんが公判部におられないことで……ええっ、本当ですか？　そ、それは……い、いや、うれしいに決まってるじゃないですか。はい、では、そのときはどうかお手柔らかに……はい、それでは」

電話を切ったあとで、長いため息をついた。たまっていた郵便物を整理していた新島ともか

は、あえて通話内容についてはたずねずに、

「そういえば、上念理事長と山村筥蔵さんって、学士俳優仲間だったんですね。一方は傷つくことがあって歌舞伎とは無縁の世界に行き、一方は当時は珍しく誇らしくもあったインテリとしての顔を捨て、既存の歌舞伎界に埋没する形で老境を迎えた——その違いが、かえって仲間意識を育てたんでしょうか」

「そうかもしれへんね」森江はうなずいた。「これが同じ道を歩んでいたら、また違ったのかもしれん。実は彼らに加えてもう一人、三羽烏と呼ばれた仲間がいて、その人から頼まれて二人が芝居の世界に入れてやったのが璃升君らしい」

「なるほど、そういうことだったんですか。それなら思い入れもひとしおだったでしょうね」ともかは感心したようすで、「それで紹介したのが、歌名十郎さんの部屋子の口だったというわけですか」

「そういうことらしいね。でも、彼は結局、自分の息子を後継者に選んだ。これは璃升君本人も悔しかったろうし、門閥を持たないゆえに苦労した理事長や筥蔵さんにも、歌名十郎氏に対する失望を生む結果になった」

「なるほどね。それが芸術監督解任につながり、そのお家騒動につけこまれて、教部省の天下りや西坊城に食い物にされそうになったんでしょうか」

「ああ、おそらくは」

「ねえ、森江さん」

「何ですか、あらたまって」

けげんそうに訊く森江に、ともかは「あの」と一瞬口ごもりながら、

「璃升さんって、本当は女性なんじゃないでしょうか」

森江は一瞬、虚を衝かれたように彼女を見返し、ややしばらくして言った。

「――君も、そう思いましたか」

「ええ……何て言ったらいいんだろう。あのしなやかさ、空気感、そういったものが違う気がしたんです。とても少年っぽいんだけど、どこか現実のそれとは違うような……」

「ご明察やね。このことはいずれ世間に知られるやろうけど、何とか無用にスキャンダラスでセンセーショナルな形で扱われるのは避けたいと思う」

「それが弁護を引き受けた理由ですか」

「それは確かにある……来崎の新聞にも、その点は協力してもらうつもりではいます」

「森江さんはどのあたりで、彼女の性別について気づいたんですか」

「さあ、いつぐらいやろ」森江は首をひねった。「ただ、一つ引っかかっていたことはあった。元教部省の忽滑谷がどうやってやすやすと誘い出されたのか。思春期子女嗜好《エフエボフィリア》の彼が京都のホテルに若い女性を呼び寄せたり、外へ求めて出かけていたことはわかっているが、その実態は明らかにされないままやったし、それらしい存在は犯人側からは浮かび上がってこなかったからね」

「そういったことに説明がつくというわけですか。でも、女装だったということも考えられるのでは」

新島ともかは、腑に落ちたのと落ちないのと半々なようだった。森江は頭をかいて、

「そやから、今になってみればという話ですよ。忽滑谷と若い女性の件をもっと深掘りしなかったのは、僕の手落ちでしたな」

ともかは「そうですか……」と要領を得ないままうなずいて、

「でも、どうして男子禁制の歌舞伎の世界に……バレれば即追放になってしまうのに」

「やむにやまれず何かをやりたいということ、何かの才能を持っているということと性別は何の関係もないからね。そして、璃升君には意欲も才能も二つながらにあったということでしょう」

「それを笆蔵さんと理事長は受け入れた……かつて三羽烏と呼ばれた仲間の縁もあり、璃升さん自身に共感するものがあったから？」

「そうでしょうね。自分たちもまた芝居が好きすぎて、門閥も血統もないうえにインテリ大学生という異分子であることを承知の上で、その世界に飛びこんだわけやから」

森江は感慨深げに言い、そのあとに付け加えた。

「歌名十郎氏に璃升君を託したのは、彼なら昔の自分たちのような、いや、それ以上の異分子を受け入れ、育ててくれるだろうと期待し信頼していたからかもしれない。でも、実際は——」

「血縁、ですか」

「そのことへの失望は大きかったろうね。とりわけ璃升君においては……」

森江春策は嘆息まじりに、言った。そのあとに、やるせないような沈黙が流れた。と、それを破るかのように、

「あの、森江さん。こんなものが来てますよ」

新島ともかがA5判ぐらいの封筒を差し出した。裏には「国劇会館調査研究センター」とあった。何でこんなものがと思いつつ封を切ると、表紙に「国劇研究」と題された冊子が入っていた。何気なくページを繰ると、いきなりこんな文字が目に飛びこんできた。

鶴屋南北作『銘高忠臣現妖鏡』の発見と検討
学芸フェロー　秋水里矢

それは、あの秋水里矢が国立機関の研究員として執筆した論文だった。彼女自身が生前に送付を手配したものか、それとも小佐川歌名十郎の心配りでもあったろうか。

読んでみると、彼女がロンドンのセント・ジェームズ・ストリートで、鶴屋南北の幻の自筆台帳を発見した顛末、その内容や文体、用字、筆跡などを検討・分析した結果が記されており、それらは彼女がこの同じ部屋で熱っぽく語った内容を懐かしく思い出させた。

いっしょに発見された〝謎の一幕〟やその表紙裏に記された『六大洲遍路復仇』の文字についても触れられていたが、そこには森江の知らない事実が語られていた。

それは、『銘高忠臣現妖鏡』の台帳その他を厳重にくるみ、現代まで伝えた油紙の包みと、その表書きについての記述だった。それによると梱包には、

今世天徳事　森江春蔵　之ヲ異郷ニ蔵シ後世ニ伝ヘントス

——と墨書されていたというのだ。

驚いて続きを読むと、同様の内容が英文でも記されており、そこにはこれが演劇の台本であり、日本にrevolutionが起きない限りは、決して持ち帰ってはならない旨が書き加えられていたという。さらに秋水里矢によれば、

「今の世の天徳」——すなわち天竺徳兵衛を名乗る森江春蔵《もりえしゅんぞう》なる人物については、全く未詳だが、天明年間に田沼意次が派遣した蝦夷地探検隊の下役として同名の人物がいたことが近年の研究に見える。森江春蔵は西蝦夷班のソウヤ越冬には参加していなかったが、その全滅報告の後から消息が絶えている。

その経歴は『銘高忠臣現妖鏡』の「異国巡りの場」と符合する部分が多いが、果たして同一人物なのか、どのような形で南北の創作に示唆を与えたかについては今後の研究が待たれる。

森江春蔵——確かその名を大阪の宅に残されていた資料で読んだ記憶があった。まさか自分のご先祖様がこの芝居と、そこから派生した事件に一役買っていたというのか。まさかそんな偶然が、と思ったが、そのときふいによみがえったシーンがあった。

それは、里矢がここに来ていささか強引な依頼をしたときのことで、もともと九鬼麟一弁護士

の知り合いでもないのに、わざわざ彼を介してまで自分に依頼をしてきたことを不審に思って訊いてみると、

——強いて言えば、お名前ですか。

と答えた。森江は「な、名前ですか」とさらにとまどったが、それは『銘高忠臣現妖鏡』の謎を解く手がかりとなりそうな「森江春蔵」と似た名前を持っていたせいではなかったか。いや、それが森江春策の祖先であることを知ったうえで彼を選んだのかもしれない。

そして、そのことに気づいた瞬間、彼の中に一気に広がったイメージがあった。それは自分の祖先かもしれない人物がたどった数奇な運命と、その前に展開したであろう目もあやな風景また風景だった。

*

ともすれば遠ざかろうとする意識を、森江春蔵は必死になって取りもどした。と、その報いであるかのように、恐ろしい寒気が総身を押し包んだ。

必死に体を揺すぶり、そこらじゅうを押しもんでも、防ぎきれるものではない。むしろそうすることによって疲労はたまり、悲観が深まるばかりだった。

森江春蔵は、かすみかけた目をこらし、周囲を見回した。そこに彼以外に生命あるものは見当たらず、唯一の例外であるらしい自分も、いつまでもつか知れたものではなかった……。

いでたちにも増して奇抜で異様なのは、その配役だった。とりわけ当人にとっては……。

「さてもそれがし」

森江春蔵は、迷いも照れも吹っ切り、とりわけ恥じらいは世界の果てに投げ捨てて、声をはりあげた。

「さてもそれがし、武蔵五郎師夏様がご発案の『扶桑富強の一巻』にもとづき、はるばると蝦夷の地に渡りしものに御座候……」


森江春蔵はふいに立ち止まった。先を急ぎ、気がはやるあまり、かえって道を取り違えたのではないかとの疑いにかられたからだった。

急いでいた理由は、芝居の開幕に間に合わなくてはならないから。だが、劇場に行きそこなっては何にもならない。

しかも、単にそこの木戸口をくぐればいいのではなく、森江春蔵にはその劇場へ持っていかなければならない品物があった。マダム・タッソーから託された役目があったのだった。

ずしりと重いカバンをやっこらしょと持ち直しながら、簡単な地図を手に周囲を見渡した。ほどなく、どうやらこの道で正しいとわかり、ホッと安堵の息をついた。

——ここはロンドン、ウェストエンドでも屈指の大通り、ストランド街。東は中世以来の金融街シティ、西に進めばトラファルガー広場に達する。

その二つをつなぐ石とレンガの街並みのただ中に、森江春蔵はしばしたたずんでいた。地図を

ポケットにしまい、再び歩きだそうとしたそのとき、
（よくもはるばる、こんなところまでやってきたものだ——文字通り、地球の反対側まで）
彼は今さらな感慨とともに、ため息をつかずにはいられなかった……。

——松平定信が死んで半年、文政十二年十一月の顔見世に、鶴屋南北は「一世一代」とうたった『金幣猿嶋郡《きんのざいさるしまだいり》』を執筆し、その後まもなく病に倒れた。

同月二十七日、深川・黒船稲荷地にて没、七十五歳。

その葬儀は翌十三年——十二月に天保と改元——一月十三日、本所押上の春慶寺で営まれた。折しも二ノ卯の日で亀戸妙義詣の人々で群集雑踏するさなか、腰衣の所化十六人ほどで棺をかつぎ、施主はみな檜笠で供に立ち、しかも江戸三座の役者たちが残らず麻裃で参列したとあっては、いやもう大変なにぎわい。

寺内では用意された煙草盆や土瓶、茶碗などに全て南北の定紋である「大」がつけられ、門前に葭簀《よしず》張りの茶店を出し、ここで酒を供するなどの工夫が凝らされて大好評だった。きわめつきは参列者に餅菓子とともに配られた正本《しょうほん》仕立て——つまり芝居の台帳の形を取った冊子だった。

昨年、南北の臨終の床で弟子たちに渡されたものだそうで、てっきり創作の秘伝でも記されているのかと思った彼らは一読びっくり仰天したという。

森江春蔵も一冊もらい、『寂光門松後万歳《しでのかどまつごまんざい》』と題したそれを見てみたのだが、なるほどとんでもない内容だった。何しろ死んだはずの南北が棺桶の中から呼びかけて、

南北「略儀ながらせまらはム《ござ》り升《ます》れど、棺の内より頭をうなだれ手足を縮め、御礼申上奉り升る。先《まず》は私存生《ぞんじょう》の間、永々御贔屓になし下されましたる段、飛去りましたる心魂にてつし、いか計《ばかり》か有難い冷《ひや》あせに存奉り升る……」

これには施主の人々も、仏に魔がさしたか死者がよみがえったかと顔を見合わせるが、見かねた住僧が合掌し、お経を唱えると、棺桶が砕けて中から額に三角帽子、経帷子《きょうかたびら》姿の南北が飛び出して「一本の卒塔婆が一仏一体」に始まって「二本のそとばが人面獣心、三本のそうとばはおんば三途の川原……七本のそとばが七字の題目、八本のそとばが八苦のくるしみ、九本のそとばが苦痛のお仕舞ひ、十本のそとばでじゞいがとふぐ〳〵ごねられける」などと、さんざん自分の死を笑い飛ばす。

そこからさらに「とんしの仏がまゐる」「とんしと申せば、われらもとんしだ」「なんで又とんしだ」「ぽつくりごねたとんしだ」「とんしく〳〵〳〵」と大騒ぎだ。

(全く何という人だ、あなたという人は……恐れ入りましたよ南北師匠)

苦笑しながら読み進むにつれ、なぜか涙がにじんできてしようがなかった。あの会で勝俵蔵、青島俊蔵と合わせ「三蔵」と言われていたころが懐かしかった。

森江春蔵は涙をぬぐった。そして今は自分の手元に一部だけ残された『銘高忠臣現妖鏡』と花笠文京つくる一幕の稿本をどうしたものかと思案した。

誰かに見つかれば、ただではすまない代物だけに、いっそ火にでも投じるべきか。そんなことのないよう厳重に保管して後世に伝えるか、それともいっそ人に託して異国へ持ち出すか。いや、どうせそうなら自分ももろともに――？

そして、心は決まった。

そのとき、森江春蔵の中でふいによみがえった記憶の一場面があった。それは、あの芝居の制作が着々と進むさなかの出来事だった――。

「いかがですかな、森江さん。その台帳《ほん》の出来栄えは」

ふいに間近から声をかけられ、森江春蔵ははじかれたようにふりかえった。

そこに立っていたのは、ほぼ白くなったちょん髷を結い、ふさふさとした眉の下で爛々と目を輝かせた人物――四世鶴屋南北その人だった。

とっさのことで答える言葉の出ない森江春蔵に、鶴屋南北は豪快とも辛辣ともつかない笑みを浮かべてみせた。そしてこう言い放った。

「森江さんも、ずいぶんトリックとかツリックとかいうものにくわしいそうだが、われわれ江戸の芝居者も負けちゃあいないつもりですよ。何はともあれ細工は流々、仕上げをごろうじろ。ははははははは！」

＊

森江春策は、ハッとしてあたりを見回した。ふいに誰かの高笑いを聞いたような気がしたからだった。

全てを笑い飛ばし、虚構でもって現実を蹴散らし、書割の城郭と竹光の刀、でまかせの呪文でもって、自分たちを締め上げようとしたものたちと戦い抜いた男の勝利の笑いを。

なぜかその男のそばには、もう一人の人物がいた。そしてなぜか、会ったこともないその人物には奇妙な親しみと懐かしさを覚え、何だか自分に似ているような気さえするのだった……。

めでたく打出し

あとがき――あるいは好事家のためのノート

ようやく、ようやく――この作品を世に出す日が来ました。

一つ目の「ようやく」は、二〇一〇年版の『本格ミステリ・ベスト10』と『このミステリーがすごい！』の近況欄から執筆予定に挙げ（それ以前から言及はしていたようですが）、『鶴屋南北殺人事件』の仮題を店晒しにし続けていたところ、ついに読者との約束を果たすことができたということです。

そして二つ目の「ようやく」は、『グラン・ギニョール城』以来十八年半ぶりに、同じ原書房さんから長編を出すことができたことに対してです。『グラン・ギニョール城』は、当時の私の壁を打ち破ってくれた大切な作品で、朝まで執筆しては開店早々の喫茶店でモーニングを食いつつ次章のメモを取り、帰宅後就眠という日々をくり返しての脱稿、東京のホテルにこもっての校正作業（当時はまだ大阪住まいでした）、今回また装画をお願いする影山徹画伯との初コンビ、刊行後の思いがけないほどの高評価など、思い出深いことばかりです。

そのとき私は、この作品に徹頭徹尾付き合ってくださった編集部の石毛力哉さんに、なるべく早く次の長編をお渡ししようと決意したのですが、あいにく実現には至らず、それどころか他社では出してもらえそうにない短編集を三冊も刊行してもらえたのです。それはむろん、第二長編への期待を込めてのことだったに違いなく、にもかかわらず年月ばかりが過ぎてしまいました。

歌舞伎作者・鶴屋南北への興味は、ここ三十数年間変わらずにあって、大阪の宅にはこの作品の「文化八年、葺屋町市村座の場」に当たる手書き原稿があったり（ということは一九八六年以前？）、何か期するところでもあったか私自身が描いた（！）南北像が残されていました。当然いずれはミステリにとりあげようという考えがあって、石毛さんにも提案したわけですが、それと実際に作品化できるかどうかはもちろん別問題なのでした。

とにかく私ごときに書かれてたまるものかと、ご当人に思われたのか、構想は迷走また迷走。『東海道四谷怪談』の興行そのものを描くのか、それ以前もしくは以後の彼を描くのかも悩ましく、また南北にどんな事件を出合わせるのか。一時は『盟三五大切』に影響を与えたのではないかとされる直近の連続殺人事件（文政七年、深川仮宅浜の屋での惨劇）と『三五』の幕切れの異様さを取り入れようとしたりして、七転八倒したものでした。

現代の歌舞伎公演についても知っているとはいえず、中野晴行氏の示唆で現在のような設定を選んだわけですが、中でも一番苦しんだのは、名作古典や歴史をテーマにした先行作品を意識すればするほど、構想が小ぎれいにまとまろうとしていくことでした。

ほどほどにそれっぽい見立て殺人、ヘェそうなのという程度の歴史秘話と薀蓄、そしてまぁまぁ意外といいえなくもない真相——これじゃあ歌舞伎を、まして鶴屋南北を取り上げる意味はなく、そもそもこれだけ待ってもらうような作品ではないだろうという思いがあったのです。

前記中野氏のすすめで、二〇一七年五月二十一日、京都芸術劇場・春秋座での「木ノ下歌舞伎東海道四谷怪談――通し上演」全三幕十二場を見に行ったのも、そうした焦燥の結果でした。木ノ下裕一氏の監修・補綴、杉原邦生氏・演出により、実に上演六時間に及ぶそこから直接どのような刺激を受けたかは、自分ながらはっきりしませんが、その後だいぶたってから一つのムチャな決意が生じたことは確かです。それというのは、

――本格ミステリは、犯人のなり手がいなくなってからが勝負！

というもので、こう居直った以降は、結びつくはずのない史実を引き寄せたり、予期しない人物が舞台に躍り出たり、当初の構想にはなかった犠牲者を出したりしつつ、一時は悲観視したこともあった『鶴屋南北の殺人』の完成に至ったわけです。

この場を借り、前出の石毛さん、影山画伯、今回装幀を担当してくださった坂野公一さんをはじめ本書の制作にかかわった全ての方々、鶴屋南北はどうなったと声をかけてくれた友人たち、執筆に倦んでつい安易に流れようとするのを戒めてくれた風呂本佳苗氏、そして何より読者のみなさまにお礼を申し上げるとともに、このかなり暴走気味のミステリを楽しんでいただけるよう願っております。

本書執筆に当たって参考とした書籍につきましては、巻末にほんの一部を掲げましたが、この作品の発想から構想に至るまでには、さらに多くの先人の業績に拠ったことは言うまでもありません。なお、江戸時代の戯れ歌はオランダ商館長チチングが『将軍列伝』に筆録し、辻善之助『田

沼時代』に収録された歌詞をもとにしていますが、そのままでは歌いにくいので、チチングが原著に添えたフランス語訳をもとに補作しました。

……わけて読者の皆々様方に御願い申し上げ奉りまするは、作者並びに役者《キャラ》一同に至るまで未熟不鍛錬者にござりますれば、アンフェアや無茶な所はお目つむりあって、序開き《プロローグ》から大切《エピローグ》まで、ずずずいっとご愛読の程、御願い申し上げ奉りまする！

二〇二〇年五月

芦辺　拓

《主要参考文献》

伊原敏郎『歌舞伎年表』（岩波書店）
『鶴屋南北全集』（三一書房）
『歌舞伎オンステージ』（白水社）
落合清彦『百鬼夜行の楽園――鶴屋南北の世界』
小池章太郎『鶴屋南北の世界』（三樹書房）、『江戸の残照』（思索社）
諏訪幹雄『鶴屋南北　滑稽を好みて、人を笑わすことを業とす』（ミネルヴァ書房）
鶴見俊輔・安田武『忠臣蔵と四谷怪談』（朝日選書）
中山幹雄『複眼の鬼才　鶴屋南北』（新典社）
藤原成一『幽霊お岩』（青弓社）
船木浩司『七代目嵐徳三郎伝』（東方出版）
釘町久磨次『歌舞伎大道具師』（青土社）
大石慎三郎『田沼意次の時代』（岩波現代文庫）
後藤一朗『田沼意次　その虚実』（清水新書）
照井壮助『天明蝦夷探検始末記　田沼意次と悲運の探検家たち』（影書房）
藤田覚『田沼意次　御不審を蒙ること、身に覚えなし』（ミネルヴァ書房）
ドナルド・キーン・芳賀徹訳『日本人の西洋発見』（中央公論社）
春名徹『世界を見てしまった男たち』（文藝春秋）
高澤憲治『松平定信』（吉川弘文館）
磯崎康彦『松平定信の生涯と芸術』（ゆまに書房）
鈴木暎一『藤田東湖』（吉川弘文館）
木越俊介「〝代作屋大作〟花笠文京の執筆活動について」「花笠文京と歌舞伎界」「花笠文京年譜稿（上）」
加藤耕一『「幽霊屋敷」の文化史』（講談社現代新書）
水田宗子『奪われた学園』（幻冬舎）

【装画】影山 徹

【著者】芦辺 拓（あしべ・たく）

1958年大阪生まれ。作家。同志社大学法学部卒。1986年に「異類五種」で第2回幻想文学新人賞に佳作入選。1990年に『殺人喜劇の13人』で第1回鮎川哲也賞を受賞。森江春策シリーズを中心に、様々なジャンルの作品を刊行。主な作品に『十三番目の陪審員』『グラン・ギニョール城』『紅楼夢の殺人』『綺想宮殺人事件』など多数。

ミステリー・リーグ

鶴屋南北《つるやなんぼく》の殺人《さつじん》

●

2020年6月23日　第1刷

著者…………芦辺《あしべ》 拓《たく》

装幀…………坂野公一（welle design）

発行者…………成瀬雅人
発行所…………株式会社原書房

〒160-0022 東京都新宿区新宿1-25-13
電話・代表03（3354）0685
http://www.harashobo.co.jp
振替・00150-6-151594

印刷…………新灯印刷株式会社
製本…………東京美術紙工協業組合

ISBN978-4-562-05772-6, Printed in Japan